Entsetzliche Wut

ROLF SCHMITT

Entsetzliche Wut

Bibliografische Information der Deutschen Nationalbibliothek:
Die Deutsche Nationalbibliothek verzeichnet diese Publikation in
der Deutschen Nationalbibliografie; detaillierte bibliografische Daten
sind im Internet über dnb.dnb.de abrufbar.

© 2021 Rolf Schmitt
Satz, Herstellung und Verlag: BoD – Books on Demand, Norderstedt
ISBN: 978-3-7557-2606-7

Kapitel 1

Wie jeden zweiten Mittwoch im Monat saß Clemens Hofstädter in seiner Luxuslimousine und fuhr von Heidelberg nach Mannheim zu seiner langjährigen Geliebten. Der Himmel war an diesem Nachmittag grau und wolkenverhangen. Der leichte Nieselregen mit heftigen böigen Windstößen vervollständigte die düstere Herbstwetterstimmung und spiegelte Clemens' Gemütslage wieder. Er war ein sehr vermögender Mann, nachdem vor vier Jahren die Scheidung von seiner zweiten Frau, Monika Hofstädter, vollzogen worden war und er noch im gleichen Jahr seine Metallbaufirma für sechseinhalb Millionen D-Mark an einen europaweit agierenden Konzern veräußert hatte. Bereits ein Jahr zuvor hatte er nach dem tragischen Unfalltod seiner Eltern, Adolf und Elisabeth Hofstädter, ein millionenschweres Erbe angetreten, das neben einem beachtlichen Geldbetrag auch eine Villa in Heidelberg, eine Finca an der Costa Blanca in Spanien sowie weitere Immobilien in Heidelberg und Umgebung beinhaltete. Nicht einmal zwei Monate nachdem seine Eltern die in dritter Generation gut gehende Firma ihrem einzigen Sohn übertragen hatten, wurden sie bei einem Absturz ihres Privatjets auf dem Flug von Mannheim nach Nizza von einem Moment auf den anderen aus dem Leben gerissen. Den geplanten Kurzurlaub an der Côte d'Azur mit dreitägigem Aufenthalt im Fünf-Sterne-Hotel Carlton in Cannes und Besuch des legendären Spielcasinos von Monte Carlo konnten sie leider nicht mehr genießen.

Obwohl die Kosten für den Scheidungsanwalt und die im Ehevertrag geregelte Abfindungszahlung an seine Frau einen nicht unerheblichen Teil des Geldes verschlungen hatten, konnte Clemens ein finanziell unabhängiges und sorgenfreies Leben führen. Er war mit seinen einundfünfzig Jahren sportlich sehr aktiv, hielt sich durch Waldläufe fit und genoss regelmäßig mit Freunden und Geschäftspartnern Golfrunden in seinem Heimatclub Heidelberg-Lobenfeld. Mit einer Körpergröße von einem Meter achtzig, dunklen, fast schwarz wirkenden Augen, seinem schokobraunen, lockigen Haar, der durchtrainierten Figur und seinem gepflegten Äußeren war er ein für die Damenwelt höchst attraktiver Mann. Sein selbstbewusstes Auftreten, seine stets elegante Kleidung und nicht zuletzt sein üppiges Bankkonto, welches ihm einen luxuriösen Lebensstil ermöglichte, vervollständigten das Bild eines typischen Frauenschwarms. Trotz der Aufmerksamkeit, die er bei Frauen aller Altersstufen genoss, wollte Clemens nach seiner zweiten Scheidung keine feste Beziehung mehr eingehen. Er zog es vor, sich regelmäßig mit verschiedenen Edel-Callgirls beziehungsweise Frauen einschlägig bekannter Escort-Services zu treffen. Dies war für ihn einfacher und unproblematischer als eine neue Beziehung, deren Ausgang er nicht kannte, aber auch nicht kennen wollte. Ansonsten kam er ganz gut alleine zurecht.

Ein Jahr nach dem Tod seiner Eltern hatte er deren herrschaftlich wirkende Jugendstilvilla oberhalb des Neckars bezogen.

Auf dem sonnigen bewaldeten Berghang gegenüber dem weltbekannten Heidelberger Schloss beschäftigte er neben einer Haushälterin auch einen Gärtner, die für ihn häusliche Tätigkeiten wie Kochen, Putzen, Waschen und Bügeln sowie sämtliche Arbeiten rund ums Haus erledigten.

Wie üblich, war er gegen vierzehn Uhr von dort losgefahren, um mit Roswitha Knopfloch ein Schäferstündchen zu verbringen, das sich alle zwei Wochen wiederholte.

Rosi, wie Clemens sie nannte, hatte schulterlanges kastanienbraunes Haar und war einen Meter siebenundsiebzig groß. Sie hatte in jungen Jahren, dank ihres durch niedliche Sommersprossen auf Wangen und Stupsnase interessanten und nicht alltäglichen Aussehens, ihrer makellosen Figur und ihrer für diesen Job idealen Körpergröße, als erfolgversprechendes Model gearbeitet. Mit Anfang zwanzig stand sie vor einer internationalen Karriere. Namhafte Modedesigner sahen in ihr einen neuen leuchtenden Stern am Himmel über den internationalen Laufstegen rund um den Globus aufgehen.

Allerdings fand sich Rosi in der schnelllebigen Modelwelt nicht zurecht. Der Stress, das ständige Reisen, der strikt einzuhaltende Ernährungsplan und zu guter Letzt der Konkurrenzkampf mit intriganten Model-Kolleginnen gingen an der sensiblen Frau nicht spurlos vorbei. Ihr mangelndes Selbstbewusstsein ließ sie daran zweifeln, den Anforderungen des Model-Business standhalten zu können. Deshalb versuchte sie relativ früh, sich mit verschiedenen Rauschmitteln gegenüber dem Rest der Welt abzuschirmen, mit fatalen Folgen. Innerhalb kürzester Zeit nahm ihr Drogenkonsum derart zu, dass sie unfähig wurde, ihre Model-Tätigkeit weiter auszuüben. Ihre aussichtsreiche Karriere fand ein abruptes Ende. Der Traum von der großen Welt, von heißen Schickimicki-Partys mit prominenten Popstars, Modegurus und Schauspielern und einer eigenen Designer-Penthouse-Wohnung über den Dächern von London, Paris oder New York war geplatzt.

Es dauerte Jahre, bis Rosi ihre Drogenabhängigkeit endgültig besiegen und ihr Leben wieder einigermaßen ordnen konnte. Mittlerweile lebte sie in einer kleinen Zweizimmerwohnung in der Mannheimer Innenstadt und verdiente sich ihren Lebensunterhalt mit einem Halbtagsjob als Bürogehilfin in einer renommierten Heidelberger Rechtsanwaltskanzlei und mit gewissen »Dienstleistungen«, die sie der zahlenden Männerwelt gelegentlich anbot. Trotz ihres früheren Drogenkonsums, der zweifelsohne Spuren an Rosis Körper und Seele hinterlassen hatte, war sie mit ihren vierzig Jahren immer noch eine attraktive Frau. Von ihrem Gehalt kam sie kaum über die Runden, obwohl sie ein einfaches und sparsames Leben ohne Highlights führte. Eine Vollzeitstelle wurde ihr von ihrem Arbeitgeber jedoch nicht angeboten. Da sie ihren seriösen Arbeitsplatz aber auf keinen Fall aufgeben wollte, zumal ein Ganztagsjob bei einem anderen Arbeitgeber mangels Berufsausbildung für sie außer Reichweite lag, wurden finanzielle Löcher regelmäßig durch das Geld, das sie mit ihrem fragwürdigen

Nebenjob verdiente, gestopft. Den am Monatsende verbleibenden Rest, immerhin ein recht beachtlicher Betrag, der für das Finanzamt unsichtbar blieb, legte sie beiseite, um sich im Rentenalter doch noch eine schöne Wohnung in einer angesagten Großstadt leisten und ihren Lebensabend so gut wie möglich verbringen zu können.

Um schneller an dieses Ziel zu kommen, hatte sie einen Plan. Und die Hauptrolle in diesem Plan spielte einer ihrer Lover, der gerade auf dem Weg zu ihr war, wie jeden zweiten Mittwoch im Monat.

Kapitel 2

Susanne saß in einem gemütlichen kleinen Restaurant in der Altstadt von Valencia und wartete auf ihren Verlobten. Sie warf einen Blick auf die Uhr. Kurz vor zwei. Allmählich füllte sich das Lokal, wie um diese Uhrzeit in Spanien üblich. Es waren größtenteils Einheimische, die ihre Mittagspause nutzten, um sich ein preiswertes, aber äußerst leckeres Drei-Gänge-Menü zu gönnen.

Das Restaurant war mit kleinen viereckigen Holztischen ausgestattet, deren Tischplatten mit allerlei Ritzereien verziert waren, die auf ihr hohes Alter und auf den Besuch unzähliger Gäste in den zurückliegenden Jahren schließen ließen. Typisch spanisch waren auch die fehlenden Tischdecken, die klapprigen Holzstühle und die massive dunkle Theke gleich neben dem Eingang, über der ein Fernsehapparat unterhalb der Decke montiert war. An den Wochenenden flimmerten hier abwechselnd Fußballspiele der Primera Division oder Übertragungen von Stierkämpfen, den Corridas, über den Bildschirm.

Auch in Valencia, nach Madrid und Barcelona Spaniens drittgrößte Stadt, gab es mit der La Plaza de Toros eine historische Stierkampfarena. In diesem architektonisch imposanten Bauwerk fanden seit Jahrzehnten die wichtigsten Stierkämpfe während der Fallas, dem valencianischen Frühlingsfest, und im Juli bei der Feria, einer Art Kirmes, statt. Jetzt aber, Anfang November, galt das Interesse der sportbegeisterten Einwohner Valencias eher dem FC Valencia, dem traditionsreichen Fußballclub der Stadt, der in der Primera Division, der ersten Spanischen Liga, verheißungsvoll in die Saison gestartet war und somit von der nationalen Meisterschaft träumen durfte.

Susanne drehte sich um und schaute zur Tür. Die Rückenlehne ihres Stuhls knarzte bei der Bewegung. Wo blieb Carlos nur?

»Buenos dias Señora, was darf ich Ihnen bringen?«, fragte der Kellner die junge Deutsche.

»Im Moment nur ein Glas Vino Rosado del la Casa, gracias«, antwortete Susanne in perfektem, akzentfreiem Spanisch. »Ich warte noch auf meinen Freund. Das Essen bestellen wir dann gemeinsam.«

»Alles klar.« Der Kellner nahm am Nachbartisch noch eine Bestellung auf und begab sich dann zur Theke, um dem Barkeeper den Zettel mit den Getränkewünschen der Gäste zu überreichen.

Susanne schaute auf ihre Schweizer Markenuhr. Inzwischen war es fünf nach zwei, fünf Minuten über der verabredeten Zeit. Sie war es gewohnt, dass sich ihr Verlobter gelegentlich etwas verspätete. Dies lag allerdings nicht daran, dass Carlos von Natur aus zur Unpünktlichkeit neigte, sondern allein an seinem anspruchsvollen Job. Denn er konnte eine Sitzung, die länger dauerte als angesetzt, nicht mit dem Hinweis, er habe eine Verabredung mit seiner Verlobten, vorzeitig verlassen.

Während Susanne wartete, nippte sie an ihrem Vino

Rosado, den ihr der freundliche Kellner zwischenzeitlich serviert hatte, und sah gedankenverloren nach oben zu den zahlreichen Hinterbeinen von Schweinen, die von der Decke des Restaurants baumelten. Bei diesen Fleischstücken handelte es sich um Jamon Iberico, den schmackhaften iberischen Schinken, der vor seiner Verkostung bis zu zwanzig Monate zur Lufttrocknung aufgehängt wird. Da das Ibericoschwein oftmals schwarze Klauen hat, wird der Schinken auch Pata Negra genannt – »schwarze Pfote«. *La Pata Negra* war auch der Name des Lokals, in dem Susanne mittlerweile schon seit fast zwanzig Minuten auf ihren Verlobten wartete. Obwohl sie gemeinsam mit Carlos schon einige Male das köstliche Essen hier genossen hatte, war sie immer wieder vom Anblick der herabhängenden Schweinekeulen und von der einfachen, aber urgemütlichen Ausstattung fasziniert.

Als sich die Eingangstür öffnete und ihr Verlobter das Restaurant betrat, zauberte sein Erscheinen ein verliebtes Lächeln auf Susannes Gesicht. Dieses Lächeln wurde nur von der ins Lokal hereinscheinenden spätherbstlichen Sonne übertroffen. Das milde Novemberwetter an Spaniens Mittelmeerküste war keineswegs mit dem trüben Regenwetter zu vergleichen, das zur selben Zeit in Deutschland vorherrschte.

Kapitel 3

Als Clemens mit seinem Mercedes 500 SL die Stadtgrenze von Mannheim erreichte, gingen ihm viele Gedanken durch den Kopf. Während er in die prachtvolle Augusta-Anlage einbog, eine vierspurige, als Allee ausgebaute Straße, deren Mittelstreifen zweireihig mit Platanen bepflanzt war, hatte es zu regnen aufgehört und das rhythmische Quietschen der Scheibenwischer nahm ein Ende. Der starke Wind sorgte jedoch dafür, dass die majestätisch wirkenden Bäume massenhaft ihre bunten Blätter verloren. Ein Schauspiel, dem Clemens keine Aufmerksamkeit schenkte. Er war angespannt und grübelte pausenlos darüber nach, wie er auf Roswithas ungeheuerliche Forderung reagieren sollte. Würde sie seinem Kompromissvorschlag zustimmen? Gedankenverloren erreichte er kurze Zeit später die Innenstadt und erspähte in einer Nebenstraße eine Parklücke.

»Hey, du Idiot, kannst du nicht aufpassen?«, pöbelte ihn ein Fußgänger an, der just in dem Moment, als Clemens den Rückwärtsgang eingelegt hatte, um in die Parklücke zu fahren, hinter seinem Fahrzeug die Straße überqueren wollte. Wortlos sah ihn Clemens an und erhob zur Entschuldigung nur kurz seine linke Hand. Laut vor sich hin fluchend trottete der Passant davon und Clemens stellte seinen Wagen ab. Beim Aussteigen bemerkte er, dass es zwar nicht mehr regnete, der böige Wind aber immer noch sein Unwesen trieb. Rasch setzte er seinen weichen Filzhut auf. Er nahm seinen Mantel aus dunkelbrauner Schurwolle vom Beifahrersitz, schlüpfte hinein, hängte sich den braun-beige karierten Schal, der farblich bestens mit Hut und Mantel harmonierte, um den Hals und zog ihn zum Schutz vor dem nasskalten und stürmischen Wind über Mund und Nase.

Nach etwa zweihundert Metern Fußweg erreichte er das fünfgeschossige, etwas in die Jahre gekommene Mehrfamilienhaus, in dem sich im obersten Stock Roswithas Wohnung befand. Kurz nachdem er den Klingelknopf gedrückt hatte, erklang das schrille Summen des elektrischen Türöffners und er betrat das an Boden und Wänden gefliese Treppenhaus. Gleich rechts im Hausflur befand sich der Personenaufzug und wenige Sekunden nach Betätigen der Fahrstuhl-Ruftaste öffnete sich die Tür.

Immer noch in Gedanken versunken, mit welchem Ergebnis das bevorstehende Gespräch mit Rosi wohl enden würde, betrat Clemens die Aufzugskabine und übersah dabei eine ältere Dame, die gerade aussteigen wollte. Er versetzte ihr einen kurzen, aber heftigen Rempler. Vor lauter Schreck konnte er nicht mal ein Wort der Entschuldigung über seine Lippen bringen, sondern starrte die Frau nur mit weit aufgerissenen Augen an.

»Nicht so stürmisch, junger Mann«, sagte die Dame zu ihm, stieg aus dem Fahrstuhl und ging ohne weiteren Aufhebens in Richtung Hausausgang weiter.

Während der Fahrt nach oben knöpfte Clemens seinen

Mantel auf und zog den Schal von Mund und Nase. Im vierten Obergeschoss erwartete ihn Rosi bereits an der geöffneten Eingangstür zu ihrer Wohnung.

»Wir haben etwas zu besprechen«, sagte Clemens, ohne vorher seine Langzeit-Bekannte mit einem einfachen *Hallo* zu begrüßen.

»Ich weiß«, entgegnete Rosi.

Es war unverkennbar, dass etwas Gravierendes zwischen ihnen vorgefallen sein musste, denn normalerweise fiel die Begrüßung zwischen Clemens und Roswitha wesentlich herzlicher aus.

Bis auf wenige Ausnahmen besuchte er Rosi alle vierzehn Tage in ihrer Mannheimer Wohnung. Er wusste, dass sie außer mit ihm noch mit drei oder vier weiteren Männern Bekanntschaften in ähnlicher Weise pflegte, aber es machte ihm nichts aus. Schließlich war sie für ihn auch nicht die einzige Frau, die er aufsuchte, aber sie war die einzige, der er hin und wieder sein Herz ausschüttete und der er das eine oder andere private Detail aus seinem Leben anvertraute. Manchmal bediente er sich auch irgendwelcher Escort-Ladies, die dazu bereit waren, ihn über einen Restaurant- oder Konzertbesuch hinaus für eine heiße Nacht und gegen entsprechende Zusatzentlohnung auf ein Hotelzimmer zu begleiten.

Rosis knapp sechzig Quadratmeter große Bleibe war schlicht, aber gemütlich eingerichtet. Gleich hinter dem Eingang befand sich ein kleiner Flur mit Garderobe, einem kleinen Schuhschränkchen und der Gästetoilette. Durch einen Türvorhang, der im Winter aus dem Treppenhaus einströmende Zugluft abhalten sollte, gelangte man ins Wohnzimmer, das mit einem kleinen Esstisch, einer Zweiercouch, einem Sessel und einem Schrank mit Fächern für Fernsehapparat und Stereoanlage ausgestattet war. An der Wand hinter dem Esstisch hing ein großes gerahmtes Foto, auf dem die Skyline von Manhattan zu erkennen war. Das zweiflügelige Wohnzimmerfenster war zur Straße orientiert. Eine Schiebetür aus Glas erlaubte den Blick in die kleine Küche. Eine weitere Tür führte in das Schlafzimmer mit rot gestrichenen Wänden, flauschigem Teppichboden, einem dunkelgrauen Kleiderschrank mit Spiegeltüren und einem dunklen einen Meter achtzig breiten Boxspringbett, auf dem gewöhnlich vier rote herzförmige Kissen lagen. Das schmale Schlafzimmerfenster zeigte zum rückwärtigen Hinterhof mit einem kleinen von Unkraut übersäten Rasenstück, über das drei Wäscheleinen gespannt waren. Auf einer mit Waschbetonplatten gepflasterten Fläche waren Mülltonnen und Fahrräder abgestellt.

Normalerweise gab es bei seinen Besuchen bei Rosi zunächst Kaffee und Kuchen, anschließend begaben sie sich ins Schlafzimmer. Nachdem sie miteinander geschlafen hatten, legte Clemens für gewöhnlich einige Geldscheine auf Rosis Nachttisch und verließ nach einem kurzen Abschiedskuss und mit den Worten »*Tschüss, bis zum nächsten Mal*« die Wohnung. Anschließend machte er sich wieder auf den Heimweg in seine Villa nach Heidelberg.

Es gab aber auch Tage, an denen sie sich einfach nur über Gott und die Welt unterhielten oder Clemens ihr mal wieder sein Herz ausschüttete. Rosi war eine Frau, der gegenüber er sich öffnen konnte. Schon oft hatte er ihr von seinen früheren Gewaltausbrüchen erzählt und dass er ahnte, warum er zum Schläger geworden war.

»*Er hat mich als Kind immer gepiesackt und ich weiß bis*

heute nicht, warum. Aber damals war ich noch zu klein und konnte mich deshalb nicht wehren«, sagte er einmal zu ihr. »*Seither flippe ich immer aus, wenn mich jemand zu sehr ärgert.*«

In diesen Momenten strich ihm Rosi über sein lockiges Haar und beruhigte ihn mit den Worten: »*Du hast dich aber geändert. Die Antiaggressionstherapie hat sich gelohnt, denn du bist nicht mehr der Schläger von damals.*«

Doch an diesem Nachmittag sollte sich noch zeigen, dass sie sich getäuscht hatte.

Kapitel 4

Nachdem Susannes Verlobter das La Pata Negra betreten und seine Auserwählte erblickt hatte, ging er schnellen Schrittes auf sie zu.

»Hola, mein Liebling, entschuldige bitte, dass ich nicht früher kommen konnte, aber die heutige Sitzung wollte einfach nicht enden.« Er beugte sich zu Susanne herunter, gab ihr einen zärtlichen Kuss auf die Wange und setzte sich neben sie.

»Schon gut, Carlos. Hab mir schon gedacht, dass du es mal wieder nicht schaffst, pünktlich zu sein. Ich hab mir deshalb schon mal ein Glas Rosado gegönnt.« Sie deutete dabei mit einer leichten Kopfbewegung auf das inzwischen fast leer getrunkene Weinglas. Carlos konnte zwar ganz gut Deutsch verstehen, sich aber nur unzureichend verständigen. Daher unterhielten sie sich üblicherweise auf Spanisch.

Der aufmerksame Kellner stand bereits an ihrem Tisch und wartete höflich, bis Carlos seinen Blick auf ihn richtete.

»Señor, möchten Sie auch ein Glas Rosado?«

»Ja gerne, aber wir bestellen auch gleich etwas zu essen. Schatz, was möchtest du denn?«, fragte er Susanne.

»Ich nehme die Nummer zwei vom Mittagstisch-Menü.« Carlos warf einen kurzen Blick auf die vor ihm liegende

Speisekarte und gab dem Keller mit zwei ausgestreckten Fingern seiner rechten Hand zu verstehen, dass er sich der Bestellung seiner Verlobten anschließen wollte.

»Gute Wahl«, sagte der Kellner und machte sich auf den Weg zur Theke.

Carlos Negredo Garcia hatte Susanne vor etwa drei Jahren in einer kleinen Tapas-Bar gegenüber dem Beach-Club an der belebten Strandpromenade von Valencia kennengelernt. Die hübsche junge Deutsche mit den weiblichen Kurven, dem langen brünetten Haar und den funkelnden graugrünen Augen fiel ihm sofort auf und er konnte seinen Blick nicht mehr von ihr lassen, was von Susanne nicht unbemerkt blieb. Als sie seinen Blick erwiderte und ihn freundlich anlächelte, war es endgültig um ihn geschehen.

Er sprach sie an, fragte, ob er sich zu ihr setzen dürfe, was Susanne bejahte, und dies war der Beginn einer wunderschönen Liebesgeschichte, die harmonischer nicht sein könnte. Susanne Neumann absolvierte damals im Rahmen ihres Master-Studiums in Hispanistik an der Universität Bonn ein sechsmonatiges Auslandspraktikum im Deutschen Konsulat in Valencia.

Nach Ende der Praktikumszeit pendelte sie eine Zeit lang zwischen Deutschland und Spanien hin und her. Mittlerweile war sie nicht nur in Carlos, sondern auch in das südwesteuropäische Land verliebt, das zu ihrer neuen Heimat geworden war. Aufgrund des positiven Eindrucks, den sie während ihres Praktikums im Konsulat hinterlassen hatte, wurde ihr dort eine Stelle angeboten. Seither kümmerte sie sich in behördlichen Fragen um deutsche Firmen und Residenten, die sich in der Region Valencia niedergelassen hatten. Darüber hinaus fungierte sie hin und wieder als

Dolmetscherin, falls es sprachliche Barrieren zwischen spanischen Ämtern und deutschen Auswanderern zu überwinden galt. Vor rund einem halben Jahr hatte sie mit ihrem Verlobten eine schicke Wohnung in El Cabanyal bezogen, einem maritimen und angesagten Stadtviertel in Valencia, das besonders wegen seines Lifestyles, seiner im volkstümlichen Jugendstil erbauten Wohnhäuser und seiner vielen Restaurants, Kaffeehäuser, Musikbars und Diskotheken bei Einheimischen und Touristen sehr beliebt war.

»Lass es dir schmecken«, sagte Carlos, als ihnen der Kellner die Vorspeise, Patatas bravas, knusprige Kartoffelwürfel mit einer scharfen Soße, servierte. Dazu wurde das obligatorische Weißbrot mit Aioli gereicht.

»Wie war denn dein Tag im Büro?«

»Wenig interessant«, erwiderte Susanne. »Ich hatte nur zwei Passverlängerungen, eine Nachlassangelegenheit und ein Rechtshilfegesuch zu bearbeiten, ansonsten nur Kleinkram. Und wie lief's bei dir? Die Sitzung muss ja sehr wichtig gewesen sein, wenn die so lange gedauert hat.«

»Wichtig war sie schon, aber nicht so spannend, dass man hätte eine dreiviertel Stunde überziehen müssen. Wir hatten über einige Gesetzesvorlagen zu entscheiden, und die Diskussionen nahmen einfach kein Ende. Manche Abgeordnete wollen immer nur Vorteile für sich und die Provinzen, aus denen sie stammen, herausziehen und denken weniger an das Gemeinwohl der gesamten Region. Aber zum Schluss haben wir es dann doch ganz gut hinbekommen.«

»Darf ich schon das Hauptgericht bringen?«, fragte der Kellner, als er die beiden leeren Vorspeiseschälchen abräumte.

»Gerne«, antwortete Carlos, »und bringen Sie uns bitte noch zwei kleine Gläser Rosado und eine Flasche Wasser.«

Schon auf dem Weg zurück zur Theke rief der Keller dem Barkeeper den Getränkewunsch zu und verschwand gleich darauf durch die Schwingtür, die hinter dem Tresen in die Küche führte.

Kapitel 5

Nachdem Clemens Rosis Wohnung betreten hatte, hängte er Mantel, Hut und Schal an der Garderobe auf. Dann ging er zum Esstisch und setzte sich unaufgefordert und wortlos auf einen der Stühle. Wie üblich, war der Tisch bereits gedeckt. Auf der Tischdecke aus schneeweißer Baumwolle standen eine bunt geblümte Kaffeekanne, die den Duft des frisch aufgebrühten Kaffees verströmte, zwei dazu passende Kuchenteller und Kaffeetassen, eine Zuckerdose und ein Milchkännchen im gleichen Design. Eine drehbare Tortenplatte mit einem Apfelkuchen mit Mohn und Streuseln darauf, die Kuchengabeln, die Papierservietten und eine kleine Glasschüssel mit Schlagsahne vervollständigten das Kaffeeplausch-Ensemble. Doch das gewohnte Bild konnte nicht über die Spannung hinwegtäuschen, die sich seit dem letzten Besuch zwischen Clemens und Rosi aufgebaut hatte.

Rosi war sich wohl bewusst, dass bei diesem Besuch etwas vorgefallen war, das die eigentlich gute Beziehung zwischen ihnen beenden würde, was sie bedauerte. Aber ihr war auch klar, dass ihr Freund bald für immer nach Spanien verschwinden und für sie eine Geldquelle versiegen würde. Deshalb musste sie versuchen, das Beste für sich herauszuschlagen, ob es Clemens passte oder nicht. Darauf wollte und konnte sie keine Rücksicht nehmen. Sie dachte nur noch daran, sich für später ein zusätzliches finanzielles Polster zu schaffen.

»Hast du über meinen Vorschlag nachgedacht?«, fragte sie, als sie an den Tisch trat und ihm eine Tasse Kaffee einschenkte.

»Vorschlag nennst du das? Ich würde dazu eher Erpressungsversuch sagen«, erwiderte Clemens barsch.

Rosi schenkte sich auch ein, schnitt mit dem Kuchenmesser zwei Stückchen des selbst gebackenen Kuchens ab und legte sie auf die Teller.

»Eigentlich habe ich gar keine Lust, mit dir am Tisch zu sitzen und Kaffee zu trinken, aber es muss wohl sein. Wir müssen die Sache besprechen und abschließen«, sagte Clemens. »Ich weiß, dass du später mal jeden Pfennig gebrauchen kannst, aber die Art und Weise, wie du mir das Geld abknöpfen willst, gefällt mir ganz und gar nicht. Wir hatten eine schöne Zeit, und ich hab dir nie verschwiegen, dass ich eines Tages an die Costa Blanca auswandern werde. Jetzt ist es bald so weit, und du willst mich noch schnell abzocken.«

Rosi nickte nur verlegen und beide fingen eher lustlos zu essen an.

Clemens hatte Rosi 1987 während der Scheidung von seiner zweiten Frau kennengelernt. Der in Süddeutschland zu den besten Anwälten im Bereich Familienrecht zählende Heidelberger Rechtsanwalt, Dr. Klaus von Kesselbring, hatte Clemens in der Scheidungssache »Hofstädter gegen Hofstädter« vertreten. Roswitha war damals schon als Empfangsdame in der Kanzlei Klaus von Kesselbring & Partner beschäftigt gewesen. Ihre Anstellung erfolgte keineswegs aufgrund ihrer fachlichen Qualifikation, die schlichtweg nicht vorhanden war, sondern wegen des Zeitdrucks, in dem sich die Kanzlei nach der fristlosen Kündigung der bisherigen Empfangsdame befunden hatte. Der Arbeitsplatz musste schnellstmöglich neu besetzt werden.

Rosi hatte sich nach ihrer gescheiterten Modelkarriere und ihren erfolgreich durchgeführten Suchttherapien mit Kellnern in eher drittklassigen Restaurants und mit diversen Aushilfsjobs als Lagerarbeiterin in Billigmärkten, Einrichtungshäusern und Speditionen über Wasser gehalten. Ohne Festanstellung war sie deshalb für die Halbtagsstelle sofort verfügbar. Und von Kesselbring dachte sich, dass ein attraktives Gesicht am Empfangsplatz der Rechtsanwaltskanzlei nicht schaden könne. Dass Rosi das aufgrund ihrer fehlenden Fachkenntnisse unterdurchschnittliche Gehaltsangebot der Kanzlei ohne Umschweife akzeptierte, tat sein Übriges. Sie war froh, neben ihrer dubiosen Nebentätigkeit als gelegentliches Callgirl endlich einen seriösen Arbeitsplatz gefunden zu haben. Ihr Doppelleben war niemandem bekannt, mit Ausnahme der drei bis vier zahlungskräftigen Herren, die Rosis speziellen Dienste regelmäßig in Anspruch nahmen.

Bei jedem seiner Besuche in der Anwaltskanzlei unterhielten sich Clemens und Rosi einige Minuten über eher belanglose Themen. Ein intimerer Kontakt kam damals nicht zustande, was Clemens zu diesem Zeitpunkt auch gar nicht beabsichtigte. Er wollte einfach nur höflich sein und die zwanglosen Unterhaltungen mit der attraktiven Frau heiterten ihn jedes Mal auf, zumal ihn die bevorstehende Scheidung psychisch belastete, mehr als ihm damals lieb war.

Erst ein Jahr später, nachdem das Gerichtsurteil längst gefällt war und er daher die Kanzlei zu Unterredungen mit seinem Anwalt nicht mehr aufsuchen musste, traf er Rosi bei Einkäufen in der Mannheimer Fußgängerzone zufällig wieder. Spontan lud er sie zu einer Tasse Kaffee in ein kleines Bistro in der Innenstadt ein. In der Zeit danach gab es noch einige Verabredungen und als Clemens ihr körperlich näherkommen wollte, machte Rosi erste Andeutungen über ihren Nebenjob und gab ihm unmissverständlich zu verstehen, dass gewisse Dinge, die über Kaffeetrinken und Essengehen hinausgingen, nicht unentgeltlich für ihn sein würden. Sie bot ihm an, sich künftig bei ihr zu Hause zu treffen. Dann würde sie ihm für ein bis zwei Stunden alles erfüllen, was er sich von ihr wünschte. Clemens war zunächst etwas irritiert, aber er verstand sofort und war dieser Art von Beziehung keinesfalls abgeneigt. Seither trafen sie sich alle vierzehn Tage in Rosis Wohnung und er lernte dadurch die Vorzüge eines losen Verhältnisses ohne weitere Verpflichtungen zu schätzen. Schließlich fasste er den Entschluss, in seinem künftigen Leben keine feste Beziehung mehr eingehen zu wollen.

Rosi hatte bereits ihr Stückchen Apfelkuchen vollständig verzehrt und wischte sich mit der Serviette über den Mund, während Clemens nur die Hälfte seines Kuchenstücks aufgegessen hatte und, etwas lethargisch wirkend, im restlichen Teil auf dem Teller herumstocherte.

»Als ich das letzte Mal hier weg bin, hast du mir gesagt, du willst zwanzigtausend Mark von mir, damit du stillhältst«, sagte er mit zittriger Stimme.

»Ich denke, das ist ein angemessener Betrag, wenn du

nicht willst, dass dein geliebtes Töchterlein erfährt, was ihr Papa so treibt.«

»Das kannst du mir nicht antun. Wir hatten doch eine schöne Zeit, die für dich auch noch äußerst lukrativ war«, antwortete Clemens immer gereizter.

»Ich tu dir das ja auch nicht an. Du musst nur zahlen, und deine Tochter wird nie erfahren, dass sich ihr Vater mit Nutten herumtreibt. Deinem Schwiegersohn in spe wird das bestimmt auch nicht in den Kram passen, wenn das rauskommt. Außerdem hast du genug Geld und wirst wahrscheinlich gar nicht merken, wenn dir zwanzigtausend Mark im Geldbeutel fehlen. Und in ein paar Wochen gehst du sowieso für immer nach Spanien, dann siehst du mich nie wieder.«

»Das stimmt schon, aber selbst wenn ich jetzt zahle, wer sagt mir denn, dass du in einem halben Jahr nicht plötzlich in Spanien auftauchst und noch mehr verlangst?«

»Gute Idee, da bin ich selbst noch gar nicht draufgekommen«, entgegnete Rosi süffisant. »Wenn ich's mir recht überlege, weiß ich noch viel mehr über dich. Schließlich hast du dich oft genug bei mir ausgeheult und mir deine früheren Gewaltausbrüche gegenüber deinen Verflossenen gebeichtet. Wenn ich deiner Tochter erzähle, dass du ihre Mutter geschlagen hast, dann kannst du gleich zu Hause bleiben und brauchst gar nicht erst zu ihr nach Spanien zu gehen. Sie wird dich dafür hassen. Das müsste dir eine Extrazahlung wert sein, wenn ich dieses brisante Geheimnis für mich behalte.«

Clemens war fassungslos. Wahrscheinlich hätte seine Tochter noch verkraften können, wenn sie erfahren hätte, dass er sexuelle Dienstleistungen gegen Bezahlung in Anspruch nahm, also mit »Nutten rummachte«, wie es Rosi treffend nannte. Aber sie hätte ihm nie verziehen, wenn sie dahintergekommen wäre, dass er ihrer Mutter, seiner ersten Frau, Gewalt angetan hatte. Er hatte seine Tochter schon einmal verloren und für lange Zeit nicht sehen dürfen. Ein zweites Mal wollte er diese Erfahrung nicht machen. Langsam stieg Wut in ihm auf. Nicht um alles in der Welt wollte er seine Tochter erneut verlieren.

»Das kannst du nicht machen. Du bist der einzige Mensch, dem ich die schrecklichen Dinge aus meiner Vergangenheit anvertraut habe. Die liegen schon so lange zurück. Und du weißt, dass ich nicht stolz darauf bin. Ich hätte nicht gedacht, dass du eines Tages mein Vertrauen derart missbrauchen wirst.«

»Du hättest sie mir ja nicht verraten müssen«, sagte Rosi mit einer Kälte, die er so von ihr nicht kannte. »Du hast immer rumgeheult, dass es dir leidtut, aber es wäre besser gewesen, du hättest dich früher besser im Griff gehabt und gar nicht erst zugeschlagen. Frauen schlägt man nicht.«

»Sei endlich still«, raunzte Clemens sie an. Allmählich wurde er immer wütender. Er fühlte sich wie ein brodelnder Vulkan kurz vor dem Ausbruch. Doch Rosi erkannte nicht, in welche Situation sie sich mittlerweile manövriert hatte. Welcher Gefahr sie plötzlich ausgesetzt war. Schließlich hatte ihr Clemens noch nie etwas angetan. Deshalb setzte sie noch einen drauf, da sie die einmalige Chance witterte, noch mehr Geld rausschlagen zu können. Sie hatte Clemens' wunden Punkt erwischt: seine heißgeliebte Tochter.

»Hat der feine Herr jetzt Schiss, dass seine Tochter, wenn sie alles erfährt, nichts mehr von ihm wissen will?«

Das war zu viel für Clemens, der wusste, wie recht Rosi damit hatte. Seine Tochter würde ihm nie verzeihen, was er ihrer Mutter angetan hatte. Er würde sie für immer verlieren. Seine Schlagader am Hals begann zu pochen, in seinem Gesicht bildeten sich kleine rote Flecken und das Lid über seinem linken Auge zuckte bedrohlich.

Rosi schaute ihn an. Jetzt erst bemerkte sie, was sie angerichtet hatte. Sie hatte Clemens' dunkle Seite provoziert und wollte nun mit versöhnungswilligen Worten einlenken, um ihn zu besänftigen. Es war höchste Zeit, die Situation nicht eskalieren zu lassen, denn sie wusste ja, zu was er fähig war.

»Okay Clemens, lass uns vernünftig …« Weiter kam sie nicht.

Mit zusammengekniffenen Augen schnellte er hoch und versetzte ihr einen Faustschlag mitten ins Gesicht. Mit weit aufgerissenen Augen fiel sie seitlich vom Stuhl. Blut schoss ihr aus Mund und Nase. Sie rappelte sich wieder hoch und taumelte in Richtung Eingangstür. Als ihre Beine nachgaben, umklammerte sie Halt suchend mit beiden Händen den schweren Türvorhang, der als Raumteiler zwischen Wohnzimmer und Garderobe aufgehängt war. Aber es nutzte nichts. Wie in Zeitlupe sackte sie zusammen und riss den Vorhang mit sich nach unten. Im Fallen schlug sie mit dem Hinterkopf auf der spitzen Kante des Schuhschränkchens auf. Als sie rücklings auf dem Boden zum Liegen kam, war sie bereits tot. Die hellen Fliesen unter ihrem Kopf färbten sich dunkelrot.

Clemens baute sich über ihr auf und erkannte erst jetzt, was er angerichtet hatte. »Das habe ich nicht gewollt«, sagte er, als er in Rosis offene, erloschene Augen blickte.

Kapitel 6

»Muchas gracias«, sagte Carlos, als ihnen der Kellner im La Pata Negra das Hauptgericht servierte, Buñelos de Bacalao, frittierte Kabeljaubällchen mit Knoblauch und Petersilie. Er hatte Susanne über Einzelheiten aus der am Vormittag abgehaltenen Sitzung berichtet, ohne Informationen preiszugeben, die für Außenstehende nicht bestimmt waren und das Sitzungszimmer nicht verlassen durften.

Carlos Negredo Garcia war Vizepräsident des valencianischen Parlaments, das vom Palast de Borgias aus, dem mittelalterlichen Stadtpalast Valencias, über die autonome Region Valenciana regierte. Weiterhin war er Mitglied im spanischen Abgeordnetenhaus und verweilte daher gelegentlich in der Hauptstadt Madrid, wo er eine kleine Zweitwohnung unterhielt. Carlos hatte dunkelblondes lockiges Haar, hellbraune Augen und war ein Meter sechsundsiebzig groß. Durch sein dauerhaft dezentes Lächeln, das seine Mundwinkel und Augen umspielte, wirkte er stets entgegenkommend und sympathisch. Mit seinen siebenunddreißig Jahren konnte er schon auf eine bemerkenswerte berufliche Laufbahn zurückblicken. Bevor er in das valencianische Parlament einzog und auf Anhieb zu dessen Vizepräsidenten gewählt wurde, hatte er sich seine ersten

Sporen als Bürgermeister von Villajoyosa verdient, einer Kleinstadt an der Costa Blanca, die zwischen Benidorm und Alicante lag.

In der Gemeinde mit ihrem historischen Ortskern und den bunt bemalten Häusern, die sich als Fotomotiv auf fast allen Postkarten wiederfinden, konnte er durch sein umsichtiges und weitblickendes Handeln die oft gegensätzlichen Interessen der Touristikbranche, der Landwirtschaft und des Fischereigewerbes vereinen. Auch sein unermüdlicher Einsatz für den Erhalt von Kulturdenkmälern und sein vorbildliches politisches und soziales Engagement hatten ihn über die Stadtgrenze Villajoyosas hinaus bekannt gemacht und ihm den Weg in den Stadtpalast geebnet. Doch der Posten als Vizepräsident des valencianischen Parlaments sollte noch lange nicht das Ende seines politischen Aufstiegs sein. Denn er stand für höhere Aufgaben bereit.

Carlos stammte aus einer der einflussreichsten und angesehensten Familien der Region Valencia, die mehrere Ländereien im hügeligen Hinterland besaß. Als Großgrundbesitzer hatten es seine Eltern mit dem Anbau und dem Verkauf von Orangen und Wein zu Wohlstand gebracht. Mit einer Jahresproduktion von rund zweitausendachthundert Tonnen der Südfrüchte gehörte seine Familie zu den ganz Großen unter den Tausenden von Apfelsinenbauern entlang der spanischen Mittelmeerküste. Ihre Orangen wurden überwiegend gepresst, abgepackt und als Fruchtsäfte im In- und Ausland verkauft. Ihre Weine der Rebsorten Sauvignon Blanc und Moscatel wurden aus dem Hafen von Valencia in die ganze Welt verschifft.

Carlos war der älteste Sohn der Familie. Seine Eltern, Antonio Negredo Alvarez und Maria Garcia Sanchez, wollten eigentlich irgendwann einmal ihrem Erstgeborenen den Betrieb übergeben. Da es Carlos aber vorzog, sich nach seinem Jurastudium an der Miguel-Hernandez-Universität in Elche voll und ganz seiner politischen Laufbahn zu widmen, sollten später seine zwei jüngeren Brüder, Enrique und Alejandro, die Landgüter übernehmen. Doch bis dahin war noch Zeit.

»Eigentlich bin ich jetzt schon satt«, sagte Susanne, als das Dessert serviert wurde, kunstvoll mit Puderzucker bestäubte Natillas, ein spanisches Puddinggericht aus Milch, Zucker, Vanille, Eiern und Zimt. Zur Bekräftigung ihrer Aussage fasste sie sich mit beiden Händen an den Bauch.

»Das wirst du dir doch nicht entgehen lassen«, erwiderte Carlos, der bereits den ersten Bissen genüsslich in seinem Mund hatte zergehen lassen. »Wie geht's denn eigentlich deinem Vater? Befindet er sich schon im Umzugsstress?«

»Soweit ich weiß, geht's ihm ganz gut, zumindest seiner Aussage nach. Wir haben gerade gestern miteinander telefoniert, da hatte ich den Eindruck, es bedrückt ihn irgendwas, aber ich kann mich ja auch getäuscht haben. Und dass er Umzugsstress hat, das glaub ich kaum. Der Umzug ist erst Mitte Dezember geplant und einen Käufer für sein Haus hat er auch schon.«

»Das klingt doch gut und du freust dich bestimmt, dass dein heißgeliebter Daddy die Zelte in Deutschland abbricht und in deine, entschuldige, in unsere Nähe zieht.«

»Ja, wir können uns dann viel öfters sehen«, antwortete Susanne, die jetzt doch nicht widerstehen konnte und die köstliche Süßspeise genussvoll verschlang.

»Weiß dein Vater auch, dass wir vielleicht eines Tages nach Madrid ziehen und ihn dann wieder rund vierhundertsechzig Kilometer von seinem Töchterchen trennen werden?«

Selbstverständlich war Susanne bewusst, dass ihr Verlobter ein aussichtsreicher Kandidat für das höchste Amt Spaniens war. Carlos galt als Hoffnungsträger in dem wirtschaftlich angeschlagenen Land. Viele sahen in ihm den neuen Ministerpräsidenten, dem man es zutraute, Spanien aus der Krise zu führen. In den letzten Jahren hatte die Peseta dramatisch an Kaufkraft verloren, die Arbeitslosenquote lag bei fünfundzwanzig Prozent und einigen Politikern der Regierungspartei sagte man Korruption nach. Die Chancen, bei den nächsten Wahlen nominiert und zum Regierungschef des Landes gewählt zu werden, standen für Carlos nicht schlecht. Und natürlich hätte dies ein Umzug von der Mittelmeerküste in die Landeshauptstadt zur Folge.

»Mein Vater weiß schon, dass wir hier vielleicht bald wegmüssen. Aber erstens sind die Wahlen erst in gut drei Jahren, zweitens weiß man noch nicht, ob du überhaupt gewählt wirst, und drittens ist eine Entfernung von vierhundertsechzig Kilometern immer noch besser als die tausendsiebenhundert, die uns jetzt trennen.«

»Da hast du wohl recht, mein Schatz, und hast du ihm auch schon von unseren Hochzeitsplänen erzählt?«

»Natürlich hab ich das. Auf die Feier freut er sich schon jetzt wie ein Schneekönig, auch wenn sie erst im nächsten Sommer stattfindet.«

»Wenn ich's mir nicht anders überlege«, scherzte Carlos, während er sich den rechten Zeigefinger mit der Zunge befeuchtete, um den restlichen Puderzucker vom Teller aufzunehmen, und ihn dann ungeniert ableckte.

»Wag es bloß nicht. Wenn du eine andere heiratest, bringt dich mein Vater um«, flachste Susanne, nicht wissend, dass ihr Vater tatsächlich zu einem Mord fähig war, ja, ihn sogar bereits begangen hatte, und zwar just in dem Moment, als ihnen der Kellner die Nachspeise serviert hatte. Denn Susannes Vater war Clemens Hofstädter.

Kapitel 7

Minutenlang stand Clemens regungslos über der Leiche. Langsam verschwanden die kleinen roten Flecken aus seinem Gesicht, das wilde Pochen seiner Schlagader am Hals beruhigte sich und sein linkes Augenlid hatte zu zittern aufgehört. »Was hab ich nur getan?«, sagte er zu sich selbst.

Clemens wusste, dass er zu Wutausbrüchen neigte. Bereits als Vierzehnjähriger wurde er zum ersten Mal auffällig. An einer Straßenbahnhaltestelle wartete er nach Schulende gemeinsam mit Mitschülern auf die Bahn. Über Nacht hatte es geschneit und die Jungs vertrieben sich die Wartezeit mit einer Schneeballschlacht. Als ihn der Junge aus der Parallelklasse, den er sowieso nicht ausstehen konnte, zum dritten Mal mit einem Schneeball am Kopf getroffen hatte und ihm auch noch eine lange Nase machte, rastete Clemens aus. Er stürmte auf ihn zu, streckte ihn mit einem Faustschlag nieder, kniete sich neben ihn und nahm ihn in den Schwitzkasten. Als er einfach nicht mehr loslassen wollte und der Junge zu ersticken drohte, zog ihn ein Schulfreund von seinem Opfer weg.

Im Alter von knapp sechzehn Jahren wurde er zum ersten Mal gegenüber einer Frau handgreiflich. Damals hatte ihm Agnieszka, die dreißigjährige polnische Haushälterin seiner Eltern, nachgestellt. Eines Nachts suchte sie ihn in seinem Zimmer auf. Als sie ihn in die Liebeskunst einführen wollte und er mangels Erfahrung nicht so richtig wusste, was zu tun war, hatte sie ihn einen *Schlappschwanz* genannt und ihn auf gehässigste Weise verhöhnt. Und obwohl Clemens sie bat, es gut sein zu lassen, hörte Agnieszka einfach nicht auf, sich über ihn lustig zu machen. Bis er ihr drei oder vier Mal heftig ins Gesicht schlug und sie mit einem Fußtritt aus dem Bett beförderte. Zunächst hatte sie in Erwägung gezogen, Clemens wegen Körperverletzung anzuzeigen. Letztlich verschwieg sie den Vorfall. Zum einen wollte sie ihre Anstellung nicht verlieren und zum anderen hätten auch ihr wegen Verführung eines Minderjährigen rechtliche Konsequenzen gedroht.

Ein Jahr später verprügelte Clemens einen Mitschüler, nur weil dieser ihn immer wieder damit aufzog, ihn beim Tischtennis schon etliche Male besiegt zu haben, und auf dem Schulhof auch noch ständig laut herumposaunte, mit so einer Gurke nicht mehr spielen zu wollen. Erst als Mitschüler dazwischengingen, ließ Clemens von seinem am Boden liegenden und aus Mund und Nase blutenden Kontrahenten ab. Er drohte, von der Schule zu fliegen. Nur eine großzügige Spende seiner Eltern für den Kauf neuer Sportgeräte für die Schulturnhalle konnte den Schulverweis abwenden. Der Vorgang wurde einfach unter den Teppich gekehrt.

Es war immer das Gleiche. Clemens wurde gehänselt oder geärgert. Und bis zu einem gewissen Punkt hatte er sich im Griff. Wurde aber dieser Punkt überschritten, dann schlug er zu.

Hatten diese Ausraster wirklich mit seiner Kindheit zu

tun, was er sich einredete? Als er noch ein kleiner Junge gewesen war, zog *Er* ihn immer wieder mit einer Sache auf, die er nicht verstand und für die er bis heute noch keine Erklärung gefunden hatte. Damals ballte er die Hände und trommelte mit seinen kleinen Fäustchen erfolglos auf die Brust seines Peinigers ein, doch der hörte nicht auf. Im Gegenteil. Wenn Clemens sich zu wehren versuchte und wild um sich schlug, malträtierte *Er* ihn umso mehr. Dann stieß *Er* seinen Zeigefinger immer und immer wieder abwechselnd in Clemens' Seite und Bauch.

War das also der Grund, warum er als Jugendlicher diejenigen verprügelte, die ihn ärgerten?

Im Laufe der Jahre wurde es nicht besser. Auch seine erste Frau Silvia lernte Clemens' dunkle Seite kennen und musste seine Tobsuchtsanfälle durchleiden. Sein Hang zur Gewalttätigkeit führte schließlich dazu, dass ihr Bund fürs Leben in die Brüche ging. Erst viel später, als er schon in zweiter Ehe mit Monika verheiratet war und seine Wutausbrüche immer heftiger und unkontrollierbarer geworden waren, unterzog er sich freiwillig einem Anti-Aggressivitäts-Training. Doch dieser Schritt kam auch für diese Beziehung zu spät. Sie endete vor dem Scheidungsanwalt.

Nach seiner erfolgreich durchgeführten Anti-Gewalt-Therapie hatte er sich weitestgehend im Griff. Immer wenn er die Anzeichen aufkommender Wut wahrnahm, wie etwa seine wild pochende Halsschlagader oder sein zitterndes Augenlid, wechselte er abrupt das Gesprächsthema, das ihn auf die Palme zu bringen drohte, oder er verließ wortlos den Raum, um einer Eskalation zu entfliehen.

Aber als Rosi ihn damit konfrontiert hatte, seiner Tochter Susanne von seinen gewalttätigen Übergriffen auf seine erste Frau Silvia, Susannes Mutter, zu berichten, da konnte er sich einfach nicht mehr zügeln und schlug zu. Es ging alles so schnell, dass Clemens ihr nicht einmal mehr seinen Vorschlag unterbreiten konnte, den er sich als Alternative zu Rosis Erpressungsversuch zurechtgelegt hatte. Er wollte ihr zehntausend Mark in die Hand drücken und dies keineswegs als Schweigegeld betrachtet sehen, sondern als Akt der Dankbarkeit für die gemeinsame schöne Zeit. Zusätzlich wollte er ihr anbieten, dass sie sich immer an ihn wenden könne, falls sie in finanzielle Schwierigkeiten geraten sollte. Er wollte auch aus der Entfernung noch für sie da sein.

Aber es kam nicht mehr so weit. Rosi musste mit dem Leben bezahlen, weil er befürchtete, dass ihn seine Tochter für immer abweisen würde. Susanne war der einzige Mensch, dem er nie etwas antun könnte. Er liebte seine Tochter abgöttisch.

Denk nach, denk nach, sagte sich Clemens, als er auf Rosi hinunterblickte, die durch seine Hand aus dem Leben getreten war. Er überlegte kurz, dann wusste er, was zu tun war. Zunächst ging er in die Küche und fand unter der Spüle das, was er suchte. Gummihandschuhe. Er zog sie an und ging zum Esstisch. Dort nahm er das Geschirr, das er benutzt hatte, spülte es in der Küche gründlich ab und verstaute es im Küchenschrank. Die Tortenplatte und Rosis Gedeck ließ er auf dem Tisch stehen. Danach ging er ins Schlafzimmer.

Er wusste, dass Rosi ihre Wertsachen im Nachttisch aufbewahrte. Darin entdeckte er ihren Terminkalender sowie ein rosafarbenes Damen-Portemonnaie mit einigen Hundert-Mark-Scheinen, einer Scheckkarte der Stadtsparkasse und Rosis Ausweis. Clemens ließ Karte und Pass auf der Glasplatte des Nachttisches liegen und nahm die Geldbörse an sich. Ebenso den Terminkalender, der die Polizei auf seine Spur hätte führen können. Auch wenn darin vierzehntägig nur sein Vorname aufgeführt war, erschien es ihm besser, den Terminplaner verschwinden zu lassen. Die Nachttischschublade ließ er offen stehen.

Er riss die Türen des Kleiderschranks auf und verteilte Rosis Klamotten auf dem Boden. Dann kehrte er ins Wohnzimmer zurück, entleerte die Inhalte des Wohnzimmerschranks und verteilte sie im ganzen Raum. Als Letztes wischte er mit einem Geschirrtuch alle Möbelstücke und Türen ab, auf denen er Fingerabdrücke von sich vermutete. Dann begab er sich zum Ausgang, stieg mit einem großen Schritt über den toten Körper, nahm seinen Mantel von der Garderobe und zog ihn an. Schließlich setzte er seinen Hut auf, hängte sich seinen Schal um den Hals und zog ihn über Mund und Nase. Noch ein letztes Mal blickte er auf Rosis Leiche.

Leise öffnete Clemens die Wohnungstür und lauschte ins Treppenhaus. Nachdem er nichts Verdächtiges wahrnehmen konnte, zog er die Tür von außen zu, streifte die Gummihandschuhe von seinen Händen und steckte sie in seine Hosentasche. Langsam begab er sich nach unten. Dabei vermied er, das Flurlicht anzuknipsen. Im Halbdunkeln entfernte er sich mit vorsichtigen Schritten vom Tatort.

Als er das Haus verließ, war die Abenddämmerung bereits hereingebrochen. So unauffällig wie möglich machte er sich auf den Weg zu seinem geparkten Auto. Kurz bevor er sein Fahrzeug erreichte, begegnete er einem Mann, der gerade damit beschäftigt war, einen Abfallkorb zu durch-wühlen. Offensichtlich ein Wohnsitzloser auf der Suche nach etwas Essbarem. Clemens sah den Fremden flüchtig an und lief an ihm vorbei.

Doch nur wenige Schritte später blieb er abrupt und wie gelähmt stehen. Wirre Gedanken schwirrten durch seinen Kopf: *Kann das möglich sein? Oder hab ich etwa schon Halluzinationen?* Langsam drehte er sich um und musterte den Mann von Kopf bis Fuß. Clemens erkannte in dem Penn-bruder das Ebenbild seiner selbst. Körpergröße und Statur, die schokobraunen Haare und die dunklen Augen stimm-ten nahezu mit seinem Aussehen überein. Unterschiedlich waren nur das ungepflegte Äußere, die schäbige Kleidung, die verzottelten Haare, die leicht gebückte Haltung und die grauen Bartstoppeln im Gesicht des Fremden. Ansonsten kam es ihm vor, als würde er in einen Spiegel blicken und in sein eigenes, von einer wild durchzechten Nacht gezeich-netes Gesicht sehen. *Den hat mir Gott geschickt*, dachte er.

Clemens hatte eine vage Idee, wie er mit dem Mord an Rosi davonkommen konnte. Vielleicht hatte ihn jemand beim Betreten oder Verlassen des Hauses beobachtet. Dann hätte es auch der Obdachlose gewesen sein können, der so aussah wie er selbst. Ihm fiel die alte Dame ein, die er vor-hin im Fahrstuhl fast über den Haufen gerannt hatte. Die hatte ihn definitiv gesehen.

Als der Unbekannte seinen Weg fortsetzte, folgte ihm Clemens mit gebührendem Abstand. In seinem Kopf arbei-tete es unaufhörlich. Fieberhaft dachte er darüber nach, wie er die zufällige Begegnung mit diesem Pennbruder für sich nutzen konnte.

Auf dem Fußmarsch durch die Innenstadt durchsuchte

der Mann noch einige Müllbehälter und steckte hier und da etwas in seine Taschen. Manchmal ein nicht vollständig aufgegessenes Brötchen oder eine Brezel, manchmal eine leere Pfandflasche, die er in seinem Rucksack verstaute. Am Friedrichsring überquerte er die Straße, bog zunächst links und nach etwa zweihundert Metern an der großen Kreuzung rechts ab. Als auf der gegenüberliegenden Straßenseite das Nationaltheater auftauchte, war es schon fast dunkel. Auf einem bunten Reklameschild wurde die nächste Opernaufführung angekündigt: Mozarts Meisterwerk »Die Zauberflöte«. Clemens schaute zum Goetheplatz hinüber, wo das Opern- und Schauspielhaus, dessen mit Kupferplatten verkleidete Kulissentürme meterhoch über das Dach des Gebäudes hinausragen, in den fünfziger Jahren erbaut worden war.

Das vorgelagerte Foyer war hell beleuchtet. Durch die Fensterfront konnte Clemens die mit weißen Hussen überzogenen Stehtische erkennen, an denen die ersten elegant gekleideten Gäste verweilten. Die meisten mit einem Sektglas oder einem Glas Orangensaft in der Hand. Er erinnerte sich wehmütig daran, dass er früher einmal Besitzer eines Theaterabonnements gewesen war und viele Vorstellungen in Begleitung seiner zweiten Frau Monika besucht hatte.

Hinter der Straßenbahnhaltestelle machte die Straße einen Knick nach links. Der Unbekannte lief weiter aus der Innenstadt hinaus in Richtung Neckar. *Wo will er denn nur hin? Vielleicht auf eine Parkbank?,* dachte Clemens, als auf der rechten Seite der etwas unterhalb der Straße gelegene Untere Luisenpark auftauchte. Schließlich erreichten sie die Friedrich-Ebert-Brücke. Im Schutz der Dunkelheit konnte Clemens dem Fremden weiterhin unbemerkt folgen.

Was mach ich hier eigentlich? Sollte ich mich nicht lieber aus dem Staub machen und so schnell wie möglich aus Mannheim verschwinden?, fragte sich Clemens, obwohl er die Antwort längst zu kennen glaubte. *Ich muss eine Lösung finden. Und ich werde die zu Ende bringen*, sagte er sich und blieb dem Stadtstreicher auf den Fersen.

Gleich hinter dem Theresienkrankenhaus stieg der Mann die Böschung hinab, überquerte die Bahnschienen, trottete einen schmalen Trampelpfad entlang und verschwand nach wenigen Metern hinter einem dichten Buschwerk unter der Neckarbrücke. Ohne es zu wissen, hatte der Pennbruder Clemens zu seinem Nachtlager geführt.

Das reicht fürs Erste, dachte sich Clemens, begab sich auf den Weg zurück in die Stadt, setzte sich in sein Auto und machte sich endlich auf die Heimfahrt nach Heidelberg.

Kapitel 8

Donnerstag, 6. November 1991

In der Nacht auf Donnerstag konnte Clemens kaum schlafen. Im Traum wiederholten sich immer und immer wieder die Geschehnisse in Rosis Wohnung. Und jedes Mal, wenn sie nach seinem Faustschlag rückwärts taumelte und mit dem Hinterkopf auf dem Schuhschränkchen aufschlug, schreckte er schweißgebadet aus dem Schlaf auf.

Am nächsten Morgen schien es, als sei er über Nacht um Jahre gealtert. Zunächst nahm er eine heiße Dusche. Wie vom Wahnsinn getrieben schrubbte er seinen ganzen Körper mit Seife ab, als wollte er sich von seiner Schuld reinwaschen. Er zog sich an und nahm ein kleines Frühstück mit einer Tasse Kaffee und einem Stück Toastbrot mit Erdbeermarmelade zu sich. Danach ging er zum Telefon, rief seine Haushälterin und seinen Gärtner an und teilte beiden in einem kurzen Gespräch mit, ihnen für eine Woche freizugeben. Er wollte die kommenden Tage alleine sein. Bei seinen nächsten Aktionen konnte er ohnehin keine Zeugen brauchen. Anschließend setzte er sich ins Wohnzimmer und dachte noch mal gründlich über das weitere Vorgehen nach.

Du musst die Gummihandschuhe und den Terminkalender verschwinden lassen. Du musst dem Penner Rosis Portemonnaie, das Geld und vor allem deine Klamotten unterjubeln. Mach dich auf den Weg und erledige das, dann sieh weiter.

Zunächst zog er seinen Mantel an, legte den Schal um seinen Hals, setzte sich den Hut auf und ging in den Garten. In voller Montur legte er sich auf den Rasen, der vom gestrigen Regen noch nass und aufgeweicht war, und wälzte sich einige Male auf dem Boden hin und her. *Ein Obdachloser kann unmöglich mit Klamotten rumlaufen, die aussehen, als kämen sie frisch aus der Reinigung.*

Anschließend ging er in die Küche. Um keine Fingerabdrücke zu hinterlassen, nahm er ein Papiertaschentuch, hielt die Geldbörse zwischen Daumen und Zeigefinger fest und steckte sie vorsichtig in die Innentasche des Mantels. Zusätzlich stopfte er einige Geldscheine, die er zuvor dem Portemonnaie entnommen hatte, links und rechts in die Taschen. Dabei bemerkte er ein paar Blutspritzer auf dem linken Ärmel, die ihm gestern gar nicht aufgefallen waren. *Umso besser.* Anscheinend war der Mantel in Mitleidenschaft gezogen worden, als seine Geliebte den Türvorhang an der Garderobe heruntergerissen hatte. Er verstaute alles in einem großen blauen Plastiksack, ging zur Garage und stellte den Müllbeutel auf den Beifahrersitz seines Wagens. Wieder im Haus, setzte er sich auf die Wohnzimmercouch und erinnerte sich noch einmal an das gestern Geschehene zurück.

Vor seinem geistigen Auge fand er sich in Rosis Wohnung wieder, sah, wie sie ihn bedrängte, bis er unter dem Druck regelrecht zusammenbrach und sie niederschlug. Er sah seine leblose Geliebte, mit der er zuvor so viele schöne Stunden verbracht hatte. Er war wütend über das, was Rosi vorgehabt hatte. Dass sie ihn erpressen wollte. Gleichzeitig war er aber auch unendlich traurig darüber, was er getan hatte. Er hatte das Leben eines Menschen ausgelöscht. Eines Menschen, der ihm nahestand.

Dann liefen Bilder aus seiner Jugendzeit vor seinen Augen ab. Er sah die Gesichter von Mitschülern, blutende, ramponierte Gesichter. Und er sah vor sich das Gesicht der am Boden liegenden Haushälterin seiner Eltern, die ihn ängstlich anblickte und wimmernd aus seinem Zimmer stürmte. Es waren Bilder, auf die er nicht stolz war. Es kam ihm vor, als wäre das alles gerade erst geschehen. *Und wie ging es mit mir weiter?* Clemens erinnerte sich an seine erste Frau Silvia zurück.

Silvia Neumann war die Liebe seines Lebens. Sie lernten sich 1961 während des Studiums kennen. Ein Jahr später wurde Silvia ungewollt schwanger. Mit der finanziellen Hilfe seiner Eltern heiratete Clemens seine große Liebe. Als ihre Tochter Susanne geboren wurde, waren beide gerade mal dreiundzwanzig Jahre alt. Während der ersten Ehejahre konnte sich Clemens weiterhin auf die Unterstützung seiner Eltern verlassen. Ohne deren Hilfe hätte er Silvia nicht heiraten, geschweige denn ein Kind bekommen können. Nach vier fantastischen Ehejahren zogen die ersten dunklen Wolken über dem Eheglück auf.

Eines Abends waren Clemens und Silvia bei guten Bekannten zum Essen eingeladen. In ausgelassener Stimmung und von ihrer Freundin dazu animiert, trank Silvia, die normalerweise kaum Alkohol zu sich nahm, ein paar Gläser mehr, als sie vertragen konnte. Clemens war von seiner beschwipsten und lallenden Frau entsetzt. So hatte er sie noch nie erlebt.

Wieder zu Hause, kam es zu einem heftigen Streit und Clemens schlug zu. Erschrocken darüber, was gerade passiert war, gingen beide wortlos zu Bett. Auch am nächsten Morgen wurde der Vorfall nicht thematisiert. Clemens hatte Angst, seine Frau darauf anzusprechen. Und auch Silvia tat die Sache als einmaligen Ausrutscher ihres Mannes ab. Ein Irrtum, wie sich später herausstellen sollte.

Zwei Jahre später war es wieder so weit. Clemens erhielt einen Anruf aus dem Krankenhaus. Silvia berichtete ihm mit tränenerstickter Stimme, dass Susanne beim Spielen vom Baum gefallen sei.

»Wie konnte das denn passieren?«, brüllte er ins Telefon, als er nach einer kurzen Phase des Schocks seine Stimme wiedergefunden hatte. »Hast du nicht aufgepasst?«

»Ich ich … war … ich war mit Susi im Garten«, stotterte sie. »Ich bin nur ganz kurz ins Haus, als … als das Telefon geklingelt hat. Und … und als ich dann wieder raus bin, war es … war es schon geschehen.«

»Und was ist mit ihr, ist sie schwer verletzt?«, fragte Clemens unwirsch.

»Sie war bewusst… war bewusstlos. Der Rettungswagen hat … hat sie ins … ins Krankenhaus gebracht«, schluchzte Silvia.

»An der Stirn hat sie eine vier Zentimeter lange Platz… Platzwunde, die genäht wurde. Jetzt ist sie wieder wach, muss aber … muss zur Beobachtung über Nacht hierbleiben.«

»Ich bin in zehn Minuten da.« Clemens ließ alles stehen und liegen und raste zum Krankenhaus.

Als die beiden abends ohne Susanne wieder zu Hause waren, klingelte das Telefon.

»Hofstädter«, meldete sich Clemens.

»Hallo, hier ist Gabi, ist Silvia da?«

»Silvia ist gerade im Bad und macht sich frisch. Was gibt's denn?«, fragte er.

»Ach, ich wollte nur hören, was heute Mittag bei euch los war. Silvia und ich haben gerade telefoniert, dann hat sie plötzlich laut ›Oh Gott, Susanne‹ geschrien und das Gespräch war beendet.«

Clemens erzählte ihr vom Unfall seiner Tochter. Und dann sagte Gabi etwas, das seine Halsschlagader zum Pochen brachte.

»Mist, da hab ich ja eine Mitschuld dran! Silvia hätte bestimmt nicht so lange mit mir telefoniert, wenn ich sie nicht so zugeschwallt hätte. Ich konnte ja nicht wissen, dass eure Tochter alleine im Garten gespielt hat. Richte ihr einen Gruß von mir aus, ich meld mich morgen noch mal. Bis dann und alles Gute für Susanne, tschüss.«

Silvia hatte Clemens also angelogen, als sie ihm sagte, sie wäre nur kurz ins Haus gegangen, als das Telefon klingelte. Denn als das Unglück geschah, war sie seit fast fünfzehn Minuten ununterbrochen am Telefonieren gewesen, ohne ein einziges Mal nach ihrer Tochter zu schauen. Ihre Freundin Gabi berichtete über ihren neuen Freund und kam aus dem Schwärmen gar nicht mehr heraus. Und Silvia hörte die ganze Zeit interessiert zu. Zeit genug für ihre agile fünfjährige Tochter, die Leiter hochzuklettern, die am Stamm des großen Kirschbaums im Garten lehnte.

Als Clemens aufgelegt hatte, bildeten sich rote Flecken auf seinem Gesicht und sein linkes Augenlid fing zu zittern an. Das Unheil nahm seinen Lauf. Silvia kam aus dem Bad, hatte bereits ihr Negligé angezogen und ein Handtuch um ihr nasses Haar gewickelt.

»Warum hast du mich angelogen?«, fauchte er sie an und schlug unvermittelt zu. Er konnte den Gedanken nicht ertragen, dass seine über alles geliebte Tochter vielleicht hätte sterben können, nur weil seine Frau in aller Seelenruhe telefonierte und nicht aufgepasst hatte.

Nicht einmal eine Woche später verließ Silvia ihren Mann und zog zu ihrer Schwester in die Nähe von Bonn. Susanne nahm sie mit. Beim Abschied sagte sie zu Clemens: »Wenn du willst, dass die Sache unter uns bleibt, dann lass Susanne und mich in Ruhe.« Knapp eineinhalb Jahre später waren sie geschieden.

Clemens verharrte noch eine ganze Weile in den Erinnerungen an seine erste Ehe. *Wenn meine Tochter damals gestorben wäre, hätte ich Silvia umgebracht*, dachte er. *Und gestern bin ich tatsächlich zum Mörder geworden.* Dann schlief er, von Müdigkeit übermannt, auf der Couch sitzend ein.

Kapitel 9

Es war bereits kurz vor zwölf, als ihn der ohrenbetäubende Lärm eines tiefliegenden Düsenjägers aus dem Schlaf aufschrecken ließ und in die Gegenwart zurückholte. Um seinen Kopf endlich freizubekommen, machte Clemens einen langen Spaziergang in die Heidelberger Innenstadt. Zunächst entsorgte er in einem Müllbehälter eines Supermarktparkplatzes die Gummihandschuhe, die er am Vortag beim Abwasch des Kaffeegeschirrs getragen hatte. *Die erste Aufgabe ist schon mal erledigt,* dachte er sich. Dann setzte er seinen ziellosen Weg fort und gelangte schließlich in die malerische Altstadt mit ihren engen Gassen, den barocken Bauten, Geschäften, Restaurants und Kneipen. Dort begegnete er einer asiatischen Reisegruppe, die mit ihren Kameras auf der Jagd nach Fotomotiven war. Selbst im November waren noch viele Touristen in der romantischen Stadt am Neckar unterwegs.

Doch Clemens nahm außer seinem Atem und dem Klacken seiner ledernen Schuhsohlen auf dem Kopfsteinpflaster der Straße nichts um sich herum wahr.

Nach fast zwei Stunden sinnlosen Umherschweifens machte er sich wieder auf den Heimweg. Gemächlich schlenderte er die Straße entlang, die sich parallel zum

Fluss durch das Neckartal schlängelte. Als ihm der Duft frisch gegrillter Bratwürste in die Nase stieg, konnte er nicht widerstehen und steuerte auf die vor ihm auftauchende Imbissbude zu.

»Guten Tag der Herr, was darf's denn sein?«, fragte ihn der Mann hinter der Theke des Verkaufsanhängers. Clemens bestellte ein für ihn nicht alltägliches Mittagessen.

»Ich nehm die Currywurst mit Pommes Frites. Und eine Cola.«

»Macht vier Mark zwanzig.« Der Grillmeister stellte die Fast-Food-Speise mit dem braunen Erfrischungsgetränk auf dem Schanktisch ab.

»Stimmt so.« Clemens legte einen Fünf-Mark-Schein auf den Tresen und begab sich zu einem der Stehtische. Als er in die dickflüssige blutrote Tunke auf dem Plastikteller blickte, musste er unwillkürlich an die Ereignisse des Vortags denken. Einen Moment lang zögerte er, bis er sich überwinden konnte, den ersten Bissen zu sich nehmen. Die Erinnerung an den gestrigen Tag war noch allgegenwärtig.

Wieder zu Hause, zündete er den Specksteinofen an, den er erst vor vier Wochen als Ersatz für den alten offenen Kamin hatte montieren lassen. Kurze Zeit später begann das Kaminholz zu knistern und er legte Rosis Terminkalender in die lodernden Flammen. Die glühende Hitze im Feuerraum des Ofens ließ das Büchlein sich zunächst bizarr nach oben wölben und dann immer mehr zusammenschrumpfen. Es sah fast so aus, als wolle es sich gegen den Feuertod wehren. Erst als es den Kampf verloren hatte und restlos in den Flammen verschwunden war, wandte sich Clemens vom Ofen ab.

Den restlichen Nachmittag verbrachte er damit, wahllos

bunte Illustrierte und Börsenmagazine durchzublättern. Danach sah er sich Videos seiner letzten Spanienurlaube an. Die Zeit vergessend, blickte er abends um sieben zum ersten Mal auf seine Uhr. *Jetzt muss ich aber langsam los,* dachte er.

Er schaute aus dem Fenster. Draußen war es schon stockdunkel und der November zeigte wieder sein hässliches Gesicht. Nachdem es den ganzen Tag recht mild und trocken geblieben war, setzte nun wieder Regen ein, der von einem heftigen Wind begleitet wurde. Mit rasanter Geschwindigkeit zogen dunkle Wolken über Heidelberg hinweg. Das Schauspiel am Himmel glich einer in Panik geratenen Herde von Schafen, die einen Wolf erblickt hatte und hastig in alle Richtungen flüchtete. Clemens zog eine dicke Lederjacke über seinen Pullover, verließ das Haus und ging zur Garage. Er setzte sich in seinen Wagen und warf einen kurzen Blick auf den Plastikmüllsack, der neben ihm auf dem Beifahrersitz lag. Dann begab er sich auf den Weg nach Mannheim.

Eine halbe Stunde später erreichte er sein Ziel. In einer Nebenstraße in der Nähe des Theresienkrankenhauses lenkte er sein Auto in eine Parklücke am Fahrbahnrand. Er stellte den Motor ab und beobachtete eine ältere Frau, die ihren Hund Gassi führte.

»Komm schon, Jacky, weiter geht's«, wies sie ihren Vierbeiner an, der an einer auf dem Boden liegenden Papierserviette Gefallen gefunden hatte und gar nicht mehr aufhören wollte, daran herumzuschnüffeln. Endlich setzten beide ihren Weg fort und schlenderten an seinem Wagen vorbei.

Clemens schaute in den Rückspiegel und wartete, bis die

Frau mit ihrem kleinen grau-weißen Begleiter hinter der nächsten Straßenecke verschwunden war. Dann griff er zum Beifahrersitz hinüber, nahm den blauen Müllbeutel und stieg aus. Zum Glück hatte es zu regnen aufgehört. Mit dem Abfallsack unter dem Arm begab sich Clemens in Richtung Neckarufer. Er war froh, dass er sich in einem ruhigen Wohngebiet der Mannheimer Oststadt befand. Hier in der Umgebung waren selbst tagsüber und bei besserem Wetter nur wenige Passanten unterwegs. Außer der Hundebesitzerin von eben traf er niemanden mehr an.

Im Schutz der Dunkelheit stieg er die Böschung hinab und gelangte zu dem Trampelpfad, der am Fluss entlangführte. Unterhalb der Neckarbrücke blieb er stehen, um sich kurz zu orientieren. Es war so finster, dass Himmel und Erde zu verschmelzen schienen. Mit zusammengekniffenen Augen suchte er die Umgebung ab. *Wo ist denn nur dieses verdammte Buschwerk, hinter dem der Penner gestern verschwunden ist?* Sosehr er sich auch bemühte, Clemens konnte nichts erkennen. Langsam und fast auf Zehenspitzen bewegte er sich Schritt für Schritt weiter.

Plötzlich durchbrach ein gleichmäßiges, leises Schnarchen die Abendstille. *Na also.* Er verließ den Fußweg und zwängte sich vorsichtig durch das dichte, mannshohe Gestrüpp. Direkt dahinter befand sich eine lichte Stelle, die dem Obdachlosen offenbar selbst in den Wintermonaten als Nachtlager diente.

Für einen kurzen Moment tat sich am schwarzen Himmel eine Wolkenlücke auf, durch die das Mondlicht schimmerte und das struppige Umfeld dieses besonderen Ortes preisgab. Soweit Clemens erkennen konnte, lag der verlumpte Kerl, in einen Schlafsack gehüllt, im Gras. Sein rhythmisches Geschnarche deutete auf einen tiefen Schlaf hin. Auf einer Decke neben dem Schlafsack waren leere Bierflaschen verteilt. Der Rucksack, den der Penner tags zuvor bei seinem Streifzug durch die Stadt auf dem Rücken getragen hatte, diente ihm jetzt als Kopfkissen. Vor einer Brombeerhecke lagen zwei große Plastiktüten, die mit Paketkordeln zugeschnürt waren. Clemens nahm an, dass der Mann seine Habseligkeiten darin aufbewahrte.

Dann schoben sich wieder dunkle Wolken vor den Mond und es wurde erneut finster. Doch Clemens hatte genug gesehen. Er packte den mitgebrachten Beutel aus und legte seinen Mantel, Schal und Hut neben den Schlafenden ins feuchte Gras. *Der wird sich doch freuen, aus seinen alten Fetzen mal rauszukommen*, dachte er und erinnerte sich dabei an die schäbige, löchrige Kleidung, die der Wohnsitzlose gestern getragen hatte. *Und etwas Geld wird er auch noch in den Taschen finden.*

Der erste Schritt war vollbracht. Leise begab er sich zu der stacheligen Brombeerhecke und legte vorsichtig das rosafarbene Portemonnaie, das er zuvor aus der Manteltasche gekramt hatte, unter eine der zugebundenen Plastiktüten. *Jetzt bloß weg von hier.*

Langsam rückwärts gehend und ohne den Mann aus den Augen zu lassen, quetschte er sich durch das Gebüsch hindurch. Auf dem Trampelpfad angekommen atmete er tief durch. Doch dann nahm er aus dem Augenwinkel für einen kurzen Moment einen Schatten wahr und drehte sich um. Wie aus dem Nichts stand plötzlich ein Mann vor ihm.

»He, was machst du da? Der Schlafplatz ist schon belegt«, schnaubte der Fremde. Clemens blieb wie erstarrt stehen und erkannte in dem Kerl einen weiteren Obdachlosen, der wohl wie der andere Penner hinter dem dichten Gestrüpp sein Nachlager hatte und sich gerade dorthin begeben wollte.

Der hat mir noch gefehlt, dachte er und wollte sich, ohne den Mann weiter zu beachten, schleunigst aus dem Staub machen, als ihn der Fremde am Arm festhielt.

»Das gibt's doch nicht. Du ... du siehst ja aus ... wie ... wie der Fritz«, stotterte der Unbekannte.

Auch das noch. Schlagartig sah Clemens die Durchführung seines Plans in Gefahr, der vorsah, den Mord an Rosi dem hinter den Büschen schlafenden Pennbruder anzuhängen, der ihm wie aus dem Gesicht geschnitten war. Doch dem Burschen, der ihm jetzt gegenüberstand, war die Ähnlichkeit dummerweise auch sofort aufgefallen. Er könnte Clemens' gesamte Mission zunichtemachen und seine Strategie wie ein Kartenhaus zusammenfallen lassen.

Clemens sah seinem Kontrahenten tief in die Augen und ballte fest entschlossen seine rechte Hand zur Faust. Das Letzte, was der Fremde bewusst wahrnehmen konnte, war die plötzlich wild pochende Halsschlagader seines Kontrahenten. Ein heftiger Hieb traf ihn an der Schläfe. Er taumelte einige Meter rückwärts. Sofort setzte Clemens nach und verpasste ihm einen zweiten Schwinger, der die Augenbraue über dem linken Auge aufplatzen ließ. Nach hinten schwankend, schoss dem Getroffenen Blut aus der offenen Wunde. Dicke dunkelrote Tropfen kullerten in das feuchte Gras. Als er seitlich umkippte, war er nur noch zwei, drei Schritte vom Wasser entfernt.

»Was ... was soll das, lass mich in Ruhe. Meinetwegen schlafen wir ... hier eben zu ... dritt«, stammelte er stark benommen.

Die zweite Schlafstätte muss ich im Dunklen übersehen haben, dachte Clemens und kannte keine Gnade. Er ging auf den Fremden zu, zog ihn mit beiden Händen hoch und schlug ihm ein letztes Mal mit voller Wucht ins Gesicht. Rückwärts torkelnd fiel der Bursche in den Neckar und wurde von der Strömung sofort mitgerissen. Für einen kleinen Moment reckte er seinen Kopf aus den kalten Fluten und schnappte verzweifelt nach Luft. Doch dann zog ihn sein schwerer Rucksack, den er auf dem Rücken trug, nach unten. Mit einem leisen Blubbern verschwand er im dunklen Fluss.

Hastig sah sich Clemens um und kniff die Augen zu kleinen Schlitzen zusammen. Doch sosehr er sich auch anstrengte, etwas in der Dunkelheit zu erkennen, konnte er weit und breit keine Menschenseele entdecken. Um ihn herum war alles still. Und auch der Schlafende hinter den Hecken hatte nichts von der schrecklichen Tat mitbekommen. *Umso besser.* Sein Herz raste und seine immer noch zur Faust geballte Hand zitterte. Trotz der Kälte hatten sich auf seiner Stirn dicke Schweißperlen gebildet. Nur langsam löste sich seine Anspannung. Er atmete tief durch und sog die kühle, feuchte Nachtluft in sich ein.

Er wunderte sich, wie einfach es doch war, einen Menschen zu töten. Innerhalb von etwas mehr als vierundzwanzig Stunden hatte er zwei Menschen ermordet. Es war schon schlimm genug, dass er Rosi erschlagen hatte. Jetzt hatte er auch noch diesen armen Schlucker in den Neckar geprügelt, wo er jämmerlich ersoff. *Der war einfach zur falschen Zeit am falschen Ort,* dachte er. Dann entfernte sich Clemens eilends von der Stelle, an der noch am Mittag

Fußgänger friedlich vorbeigeschlendert waren und die jetzt zu einem grauenvollen Schauplatz geworden war.

Auf dem Fußpfad ging er zurück und kletterte neben der Brücke die Böschung hoch. Ständig darauf achtend, von niemandem entdeckt zu werden. Zufrieden stellte er fest, dass er immer noch alleine war. Bis auf die Autofahrer, die oben in ihren Fahrzeugen über den Neckar donnerten. Doch die konnten ihn nicht sehen und hatten keine Ahnung, welches Drama sich vor wenigen Minuten hier unten abgespielt hatte.

Im Wohngebiet angekommen entsorgte er den leeren Plastiksack in einem Müllcontainer, der vor einer Baustelle am Straßenrand stand. Wenig später saß er wieder in seinem Wagen und startete den Motor. Bevor er losfuhr, schaute er in den Rückspiegel, aus dem ihn plötzlich die Gesichter der beiden Toten mit leeren Augenhöhlen bedrohlich anstarrten. *Dreh jetzt bloß nicht durch. Du siehst ja schon Geister.* In seinem Kopf spukten aber nicht nur die Ermordeten herum. Er dachte auch an den armen Kerl, der unter der Brücke schlief und ihm als Sündenbock dienen sollte. *Welches Los ist ihm bloß widerfahren, dass er auf der Straße leben muss? Was ist mit ihm geschehen? Warum ist er so weit gesunken?*

Freitag, 7. November 1991

Gegen acht Uhr dreißig kroch Clemens aus seinem Bett. Wie am Vortag gönnte er sich zunächst eine heiße Dusche. Danach setzte er sich an den Küchentisch, frühstückte und studierte die Tageszeitung. Angespannt und mit feuchten Händen blätterte er durch die Seiten der Rubrik »Nachrichten aus der Region«. *Es steht noch nichts drin. Sie haben Rosi noch nicht gefunden*, dachte er, als er keinen Artikel über den Mord im benachbarten Mannheim finden konnte. Anschließend begab er sich ins Wohnzimmer und setzte sich zum Nachgrübeln wieder auf die Couch.

Es war sein Lieblingsplatz in dem um die Jahrhundertwende erbauten Haus, das seine Eltern vor etwa zwanzig Jahren gekauft und großen Wert darauf gelegt hatten, wesentliche Details der geschichtsträchtigen Villa im Originalzustand zu belassen. Die Fassade bestand aus profiliertem gelbem Sandstein. Die Räume im Innenbereich waren mit Eichenparkettböden, Kastenfenstern, hohen Stuckdecken und dekorativ verzierten Türstöcken ausgestattet. Die imposante Eingangshalle war mit Holzvertäfelungen versehen. Das Wohnzimmer war durch eine Doppelflügeltür mit grazil eingefassten Bleiglasscheiben vom Essbereich getrennt. In der oberen Etage befanden sich mehrere Schlafräume sowie zwei Badezimmer. Als Clemens in das Haus einzog, hatte er sich im Untergeschoss einen Wellness- und Fitnessbereich mit Sauna, Dampfbad und eine Kellerbar einbauen lassen. Ansonsten hatte er nichts verändert.

»So, und wie geht's weiter?«, sagte er zu sich selbst. Zwar hatte er dem Obdachlosen seine Kleidung, Geld und das Damenportemonnaie untergejubelt, aber er konnte nicht wissen, ob der Fremde sein »Geschenk« auch annahm. Ursprünglich hatte er vorgehabt, das Nachtlager noch einmal aufzusuchen, um nachzusehen, ob der Stadtstreicher wie geplant seine Klamotten trug. Erst dann wollte er den nächsten Schritt seines Vorhabens angehen und die Sache zum Abschluss bringen.

Sobald sie Rosi gefunden haben, erhält die Polizei einen

anonymen Hinweis von mir. Sie verhaften den Mann und ich bin aus dem Schneider. Doch so einfach war es jetzt nicht mehr. Denn unerwartet gab es noch einen zweiten Toten und Clemens hatte nicht den Mut, ein weiteres Mal zum Nachtlager zu gehen. Er wollte nicht riskieren, dort ein zweites Mal gesehen zu werden. Vielleicht trieben sich unter der Neckarbrücke ja noch mehr Pennbrüder herum, die ihm in die Quere kommen könnten. Deshalb hoffte er, dass alles auch so funktionierte.

Keine zwei Kilometer von Clemens' Villa entfernt sollte der Arbeitstag in einer renommierten Heidelberger Anwaltskanzlei anders verlaufen als sonst.

»Chef, da nimmt niemand ab«, sagte die Rechtsanwaltsfachangestellte zu von Kesselbring, nachdem sie am Vormittag Roswitha Knopfloch wiederholt telefonisch zu erreichen versucht hatte.

»Frau Knopfloch wird sich später bestimmt noch melden. Dann wissen wir, was los ist. Schauen Sie bitte gleich mal die Post durch und übernehmen Sie den Telefondienst. Das hat gestern doch auch ganz gut geklappt«, erwiderte der Anwalt.

Niemand in der Kanzlei konnte zu diesem Zeitpunkt ahnen, dass Rosi bereits seit fast zwei Tagen tot in ihrer Wohnung lag und dass sie am Mittwoch zum letzten Mal im Leben Mandanten am Empfangsplatz mit ihrer freundlichen Art begrüßt hatte.

Als sich am frühen Nachmittag Roswitha Knopfloch immer noch nicht in der Kanzlei gemeldet hatte, wurde selbst von Kesselbring, normalerweise die Ruhe in Person, misstrauisch. »Frau Blazevic, kennen Sie irgendwelche Verwandte oder Bekannte Ihrer Kollegin, bei denen man nachfragen könnte, wo Frau Knopfloch steckt?«

»Leider nein, soweit ich weiß, lebt sie alleine und zurückgezogen. Da kann uns niemand weiterhelfen«, antwortete Frau Blazevic, die von Minute zu Minute sichtlich nervöser wurde. Nicht nur aus Sorge, Roswitha Knopfloch könnte etwas zugestoßen sein, sondern auch deshalb, weil der Stapel unerledigter Akten auf ihrem Schreibtisch nicht abnehmen wollte und sie jetzt auch noch die Aufgaben ihrer Kollegin übernehmen musste. Außerdem hatte sie für übernächste Woche Urlaub eingereicht. Den würde ihr Chef sicherlich streichen, falls Frau Knopfloch bis dahin immer noch nicht auftauchen sollte.

»Rufen Sie mal die Polizei in Mannheim an, vielleicht liegt denen irgendeine Information über den Verbleib von Frau Knopfloch vor. Und wenn nicht, dann geben Sie eine Vermisstenanzeige auf«, wies von Kesselbring seine Mitarbeiterin an und verschwand in seinem Büro.

»Polizei Mannheim, Polizeiobermeister Markus Müller, guten Tag. Was kann ich für Sie tun?«, meldete sich eine für einen Mann ungewohnt helle Stimme am Telefon.

»Darija Blazevic mein Name, guten Tag. Folgendes: Meine Kollegin, Roswitha Knopfloch, ist seit zwei Tagen nicht mehr im Büro erschienen und wir machen uns langsam Sorgen. Sie wohnt in Mannheim und wir dachten, vielleicht liegt Ihnen etwas vor«, erwiderte Frau Blazevic, auf einen besorgt wirkenden Tonfall achtend.

»Wie war noch mal Ihr Name, Blaze…?«

»Okay, ich buchstabiere: B l a z e v i c, D a r i j a. Und meine Kollegin heißt Knopfloch, Roswitha K n o p f l o c h.«

»Ja, das habe ich schon verstanden, aber kann es nicht sein, dass Frau Knopfloch einfach mal blau macht?«

»Auf keinen Fall. Sie arbeitet schon eine Weile bei uns. Und so etwas ist bei ihr noch nie vorgekommen.«

»Es gibt für alles ein erstes Mal«, gab Müller etwas süffisant zurück. Darija Blazevic ahnte, dass sie mit diesem arrogant wirkenden Polizisten nicht weiterkommen würde. Entweder hatte der einen schlechten Tag, oder am Freitagnachmittag einfach keine Lust.

»Einen Moment bitte, ich verbinde Sie mit meinem Chef«, sagte sie resignierend zu dem verdutzten Polizeibeamten. Mit den Worten »Tut mir leid, ich hab's probiert, aber der nimmt die Sache nicht ernst«, stellte sie das Gespräch durch.

»Keine Bange, Frau Blazevic, das haben wir gleich«, beruhigte der Anwalt seine Mitarbeiterin.

»Rechtsanwalt Dr. Klaus von Kesselbring, mit wem spreche ich?«, meldete er sich energischer als sonst. Normalerweise ließ er Titel und Vorname am Telefon weg, aber in diesem Fall dachte er, könne es nicht schaden.

»Polizeiobermeister Müller. Sie machen sich Sorgen um eine Mitarbeiterin, die nicht mehr im Büro erschienen ist. Ist es vielleicht möglich, dass sie sich über irgendetwas geärgert hat und deshalb der Arbeit fernbleibt? Manchmal klären sich Dinge von ganz alleine.«

Diese Aussage des Polizisten trieb dem Anwalt die Zornesröte ins Gesicht. Dennoch antwortete er in einem ruhigen, aber bestimmenden Ton.

»Hören Sie mal zu, Herr Polizeiobermeister. Ich gebe jetzt ganz offiziell eine Vermisstenanzeige bei Ihnen auf. Soweit ich als Anwalt informiert bin, macht man das so, wenn eine Person plötzlich verschwindet und zu befürchten ist, dass ein Unglück oder sonst etwas passiert sein kann. Seit gestern versucht meine Mitarbeiterin, Frau Knopfloch telefonisch zu erreichen. Ohne Erfolg.«

»Ja, aber …«, wollte Polizist Müller einwenden. Aber von Kesselbring unterbrach ihn sofort.

»Ich bin noch nicht fertig! Frau Knopfloch ist eine sehr zuverlässige Mitarbeiterin. Sie hat sich nicht krank gemeldet und Urlaub hat sie auch nicht eingereicht. Keiner weiß, wo sie sich momentan aufhält. Möglicherweise ist ihr etwas zugestoßen oder sie ist in Gefahr. Ich melde sie deshalb als vermisst und es ist Aufgabe der Polizei, der Sache nachzugehen. Also, Herr Müller. Ich bitte Sie, nein, ich erwarte, dass Sie umgehend etwas unternehmen. Habe ich mich deutlich genug ausgedrückt?«

Das hatte gewirkt. »Gut, ich hab's verstanden. Dann benötige ich nur noch die persönlichen Daten von Frau Knopfloch, damit ich die Angelegenheit an die zuständige Stelle weiterleiten kann«, lenkte Müller ein.

»Warum denn nicht gleich so? Ich verbinde Sie noch mal mit Frau Blazevic. Sie kann Ihnen alle Informationen über Frau Knopfloch geben, die Sie benötigen. Auf Wiederhören.« Zufrieden über das Erreichte gab von Kesselbring das Gespräch an seine Mitarbeiterin zurück.

»Mit dem ist nicht zu spaßen«, sagte Müller zu dem ihm gegenübersitzenden Polizisten, als er nach dem Telefonat den Hörer auflegte. »Und Anwalt ist der auch noch, der kann einem viel Ärger machen. Darauf habe ich gar keine Lust.«

»Was ist denn los?«, fragte ihn sein Kollege.

»Wir haben eine Vermisstenanzeige. Ich bin gespannt, ob wirklich jemand verschwunden ist, oder ob das mal wieder falscher Alarm ist.«

»Am besten, du gibst die Sache so schnell wie möglich an die Vermissten-Sachbearbeitung der Kripo weiter, dann hat sich das Problem für uns erledigt.«

»Klar, was meinst du, was ich gerade machen will«, antwortete Müller, riss die oberste Seite seines Notizblocks ab und verließ grinsend das Zimmer.

Kapitel 10

Die von POM Markus Müller aufgenommene Vermissten-anzeige lag jetzt der zuständigen Stelle bei der Kriminal-polizei vor. Die Vermissten-Sachbearbeitung befand sich im zweiten Obergeschoss des Polizeipräsidiums in der Mannheimer Innenstadt, den sogenannten Quadraten. Denn im Zentrum der Stadt waren die Straßenzüge in Quadrate aufgeteilt. Straßennamen wurden durch Buch-staben und Ziffern ersetzt. Die Anschrift der Polizei lautete daher L6, 1. Das imposante, denkmalgeschützte Gebäude beherbergte die drei Bereiche Schutz-, Verkehrs- und Kri-minalpolizei. Das viergeschossige Haus mit seinen hoch-formatigen Fenstern und der historischen Sandsteinfassade galt als architektonischer Augenschmaus. Nur schade, dass die ursprünglich mit Zwiebelkuppeln ausgestatteten Eck-türme nicht mehr vorhanden waren. Sie waren nach dem Zweiten Weltkrieg in schlichter Bauweise wieder aufgebaut worden und passten mit ihrem Fünfziger-Jahre-Look nicht in das Gesamtbild.

Die Vermisstenanzeige brachte eine Maschinerie zum Laufen. Gut zwei Stunden nach Eingang der Meldung hatte Kriminalmeisterin Julia Offenbach ihre Checkliste abgearbeitet. Nachfragen bei der Verkehrspolizei, in den umliegenden Krankenhäusern und bei der Feuerwehr über den Verbleib von Roswitha Knopfloch blieben ergebnislos. Weiterhin hatte sie über die Zulassungsstelle das KFZ-Kennzeichen der vermisst gemeldeten Person ausfindig machen können. Aus POM Müllers Notizen ging nur hervor, dass Roswitha Knopfloch einen silberfarbenen Opel Corsa fuhr. Anscheinend war der Anwaltskanzlei, die die Vermisstenanzeige aufgegeben hatte, das Autokennzeichen ihrer Mitarbeiterin nicht bekannt.

»Unsere Frau Knopfloch ist immer noch verschollen«, sagte Offenbach zu ihrer Kollegin. »Schick mal bitte eine Streife bei ihr zuhause vorbei. Und die können auch gleich Ausschau nach dem Corsa halten. Denn dort, wo das Fahrzeug steht, da kann die Vermisste nicht weit weg sein. Und am besten, du rufst sicherheitshalber gleich noch beim Schlüsseldienst an.«

»Mach ich«, antwortete die junge Polizistin und griff zum Hörer.

Keine zwanzig Minuten später standen Polizeihauptmeister Axel Füllkrug und Polizeimeisterin Sabine Großmann vor dem Mehrfamilienhaus in der Mannheimer Innenstadt und drückten auf die unteren drei Klingelknöpfe des Tableaus, nachdem sie es vorher erfolglos bei Roswitha Knopfloch versucht hatten.

»Irgendeiner wird schon aufmachen«, sagte PM Großmann zu ihrem Kollegen und blickte dabei gespannt zu den Fenstern des Erd- und Obergeschosses.

»Ja bitte?«, klang eine Stimme aus der Sprechanlage. Füllkrug und Großmann wiesen sich als Polizisten aus und einer der Bewohner öffnete ihnen schließlich die Haustür.

»Ist was passiert?«, fragte der neugierig.

»Das wissen wir noch nicht. Wo befindet sich denn die Wohnung von Frau Knopfloch? Und wer sind Sie?«, erwiderte Füllkrug.

»Schuster, Georg Schuster, heiße ich. Knopfloch sagten Sie? Ich glaube, die wohnt oben im vierten. Ist was mit der?«

»Was könnte denn mit der sein? Und wann haben Sie denn die Dame das letzte Mal gesehen?«, hakte Füllkrug nach.

»Keine Ahnung. Wir leben hier zwar alle unter einem Dach, aber kennen tun wir uns eigentlich nicht. Jeder macht sein Ding und interessiert sich nicht für den anderen. Ist mir auch recht so. Nur die alte Zicke im dritten Stock, die wohnt alleine und will im Treppenhaus immer mit allen quatschen. Doch bevor die so richtig zu labern anfängt, reißen alle gleich wieder aus. Das ist eine ganz neugierige Tante. Wenn jemand was weiß, dann die. Soll ich mit hochkommen?«, fragte der Mann erwartungsvoll und sah die beiden Polizisten abwechselnd an.

»Ne, lassen Sie mal, wir gehen alleine hoch. Zum Glück sind Sie ja nicht so neugierig wie die alte Frau im dritten. Wie heißt denn die Dame?« Füllkrug lächelte spitzbübisch.

»Leutwein heißt die. Wünsche Ihnen viel Spaß mit der Quasselstrippe.«

»Danke, Herr Schuster. Wir brauchen Sie jetzt nicht mehr. Wenn noch was ist, melden wir uns wieder bei Ihnen.«

Danach gingen Füllkrug und seine Kollegin Großmann die Treppe nach oben, während Schuster schulterzuckend hinter seiner Wohnungstür verschwand.

»Sabine, wir gehen erst mal zur Wohnung von der Vermissten. Wenn wir da nicht weiterkommen, können wir immer noch Frau Leutwein aufsuchen. Vielleicht kann die uns dann weiterhelfen«, sagte Füllkrug.

In der vierten Etage angekommen klingelten sie an Rosis Wohnung, doch wie erwartet blieb immer noch alles still.

»Hallo Frau Knopfloch, hier ist die Polizei, machen Sie bitte auf«, rief Großmann, als sie an die Tür klopfte.

»Das bringt doch nichts. Meinst du, sie reagiert nur auf Klopfzeichen? Wir haben angerufen und geklingelt und nichts hat sich getan. Langsam glaube ich, dass da wirklich was faul ist«, sagte Füllkrug.

»Geh mal bitte runter und stell dich vor die Haustür. Der Fritze vom Schlüsseldienst müsste schon unterwegs sein. Ich bleib hier oben und warte auf euch.«

»Okay Chef«, erwiderte die Polizistin augenzwinkernd und begab sich nach unten, um den Mann vom Schlüsseldienst in Empfang zu nehmen.

Nur etwa ein bis zwei Tage nach dem Tod eines Menschen beginnt die sogenannte Autolyse, die Selbstauflösung abgestorbener Körperzellen. Die inneren Organe verflüssigen sich, da sie nicht mehr mit Sauerstoff versorgt werden. Ein penetranter Verwesungsgeruch entsteht.

Genau diesen unappetitlichen Leichengestank sogen PHM Füllkrug und PM Großmann in dem Moment auf, als ihnen der Mann vom Schlüsseldienst die Tür zu Roswitha Knopflochs Wohnung öffnete.

»Ach du Scheiße«, sagte Füllkrug und hielt sich angewidert die Hand vor Mund und Nase. Mit Herzklopfen schaute er in den Raum hinein. Zunächst sah er nur den heruntergerissenen Türvorhang. Dann erspähte er die Tote, die in einer vertrockneten Blutlache auf dem Boden lag.

»Wir haben die Vermisste gefunden«, sagte er zu seiner Kollegin.

»Danke fürs Kommen. Bitte gehen Sie jetzt«, wies er gleich darauf den Handwerker an, der mit kreidebleichem Gesicht im Hausflur stand. Natürlich hatte auch er den aus der Wohnung strömenden Leichengeruch wahrgenommen. Eilig packte er seinen Werkzeugkasten zusammen. Dann war er auch schon weg.

»Sie wissen ja, wo die Rechnung hingeht«, rief ihm Füllkrug durchs Treppenhaus hinterher.

»Ja, ja, alles klar.« Gleich danach fiel unten die Haustüre zu.

»Sabine, geh du mal zum Auto und funk die Kripo an. Das sieht nicht nach einem natürlichen Tod aus. Dann warte unten, bis die angetanzt kommen. Ich bleib solange hier oben und pass auf, dass die Tote nicht wegkommt.«

»Wie ich doch deinen Humor liebe«, antwortete Großmann und ging nach unten.

Kriminalkommissarin Julia Krämer hatte sich auf das Wochenende mit ihrem Mann sehr gefreut. Gleich nach Dienstschluss wollte die dreiunddreißigjährige Blondine die beiden gemeinsamen Kinder zu ihren Eltern bringen. Danach wollten Patrick und sie in den Schwarzwald fahren, um in einem Wellnesshotel für zwei Tage die Seele baumeln zu lassen. Bereits für Samstag früh hatte sie einen Maniküretermin vereinbart. Ihr Mann wollte sich eine Hot-Stone-Massage gönnen. Das Verwöhn-Arrangement hatte ihr Patrick zum siebten Hochzeitstag geschenkt. Doch ein Anruf aus der Chefetage machte den geplanten Kurztrip zunichte. Der oberste Dienstherr der Kriminalpolizei Mannheim, Leitender Kriminaldirektor

Albert Bretschneider, den alle hinter vorgehaltener Hand nur *den Alten* nannten, hatte sie telefonisch vom Fund einer Leiche informiert.

»Sie und Herzog übernehmen das. Der weiß schon Bescheid. Die Spusi ist unterwegs und unsere Frau Oberstaatsanwältin hab ich auch schon informiert«, sagte er knapp. »Und beeilen Sie sich. Sie wissen doch, wie empfindlich Frau Baumann reagiert, wenn sie bereits vor der Kripo am Tatort eintrifft«, fügte er hinzu.

»Ist es eigentlich sicher, dass es sich hier um ein Kapitalverbrechen handelt?«, fragte sie ihren Vorgesetzten.

»Sicher ist noch gar nichts. Aber Sie werden das schon rausfinden. Nach Aussage der Streifenpolizistin, die den Fall gemeldet hat, müssen wir von einem Tötungsdelikt ausgehen.«

»Okay Chef. Und warum gerade Herzog und ich? Kann das nicht ein anderes Team übernehmen? Ich wollte nämlich mit meinem Mann übers Wochen…«

»Was Sie am Wochenende mit Ihrem Ehegatten vorhatten, ist mir egal«, schnaubte er verärgert. »Erstens will ich, dass Sie und Ihr geschätzter Kollege den Fall übernehmen, und zweitens geht es sowieso nicht anders. Ich hab momentan zu wenige Leute. Wenn ich gewusst hätte, dass allein fünf Mann von der Grippewelle heimgesucht werden, dann hätte ich die anderen, die auch noch fehlen, nicht in Urlaub oder auf Fortbildung geschickt. Reicht das?«

»So ein Mist«, murmelte die Kriminalbeamtin im Flüsterton eher zu sich selbst als zu Bretschneider.

»Was sagten Sie?«

»Nichts, schon gut«, antwortete sie schnell.

»Herzog wird Sie jeden Moment im Büro abholen und

dann schwingen Sie die Hufe und fahren dorthin.« Ohne noch etwas hinzuzufügen, legte Bretschneider auf.

Na bravo, dachte sich Krämer, nahm das Telefon ab und überbrachte die Hiobsbotschaft ihrem Mann.

»Das ist nicht dein Ernst«, sagte er enttäuscht, als ihn seine Frau darum bat, im Hotel anzurufen, um die Buchung zu stornieren.

»Sorry, Patrick, aber ich kann es nicht ändern. Vielleicht können wir unseren Kurztrip auf ein späteres Wochenende verschieben.«

»Wenn dann nicht wieder was dazwischenkommt«, gab ihr Mann resigniert zurück.

»Aber ich rede mal mit denen. Vielleicht kommen wir ohne Stornokosten aus der Nummer raus. Und deine Eltern ruf ich auch gleich an und sag ihnen, dass Tim und Lisa doch nicht kommen.«

»Danke. Du bist ein Goldschatz«, sagte Krämer.

»Ich weiß«, antwortete er, ohne sich seine tiefe Enttäuschung anmerken zu lassen.

Im Grunde genommen liebte KK Julia Krämer ihren Job. Aber jetzt war wieder einer der Momente gekommen, in dem sie ihren Beruf verfluchte und sich eine Tätigkeit mit geregelter Arbeitszeit und freien Wochenenden wünschte. Dennoch war sie eine gute Polizistin, die jeden ihrer Fälle äußerst akribisch bearbeitete. Wie ein Schachspieler plante sie alle ihre Schritte voraus. Und wenn sie einen Schurken in die Enge getrieben hatte, ließ sie nicht mehr locker, bis der Ganove endgültig mattgesetzt war. Selbst das Schreiben von Lageberichten, eine bei allen Kriminalisten ungeliebte Aufgabe, machte ihr nichts aus. Sehr zur Freude des Kripochefs, dem Krämers Protokolle immer pünktlich auf den

Schreibtisch flatterten. Die Arbeitsweise ihres Partners, Kriminalhauptkommissar Günther Herzog, war alles andere als strukturiert. Er war ein Typ der Marke Columbo, chaotisch und immer etwas zerstreut, aber dennoch mit einem messerscharfen Verstand ausgestattet. Und gerade wegen der völlig unterschiedlichen Arbeitsweisen der beiden Kripobeamten des Dezernats für Kapital- und Sexualdelikte ergänzten sie sich perfekt. Daher wurden sie von fast allen Kollegen scherzhaft *Das Dreamteam* genannt.

Die Tür zu Krämers Büro ging auf und Herzog trat, ohne anzuklopfen und auf einem mit Wurst und Käse belegten Brötchen herumkauend, ein. Die beiden teilten sich das spartanisch eingerichtete Zimmer. Ihre Winkelschreibtische, jeder mit einem Computer bestückt, waren aneinandergestellt. An der Wand lehnte ein nicht zu den Arbeitstischen passendes Sideboard. Darauf befanden sich ein Drucker, eine Maschine zum Aufbrühen von Filterkaffee und vier oder fünf bunt zusammengewürfelte Kaffeehumpen. Das deckenhohe offene Regal daneben war mit Akten gefüllt, deren beschriftete Rücken schon mehrfach überkritzelt worden waren. Vor dem Fenster stand eine fast zwei Meter breite PIN-Wand, auf die üblicherweise Fotos von Tatverdächtigen und allerlei Beweismittel angeheftet wurden.

Mit den Worten »Hallo Juli, hast ja schon gehört, dass Arbeit auf uns wartet? Wahrscheinlich ist das Wochenende futsch«, begrüßte Herzog seine Kollegin und nahm am Schreibtisch ihr gegenüber Platz.»Mach erst mal deinen Mund leer, dann versteh ich dich besser«, antwortete Krämer augenzwinkernd. »Ja, du hast recht. Das Wochenende ist hinüber und ich hab's auch schon meinem

Mann gebeichtet. Eigentlich wollten wir bis Sonntag in den Schwarzwald fahren.«

»Aha, dann hast du mich ja doch verstanden«, sagte Herzog triumphierend und biss genüsslich in seine Schrippe. Krämer sah ihn an und wartete, bis er sein verspätetes Mittagessen vollständig aufgegessen hatte. Missmutig sah sie zu, wie sich Herzog mit dem Handrücken den Mund abwischte.

»Letzte Woche hab ich extra neue Servietten gekauft und einen ganzen Stapel in deinen Schreibtisch gelegt. Aber die zu benutzen, davon hältst du anscheinend nichts. Und verbröselt hast du dich auch noch.«

»Stimmt«, antwortete Herzog, als er nach unten blickte und die Brötchenkrümel mit der Hand von seinem Pullover wischte, die dann auf den grauen Teppichboden herunterrieselten. Als er sich dann auch noch auf seinem Schreibtischstuhl wie auf einem Karussell dreimal um die eigene Achse drehte, rollte Krämer genervt mit den Augen.

»Okay Juli, ich hör ja schon damit auf.«

»Gut. Dann können wir ja los. Der Alte hat gesagt, wir sollen die Hufe schwingen und uns beeilen, dass wir noch vor der Baumann dort sind.«

»Ja auf was warten wir denn noch?« Herzog schnellte aus seinem Stuhl und öffnete die Tür. »Nach Ihnen, Frau Kriminalkommissarin.«

»Danke, Herr Kriminalhauptkommissar«, erwiderte Krämer und ging an ihrem Kollegen vorbei nach draußen.

Kapitel 11

Als die beiden Kripobeamten am Tatort eintrafen, waren die Kollegen von der Spurensicherung schon da und hatten ihre Arbeit aufgenommen. Herzog und Krämer blieben vor der Wohnungstür stehen und zogen hellblaue Latexhandschuhe an, die sie bei Einsätzen immer mit sich trugen. Als sie ein Mann der Spusi erblickte, kam er auf sie zu und streckte ihnen Einweg-Schuhüberzieher aus blauem Kunststoff entgegen.

»Ziehen Sie die über, dann können Sie reinkommen. Ich hab auch noch Gesichtsmasken, die setzen Sie am besten auch gleich auf. Es riecht hier nämlich etwas streng.« Er übergab ihnen die in Folien verpackten Gesichtslarven.

»Danke, aber den Geruch hätte ich gar nicht bemerkt«, erwiderte Kriminalhauptkommissar Herzog augenzwinkernd. Sie stülpten sich die Plastikfüßlinge über die Schuhe, setzten die Masken auf und betraten die Wohnung.

»An das werde ich mich nie gewöhnen«, sagte er zu Krämer, als er auf die Tote herabsah, neben der der Rechtsmediziner kniete und mit den Händen das Gesicht der Leiche abtastete.

»Woran kannst du dich nicht gewöhnen? An das Blut oder an den Gestank?«, fragte Krämer ihren Kollegen.

»Nee, an die Kapuzenoveralls der Spusi. Schau doch mal, wie ulkig die aussehen. Fast wie Marsmenschen.« Herzog deutete mit angehobenem Kinn auf einen der Kapuzenmänner, der am Tisch im Wohnzimmer stand und das Kaffeegeschirr untersuchte. Die Kriminalkommissarin rollte nur kopfschüttelnd mit den Augen und beugte sich zur Leiche herunter.

»Guten Tag, Frau Krämer, hallo Günther«, begrüßte der Facharzt für Gerichtsmedizin die beiden Beamten mit leichtem, aber doch unverkennbarem holländischem Akzent.

Kriminalhauptkommissar Günther Herzog und Dr. Piet van Leeuwen kannten sich schon lange. Der Niederländer van Leeuwen war vor über zwanzig Jahren nach Deutschland gekommen, um in Heidelberg an einer der ältesten und international renommiertesten medizinischen Fakultäten zu studieren. Da ihn der Bereich forensische Pathologie sehr interessierte, absolvierte er im Anschluss an sein Medizinstudium eine entsprechende Facharztausbildung am Institut für Rechts- und Verkehrsmedizin in Heidelberg. Ursprünglich hatte er geplant, nach Abschluss der Ausbildung nach Scheveningen, dem an der Nordseeküste gelegenen holländischen Seebad, zurückzukehren. Allerdings lernte er bereits während seines Studiums bei einer Faschingsveranstaltung in der Heidelberger Altstadt seine spätere Frau Anne kennen und entschied sich daher zu bleiben. Später nahm er eine Stelle als Rechtsmediziner beim Landeskriminalamt an und heiratete seine Anvertraute. Endgültig in der Rhein-Neckar-Region sesshaft wurde er, als sich die beiden nach der Hochzeit ein Haus in Heddesheim, einer kleinen Gemeinde in der Nähe von Mannheim, kauften, in dem sie jetzt immer noch wohnten.

»Kannst du schon was zur Toten sagen, Piet? Todesursache und Zeitpunkt?«, fragte Herzog den Arzt.

»Noch nicht viel. Es handelt sich um Roswitha Knopfloch. Sie wohnt hier ... äh, sie hat hier gewohnt. Ihren Ausweis haben wir im Schlafzimmer gefunden. Der Kollege knipst dort gerade alles ab.«

»Okay, und weiter.«

»So wie's aussieht, wurde sie hier in der Wohnung umgebracht. Sie hat eine Verletzung im Gesicht, wahrscheinlich durch einen Faustschlag. Der hat aber nicht zum Tod geführt. Ich denke, sie ist durch die Wucht des Schlags nach hinten gefallen und ist mit dem Hinterkopf auf dem Schuhschrank aufgeschlagen. Dadurch ist die Medulla oblongata ausgefallen und das hat sie nicht überlebt.«

»Und was heißt das auf Deutsch?«

»Also, das ist ein Teil des Gehirns im unteren Hinterkopf, der lebenswichtige Funktionen wie Atmung und Herzschlag reguliert. Eine Verletzung in diesem Bereich kann zum sofortigen Tod führen. Aber zu hundert Prozent kann ich das erst sagen, wenn sie auf meinem Seziertisch liegt.«

»Und was schätzt du, wie lange sie schon tot ist?«

»Die Leichenstarre hat sich bereits gelöst, die Verwesung hat eingesetzt. Ich schätze, zwischen vierundzwanzig und zweiundsiebzig Stunden.«

»Geht's vielleicht etwas genauer?«

»Wie gesagt, Günther, wenn sie auf meinem Seziertisch liegt.«

Jetzt erst schaltete sich Kriminalkommissarin Krämer, die den beiden die ganze Zeit gespannt zugehört hatte, in das Gespräch ein. »Zweiundsiebzig Stunden können wir ausschließen. Ich denke, sie wurde zwischen Mittwochnachmittag und gestern Vormittag ermordet.«

Herzog und van Leeuwen sahen sie überrascht an.

»Und wie kommt die verehrte Dame darauf?«, wollte Herzog von seiner Kollegin wissen.

»Heute ist Freitag. Mittwoch, also vor achtundvierzig Stunden, hat Frau Knopfloch vormittags noch gearbeitet, dann kann sie nicht schon vor zweiundsiebzig Stunden umgebracht worden sein«, antwortete die Kripobeamtin triumphierend.

»Das konnte ich nicht wissen. Seit wann sie vermisst wurde, hat man mir nicht verraten«, verteidigte sich van Leeuwen. »Aber so falsch lag ich nun auch wieder nicht«, fügte er hinzu.

»Dir macht auch niemand einen Vorwurf«, warf Herzog ein. »Wenn ich wie Frau Krämer die Vermisstenanzeige von A bis Z durchgelesen hätte, dann wäre ich selbst darauf gekommen. Aber ich hab sie nur überflogen.«

Während Krämer in die Hocke ging und van Leeuwen weitere Fragen stellte, begab sich Herzog ins Wohnzimmer. Dabei schlürfte er mit seinen Schuhüberziehern durch den Raum und hob bei seinen Schritten die Füße kaum an. Es hatte den Anschein, als hätte er an dem knirschenden Geräusch, das die Plastikschuhe auf dem Fliesenboden verursachten, Gefallen gefunden. Man hätte fast meinen können, das Ganze ginge ihn nichts an, aber weit gefehlt. Denn wie so oft wirkte er nach außen teilnahmslos, aber innerlich war er hellwach. Mit seinen sechsundfünfzig Jahren war Herzog ein sehr erfahrener Kriminalhauptkommissar, der in der Vergangenheit schon viele knifflige Fälle mit seiner unnachahmlichen Art gelöst hatte und der niemandem mehr etwas beweisen musste. Er galt als ewiger Junggeselle und lebte, wie van Leeuwen, in Heddesheim. Herzogs Wohnung in Feldrandlage des beschaulichen Ortes befand sich nur rund zweihundert Meter vom Haus des Gerichtsmediziners entfernt. Dadurch waren beide fast Nachbarn und seit Jahren eng befreundet. Piet van Leeuwens Frau Anne liebte Herzogs schusselige, aber liebenswerte Art und freute sich über jeden seiner Besuche. Auch ihre Töchter Frieda und Johanna fühlten sich zu dem Polizisten hingezogen, den sie Onkel Günther nannten, und der bei jeder Gelegenheit mit den beiden Mädchen herumalberte. Der Kripobeamte wiederum war froh, hin und wieder eine wohlschmeckende Mahlzeit genießen zu dürfen, denn Anne war eine gute Köchin.

»Decken Sie auch so schön den Tisch, wenn Sie alleine Kaffee trinken, oder doch eher, wenn Sie Besuch erwarten?«, fragte Herzog den Mann von der Spusi, der gerade Kohlepulver mit einem feinen Pinsel auf der Kaffeetasse auftrug, um darauf befindliche Fingerabdrücke sichtbar zu machen.

»Keine Ahnung«, antwortete der, ohne aufzublicken.

Dann schlenderte Herzog ins Schlafzimmer und mit einem Blick nahm er den Ausweis und die Scheckkarte wahr, die immer noch auf dem Nachttisch lagen.

»Hallo Franz, hab dich in deinem Kostüm fast nicht erkannt«, scherzte er in Richtung des Kapuzenmannes, der gerade mit seiner Kamera die auf dem Boden wild verstreuten Klamotten fotografierte.

»Hallo Günther, altes Haus. Lang nicht mehr gesehen«, antwortete er und schoss bereits das nächste Bild.

»Hast du hier irgendwo einen Geldbeutel oder Bares gefunden, Franz?«

»Bis jetzt noch nicht, was mich nicht wundert. Das Geld hat der Täter bestimmt mitgenommen, und was er nicht brauchen konnte, hat er dagelassen.« Er deutete mit einer kurzen Handbewegung in Richtung des Nachttischs.

»Übrigens, der Autoschlüssel ist auch noch da. Mit dem konnte er genauso wenig anfangen«, schob er hinterher.

»Vielleicht wusste der Mörder nicht, wo sein Opfer geparkt hat. Oder er hat keinen Führerschein«, sagte Herzog grinsend und ging zurück ins Wohnzimmer, wo er auf seine Kollegin traf, die sich unermüdlich auf ihrem Schreibblock Notizen machte. In diesem Moment betrat Friederike Baumann den Ort des Geschehens.

»Guten Tag zusammen«, sagte die Oberstaatsanwältin mit ihrer dunklen Frauenstimme, die durch die Gesichtsmaske hindurch noch unfreundlicher als sonst klang. Trotz der Larve, die sie über Mund und Nase trug, konnte man deutlich erkennen, wie unangenehm sie den Geruch empfand, der immer noch den Raum erfüllte, obwohl zwischenzeitlich das Wohnzimmerfenster zum Lüften weit offen stand.

»Hauptkommissar Herzog, können Sie mir kurz schildern, was vorliegt?«

»Gerne, Frau Oberstaatsanwältin. Also, bei der Toten handelt es sich um Roswitha Knopfloch. Laut dem Rechtsmediziner ist von einem Mord auszugehen. Ihr wurde ein Schlag verpasst, sie ist auf den Hinterkopf gefallen und ist daran gestorben, weil irgend so ein Gehirnteil seine Funktion eingestellt hat. Und wie es hier in der Wohnung aussieht, handelt es sich wahrscheinlich um Raubmord. Aber das alles ohne …«

»Und seit wann ist sie tot?«, unterbrach ihn Baumann.

»Seit etwa vierundzwanzig bis achtundvierzig Stunden, aber das alles ohne Gewähr, wie auch alles andere, was ich bisher gesagt habe.«

»Wie fast alles, was Sie bisher gesagt haben«, korrigierte ihn die Oberstaatsanwältin. »Denn dass es sich bei der Toten um Roswitha Knopfloch handelt, ist wohl mit Gewähr. Also, ich fasse mal kurz zusammen: Wir haben genügend Anhaltspunkte, dass eine Straftat vorliegt. Und die reichen mir aus, um ein Ermittlungsverfahren einzuleiten. Deshalb machen Sie und Ihre Kollegin hier mal schön weiter. Am Montag erwarte ich Ihren Bericht. Schönen Tag noch, ich muss jetzt los.«

Ohne eine Erwiderung der Polizisten abzuwarten, verließ Friederike Baumann die Wohnung.

»Na bravo«, sagte Herzog zu Krämer.

»Da hatten wir aber Glück, dass wir schon vor ihr hier waren. Ich will gar nicht wissen, wie sie gelaunt gewesen wäre, wenn sie auf uns hätte warten müssen«, erwiderte Krämer seufzend. »Und ich hab Glück, dass sie es eilig hatte und mich gar nichts gefragt hat«, warf van Leeuwen ein, der das Gespräch zwischen der Oberstaatsanwältin und seinem Freund interessiert verfolgt hatte.

»Dann machen wir hier mal schön weiter«, sagte Herzog zu seiner Kollegin und imitierte dabei Baumanns rauchige Stimme, was bei der Polizistin ein Kichern auslöste.

»Ich denke, wir befragen jetzt gleich mal die Hausbewohner, ob die was gehört oder gesehen haben. Wir haben Freitagnachmittag. Da müssten die meisten zu Hause sein. Übernimm du das Erdgeschoss und das erste Obergeschoss. Ich mach den Rest«, wies er Krämer an. »Wenn wir bis Montag nichts zu berichten haben, dann grillt uns

erst der Alte und anschließend unsere Frau Oberstaatsanwältin.«

Sie verabschiedeten sich vom Gerichtsmediziner und von
den Kriminaltechnikern und machten sich auf den Weg
ins Treppenhaus.

Kapitel 12

Samstag, 8. November 1991

Am Samstagmorgen um halb acht klingelte das Telefon. Julia Krämer quälte sich aus dem Bett und nahm den Hörer ab, während ihr Mann sich nur zur Seite drehte und genervt auf den Wecker blickte.

»Hallo.« Mehr brachte die noch völlig schlaftrunkene Polizistin nicht über die Lippen.

»Guten Morgen, Frau Kollegin«, meldete sich Kriminalhauptkommissar Herzog. »Hab ich dich geweckt?«

»Nein, überhaupt nicht. Wie kommst du denn da drauf?«, erwiderte sie gähnend. »Ich hoffe nur, du hast einen guten Grund, so früh anzurufen. Was gibt's denn?«

»Wir haben wieder eine Leiche. Ist das Grund genug?«, antwortete Herzog trocken. »Der Alte hat mich gerade angerufen und mir gesagt, dass wir das auch noch übernehmen sollen. Er hätte momentan zu wenige Leute, bla, bla, bla, und wir sollen die Hufe schwingen. Sorry, ich kann's leider nicht ändern. Nach der Toten von gestern wird das Wochenende jetzt wohl völlig futsch sein. Kann ich dich gleich abholen?«

»Okay. Ich hab ja sowieso keine andere Wahl. Bis gleich«,

antwortete Krämer und legte auf. Mit den Worten »Tut mir leid, Schatz, aber ich muss los« drückte sie ihrem Mann einen zärtlichen Kuss auf die Wange.

»Ist schon gut«, antwortete der, aber da war seine Frau schon im Badzimmer verschwunden.

Keine dreißig Minuten später befanden sich die beiden Kripobeamten auf dem Weg zu einem Firmengelände, wo am Flussufer eine männliche Leiche angespült worden war.

»Wo fahren wir denn eigentlich hin?«, fragte Krämer ihren Kollegen, als sie zu ihm ins Auto stieg und den Sicherheitsgurt anlegte.

»Zu einer Firma in der Neckarvorlandstraße. Dort hat ein Mitarbeiter heute früh einen Toten im Wasser entdeckt.«

»Eine Wasserleiche? Wie prickelnd.« Krämer zog angewidert ihre Mundwinkel nach oben.

»Kommt ganz darauf an, wie lange die schon im Wasser gelegen hat«, erwiderte Herzog und grinste seine Kollegin an.

»Typisch Günther«, sagte sie kopfschüttelnd und entschloss sich, den Rest der Fahrt schweigend aus dem Fenster zu schauen.

Sie fuhren aus dem Mannheimer Vorort hinaus und gelangten zur Feudenheimer Straße. Durch die Windschutzscheibe konnte man die oberen Etagen des Collinicenters erkennen, die im Sonnenlicht silberfarben glänzten. Heute war der Himmel wolkenlos und die noch tief stehende Sonne zeigte bereits hinter den Hängen des Odenwaldes ihr Gesicht. Durch die Bäume hindurch tauchte links hinter den Sportanlagen der Fernmeldeturm auf, der vor gut fünfzehn Jahren am linken Neckarufer für die Versorgung der Funkmeldedienste in der Region errichtet worden war und der damals in Mannheim stattfindenden Bundesgartenschau als bauliche Attraktion diente. Sie fuhren durch die Neckarstadt. Die Häuser links und rechts der Straße mit ihren Backsteinfassaden, den Erkern und den kleinen gerundeten Balkonen mit schmiedeeisernen Geländern versprühten den Charme vergangener Jahre. Als sie hinter dem Alten Messplatz auf der Kurpfalzbrücke den Fluss überquerten, flog ein Schwarm kreischender Möwen über sie hinweg. Mit hochgestellten Flügeln und gespreizten Schwänzen setzten die Vögel zur Landung auf dem dunkelblau schimmernden Wasser an. Krämer beobachtete ein Schwanenpaar, das auf der grünen Neckarwiese dahinstolzierte, während zwei Gestalten in roten Trainingsanzügen an den majestätisch wirkenden Vögeln vorüberjoggten.

Kurze Zeit später steuerte Herzog seinen fünfzehn Jahre alten Ford Taunus auf die Neckarvorlandstraße. Auch er hatte die ganze Zeit kein Wort mehr gesagt. Denn ihm war wieder eingefallen, dass seine Kollegin ein ausgesprochener Morgenmuffel war, der nach dem Aufstehen noch etwas Zeit zum Wachwerden benötigte. Und diese Zeit wollte er ihr gewähren.

Schließlich erreichten sie ihr Ziel. Die Firma befand sich in Höhe des Verbindungskanals zum Mühlauhafen und war auf die Gewinnung von Kiesen und Sanden spezialisiert. Trotz des guten Wetters wirkte die industrielle Umgebung irgendwie finster und bedrohlich. Am Metallzaun rechts neben der Einfahrt hing ein Schild mit der Aufschrift *Sand + Kies Ruländer GmbH*. Das Grundstück hatte einen direkten Zugang zum Neckar. Dadurch konnten die produzierten Baustoffe problemlos auf dem Flussweg zu den

Umschlagplätzen und den Endabnehmern transportiert werden, denn nur knapp einen Kilometer vom Standort entfernt mündete der Neckar in den Rhein, die wichtigste Wasserstraße Europas.

Nachdem Kriminalhauptkommissar Herzog seinen Dienstausweis vorgezeigt hatte, öffnete der Pförtner die Schranke und sie fuhren ein. Die Reifen des alten Ford knirschten auf dem geschotterten Untergrund des Werksgeländes verdächtig laut. Umso mehr, als Herzog das Lenkrad nach rechts einschlug und im Schritttempo die Parkfläche für Besucher ansteuerte. Er verzog das Gesicht, denn er befürchtete, dass die grob gekörnten Steine seinen bereits abgefahrenen Reifen den Rest geben könnten.

Auf dem kleinen Parkplatz waren neben zwei zivilen PKWs bereits drei Fahrzeuge der Streifenpolizei abgestellt. Auf einem weißen Schild wiesen jede Menge Sicherheitshinweise mit bunten Warnsymbolen Besucher auf Verhaltensregeln hin, die auf dem Werksgelände zu beachten waren. Beim Aussteigen trat der Kripobeamte mit dem linken Fuß in eine einsame Wasserpfütze, die sich aufgrund des Regens der letzten Tage in einer kleinen Bodenvertiefung gebildet hatte.

»Na bravo«, sagte er zu seiner Kollegin. »Das könnten die auch noch aufs Schild schreiben: *Vorsicht Wasserlöcher.* Wenn ich richtig sehe, ist das die einzige Pfütze auf dem gesamten Gelände, und wer tritt rein? Natürlich ich.«

»Ja, so was kann nur dir passieren«, antwortete Krämer grinsend, während Herzog sein Bein anhob und sich die Sauerei anschaute, die die braune Brühe an seinem Schuh und am Hosenbein hinterlassen hatte. Unten am Wasser erblickten sie mehrere Personen. Die meisten in Uniform und Kapuzenanzügen, die sich in einem mit rot-weißen Absperrbändern abgegrenzten Bereich wie Ameisen hin und her bewegten.

»Da drüben sind sie.« Herzog deutete mit dem Kinn auf die etwa dreihundert Meter entfernte Menschenmenge. Dann liefen sie los. Ein Radbagger, dessen senkrecht nach oben stehendes Auspuffrohr eine stinkende Rauchwolke hinterließ, raste an ihnen vorbei. Sie bewegten sich zwischen Förderbändern und Bergen von Kies und Sand hindurch. Rechts vor ihnen befand sich ein alter rechteckiger Baucontainer, der den Arbeitern anscheinend als Aufenthaltsraum diente. Dahinter standen mehrere Hochsilos, die durch einen Drehkran von oben befüllt und nach unten entleert werden konnten. Ein Lastkraftwagen war gerade an einen Baustoffspeicher herangefahren und wurde durch den unten liegenden Auslassstutzen mit Kies beladen.

Ein Polizist, der mit verschränkten Armen vor der Absperrung stand, um Unbefugten den Zutritt zu verwehren, hatte die beiden sich nähernden Kripobeamten die ganze Zeit beobachtet. Als Herzog und Krämer ihre Dienstausweise vorzeigten, hob er das rot-weiße Band mit der Aufschrift *Polizeiabsperrung* so gut es ging an und ließ sie darunter hindurchschlüpfen.

»Guten Morgen, Herr Kollege. Wer kann uns denn zu dem Fall schon was sagen?«, fragte Herzog.

»Das kann ich.« Der Polizist rieb seine Hände aneinander, die ihm wahrscheinlich beim Herumstehen kalt geworden waren. »Also, heute Morgen, ich glaube so um sieben, wurde unten am Wasser eine männliche Leiche aufgefunden. Der Mann trug einen Rucksack auf dem Rücken und darin befand sich sein Personalausweis. Er heißt Konstantin Eisenhauer, sechzig Jahre alt. Als Anschrift steht im Ausweis nur Mannheim drin …«

»Aha, also ein Wohnungsloser«, warf Krämer ein.

»Genau.« Der Polizist blies sich heiße Atemluft in seine Hände, die er, um sie zu erwärmen, zu Fäusten zusammengepresst vor den Mund hielt. »Mehr weiß ich momentan auch nicht.«

»Wer hat ihn gefunden?«, fragte Herzog.

»Ein Firmenmitarbeiter. Ich glaube, der sitzt jetzt im Bürogebäude, oben neben dem Parkplatz, und erholt sich von seinem Schock.«

»Danke, das reicht fürs Erste.« Dann gingen die beiden Kripobeamten weiter.

»Guten Morgen, Piet. Lange nicht gesehen«, sagte Herzog zu seinem Freund, der auf dem Boden neben der Leiche kniete.

»Guten Morgen, Günther, guten Morgen, Frau Krämer«, begrüßte der Gerichtsmediziner die zwei mit einem kurzen Kopfnicken.

»Na, was haben wir denn heute?«, fragte Herzog mit einem Blick auf den Toten.

»Einen Mann, der vor ein bis zwei Tagen, so schätze ich, zu Tode gekommen ist. Ob er ertrunken oder sonst wie umgekommen ist, kann ich momentan noch nicht sagen. Aber ich denke, der ist nicht von alleine ins Wasser gefallen.«

»Und warum ist er deiner Meinung nach nicht selbst ins Wasser gehüpft?«, hakte Herzog nach und richtete dabei seinen Blick auf eine riesige Kranbahnanlage, deren Stahlträger zum Beladen von Frachtschiffen meterweit über die Kaimauer hinausragte.

»Weil es danach aussieht, als hätte er eine Schlägerei

gehabt. Die Schläfe ist geschwollen, das Nasenbein ist gebrochen und am linken Auge hat er sich wahrscheinlich eine Fraktur des Orbitabodens zugezogen.« Van Leeuwen grinste seinen Freund an, denn er wusste, dass er Herzog damit ärgern konnte, wenn er ihm Verletzungen mit medizinischen Fachausdrücken zu erklären versuchte.

Doch der schaute immer noch zur Krananlage, die ihn offensichtlich mehr interessierte als das, was van Leeuwen zur Leiche zu sagen hatte. »Das Ding ist ja der Wahnsinn«, flüsterte er vor sich hin.

»Hörst du mir überhaupt zu?«, fragte der Mediziner.

Erst jetzt wandte Herzog seinen Blick von dem Stahlkoloss ab und sah wieder zu van Leeuwen nach unten. »Natürlich hab ich dir zugehört, Piet. Du hast gesagt, der hat eine Fraktur des Orbita Dingsbums. Und was ist das bitte schön?«

»Ein Bruch der Augenhöhle. Es kann natürlich auch sein, dass er eine Weile im Wasser getrieben ist und sich die ganzen Verletzungen zugezogen hat, indem er an Kaimauern oder sonst was gestoßen ist. Eindeutig kann ich das erst sagen, wenn er auf meinem …«

»Ich weiß, wenn er auf deinem Seziertisch liegt«, beendete Herzog den Satz und zwinkerte seinem Freund zu.

»Guten Morgen zusammen«, erklang hinter ihnen eine dunkle, rauchige Frauenstimme. Oberstaatsanwältin Friederike Baumann war eingetroffen und hatte das Gespräch verfolgt. Weder die beiden Kripobeamten noch der Gerichtsmediziner hatten ihr Kommen bemerkt.

»Guten Morgen, Frau Oberstaatsanwältin«, sagten die drei fast gleichzeitig, was der sonst so kühlen Juristin ein kurzes Lächeln ins Gesicht zauberte.

»Das ist schon eigenartig«, fuhr Baumann jetzt wieder in gewohnt ernstem Ton fort. »Eine ganze Zeit lang keine Leiche oder sonst was, und jetzt gleich zwei Tote innerhalb von zwei Tagen. Und wenn ich das richtig verstanden habe, liegt wahrscheinlich wieder ein Gewaltverbrechen vor.«

»Ja, aber noch ohne Gewähr«, antwortete van Leeuwen.

»Wie immer. Wir sehen uns ohnehin am Montag zur Lagebesprechung. Und die lohnt sich jetzt doppelt«, sagte sie in Richtung der Kripobeamten.

Um halb zehn betraten Herzog und Krämer das kleine Bürogebäude neben dem Parkplatz. Der schlichte Bau mit dem Wellblechdach war höchstens vierzig Quadratmeter groß. Gleich hinter dem Eingang befand sich eine kleine Empfangstheke, die allerdings unbesetzt war. Rechts davon standen zwei Holzstühle, die für wartende Besucher gedacht waren. Hinter dem Tresen sahen sie zwei Männer an einem Tisch sitzen.

»Guten Morgen, haben Sie einen Termin?«, fragte der jüngere der beiden, als er sich erhob.

»Guten Morgen. Wir brauchen keinen Termin«, antwortete Herzog und zeigte seinen Dienstausweis vor. »Mein Name ist Günther Herzog, Kripo Mannheim. Und das ist meine Kollegin, Julia Krämer.«

»Oh, das konnte ich nicht wissen.« Der Mann ging auf sie zu und streckte ihnen seine Hand entgegen.

»Michael Ruländer, ich bin hier der Geschäftsführer. Darf ich Ihnen eine Tasse Kaffee anbieten?«, fragte er und schielte dabei auf Herzogs von getrockneter Erde verschmutztes Hosenbein und Schuh, was diesem nicht entging.

»Sehr nett, aber nein danke«, sagte Krämer, als sie dem

Firmenchef die Hand reichte. Herzog sah sie von der Seite an. Sein Blick ließ erkennen, dass seine Antwort wohl anders ausgefallen wäre. Aber er beließ es dabei.

»Und wer sind Sie?«, fragte Herzog den Mann, der immer noch am Tisch saß und sich gerade mit zittrigen Händen eine Zigarette angesteckte. Bevor er antwortete, zog er kräftig an seinem Glimmstengel, legte den Kopf in den Nacken und blies den Rauch schräg nach oben in Richtung der von Nikotin vergilbten Decke.

»Herbert … Herbert Fischer. Ich hab den da unten … gefunden«, stotterte der Mann.

»Ganz ruhig, Herr Fischer, erzählen Sie mal, wann und wo Sie die Leiche gefunden haben«, sagte Krämer mit sanfter Stimme.

»Das hab ich doch alles schon Ihren Kollegen beantwortet. Aber gut, dann erzähl ich es eben noch mal: Ich bin heute Morgen um halb sieben zur Arbeit gekommen, hab mich wie immer in meinen Bagger gesetzt und ein paar Ladungen Sand zu den Silos gefahren. Dann bin ich zum Pinkeln zum Fluss runter.«

»Wann war das?«, wollte Herzog wissen.

»So um sieben. Es wurde gerade langsam hell. Zuerst hab ich gedacht, da liegt ein Rucksack im Wasser. Das war direkt neben dem Steg. Ich hab mich danach gebückt und wollte ihn rausfischen. Doch als ich daran gezogen hab, ist der Kerl zum Vorschein gekommen und das hat mir einen wahnsinnigen Schreck eingejagt.« Bevor der Arbeiter fortfuhr, zog er wieder an seiner Zigarette und ließ den Rauch aus seinem halb geöffneten Mund seitlich über die Wange gleiten. »Ich hab dann gleich die Polizei und meinen Chef angerufen, das war's auch schon. Mehr kann ich nicht sagen.«

»Waren Sie gestern früh auch unten am Wasser und, na ja, zum Pinkeln meine ich. Ist Ihnen da vielleicht auch schon etwas aufgefallen?«, fragte ihn Krämer verlegen.

»Ich glaub schon, dass ich am Steg war. Ich trinke morgens um kurz vor sechs zu Hause immer zwei große Tassen Kaffee. Das treibt. Sie wissen schon. Und kaum bin ich hier, drückt die Blase. Nee, gestern ist mir noch nichts aufgefallen.«

»Und Ihnen, Herr Ruländer? Irgendetwas in den letzten Tagen beobachtet, vielleicht Personen, die nicht hierher gehören?«

»Nein. War alles wie immer. Aber was mich interessiert: Können wir heute hier auf dem Werksgrundstück ganz normal weiterarbeiten?«

«Das dürfen Sie, ausgenommen in dem Bereich, der abgesperrt ist. Der ist tabu. Den können Sie wahrscheinlich erst ab morgen wieder betreten«, antwortete Krämer.

»Okay meine Herren, wir verabschieden uns jetzt. Ich gehe davon aus, dass Ihre Personalien bereits aufgenommen wurden?«, fragte Herzog. Beide nickten.

»Dann haben wir es. Wenn noch etwas sein sollte, melden wir uns wieder bei Ihnen. Auf Wiedersehen. Und lassen Sie das Wasserloch auf dem Besucherparkplatz zuschaufeln«, schob er mit erhobener Stimme nach. Noch ehe Ruländer etwas erwidern konnte, hatten die zwei Polizisten das Bürogebäude verlassen.

Kapitel 13

Montag, 10. November 1991

Die für zehn Uhr dreißig terminierte Lagebesprechung in einem Besprechungszimmer im zweiten Obergeschoss des Polizeipräsidiums Mannheim begann pünktlich. Der Raum war gut gefüllt. Vor dem Fenster stand ein einzelner Besprechungstisch, an dem Albert Bretschneider, Leitender Kriminaldirektor der Kripo Mannheim, und Oberstaatsanwältin Friederike Baumann ihre Plätze eingenommen hatten. Etwa zwei Meter gegenüber dem Tisch waren Stuhlreihen aufgebaut. Hier hatte Kriminalhauptkommissar Herzog Platz genommen. Neben ihm Kriminalkommissarin Krämer. Herzog sah sich um. Es waren noch vier weitere Kripobeamte und Beamtinnen des Dezernats Eins/Kapitaldelikte, Rechtsmediziner van Leeuwen, Polizeihauptmeister Füllkrug, zwei Beamte und eine Beamtin des Dezernats Acht/Kriminaltechnik sowie Dieter Brunner, Pressesprecher des Polizeipräsidiums anwesend.

»Volles Haus. Ganz nach dem Geschmack vom Alten«, sagte er grinsend zu seiner Kollegin.

Als sich Kripochef Bretschneider von seinem Sitz erhob und kurz in die Runde blickte, stellten alle ihre Gespräche ein und es wurde schlagartig still. Zunächst begrüßte er die Oberstaatsanwältin und anschließend die übrigen Anwesenden. Danach gab er bekannt, dass er, in Abstimmung mit der Staatsanwaltschaft, für den Nachmittag, vierzehn Uhr dreißig, sämtliche Vertreter der lokalen Zeitungen und Nachrichtensender zu einer Pressekonferenz eingeladen hatte. Diese für alle Beteiligten überraschende Mitteilung verursachte ein reges Gemurmel unter den Zuhörern, das erst wieder verstummte, als Bretschneider nach einer kurzen Pause seine Rede fortsetzte und konkret auf die Fälle Knopfloch und Eisenhauer zu sprechen kam.

»Herr Herzog, bitte informieren Sie uns jetzt über den Stand der Ermittlungen«, sagte er am Ende seiner Ansprache, setzte sich und wippte einige Male erwartungsvoll mit seiner Stuhllehne hin und her.

Herzog, der sich bereits vor gut einer Stunde mit sämtlichen Kolleginnen und Kollegen der Dezernate Kapitaldelikte und Kriminaltechnik sowie mit dem Gerichtsmediziner intensiv ausgetauscht hatte, erhob sich von seinem Platz und ging nach vorne.

»Vielen Dank, Herr Bretschneider, für die einleitenden Worte.« Dann räusperte er sich, holte für alle hörbar Luft und begann zu berichten. »Meine Damen, meine Herren, ein ereignisreiches Wochenende mit zwei Toten liegt hinter uns. Am Freitagnachmittag haben wir in einer Wohnung in den Quadraten die Leiche der vierzigjährigen Roswitha Knopfloch aufgefunden, die kurz zuvor von ihrem Arbeitgeber als vermisst gemeldet worden war, da sie seit Donnerstag nicht mehr zur Arbeit erschienen ist. Die Obduktion durch Dr. van Leeuwen hat ergeben, dass das Opfer durch einen Faustschlag im Gesicht verletzt wurde, der Schlag aber nicht tödlich war. In Folge des Schlags ist das Opfer mit dem Hinterkopf auf die Kante eines Schuhschranks gestürzt. Und die Verletzung am Hinterkopf hat schließlich zum Tod geführt. So wie die Wohnung aufgefunden wurde, müssen wir zunächst von einem möglichen Raubmord ausgehen, denn Geld haben wir nirgends entdeckt.«

»Gibt es Anhaltspunkte, dass sich Täter und Opfer gekannt haben?«, fragte die Oberstaatsanwältin.

»Momentan können wir das nicht ausschließen, denn es gibt keine Einbruchspuren. Es kann aber auch sein, dass das Opfer, ohne sich Gedanken zu machen, einem Fremden die Tür geöffnet hat und anschließend überwältigt wurde.«

»Und, gibt es irgendwelche andere Spuren, die uns in der Sache voranbringen?«, hakte die Oberstaatsanwältin nach.

»Ich fürchte, nein. Die Spusi hat festgestellt, dass der Täter oder die Täterin versucht hat, Fingerabdrücke mit einem Tuch zu beseitigen. Das ist aber nur teilweise gelungen, denn es konnten welche sichergestellt werden, die jedoch keine Treffer in unserer Datei ergeben haben. Die DNA-Spuren konnten bisher noch nicht ausgewertet werden. Irgendwelche weiteren Fragen?« Herzog blickte in die Runde. Da sich niemand zu Wort meldete, fuhr er fort.

»Gut. Über das Ergebnis der Befragung der Hausbewohner wird Frau Krämer berichten. Julia, bitte«, sagte er mit einem kurzen Kopfnicken zu seiner Kollegin.

Die Kriminalkommissarin schlug ihren Notizblock auf. »Also. Das Opfer wohnte im vierten Obergeschoss. Im Erdgeschoss befindet sich nur eine große Wohnung. Dort wohnt Familie Jakub und Liliana Wilczek, eine polnische Großfamilie mit vier Kindern und der Mutter von Frau

Wilczek. Die kannten das Opfer überhaupt nicht und konnten uns deshalb auch nicht weiterhelfen. Im ersten Obergeschoss gibt es zwei Wohnungen. In der einen wohnt Georg Schuster. Das ist der Mann, der am Freitag den Polizisten Füllkrug und Großmann Zugang zum Haus gewährt hat. Er kannte das Opfer nur flüchtig, verwies uns aber an eine ältere Dame im dritten Stock, die nach seinen Worten eine Quasselstrippe sei und die am ehesten was wissen könne. Auf die komme ich später noch zu sprechen. Die Wohnung neben Schuster ist an drei Studenten vermietet. Wir haben bisher nur einen angetroffen, an den anderen beiden sind wir dran. Im zweiten Obergeschoss gibt es noch mal eine Dreier-Studenten-WG. Mit zweien konnten wir sprechen, mit dem Dritten wird es noch etwas dauern. Der hatte am Dienstag einen schweren Motorradunfall und liegt im städtischen Krankenhaus auf der Intensivstation. Irgendwelche Fragen bis hierher?«

Ein Kripobeamter meldete sich mit einem kurzen Handzeichen zu Wort. »Wie sieht es denn mit den Alibis der Bewohner aus? Den Motorradfahrer können wir doch von vornherein als Täter ausschließen, warum wollen wir …«

»Klar können wir den als Täter ausschließen, aber befragen werden wir ihn schon noch«, erwiderte Krämer. »Denn wir können nicht ausschließen, dass er noch vor seinem Krankenhausaufenthalt irgendetwas beobachtet hat, was uns weiterhelfen und uns auf die Spur des Täters führen kann. Und was die Alibis betrifft, da komme ich zum Schluss drauf zu sprechen. Frage beantwortet, Andreas?«

Kriminalhauptmeister Andreas Lechnauer wurde erst jetzt bewusst, dass er sich seine Wortmeldung hätte sparen können. Deshalb nickte er nur zustimmend.

»Okay, ich mache weiter. Die andere Wohnung ist an eine Baufirma vermietet, die dort Arbeiter und Monteure von Subunternehmern unterbringt. Hier gestaltet sich die Befragung schwierig, aber wir haben morgen einen Gesprächstermin in der Firma. Die Wohnung im dritten Obergeschoss rechts ist an das Ehepaar Wladimir und Julenka Smirnow vermietet. Die hatten hin und wieder mal mit dem Opfer gesprochen, aber nur dann, wenn man sich eher zufällig im Hausflur oder zum Wäscheaufhängen im Keller getroffen hat. Und wenn, dann waren die Gesprächsthemen nur oberflächlich. Meistens hat man sich über die Kinder der polnischen Großfamilie ausgelassen, die ständig im Treppenhaus, Hinterhof und im Trockenraum wild herumtoben. Ja und dann haben wir im dritten Obergeschoss noch Annegret Leutwein. Die kennt wirklich jeden und sie war die Einzige, die uns etwas Brauchbares zu unserem Opfer sagen konnte. Roswitha Knopfloch ist vor einem halben Jahr in die Dachgeschosswohnung eingezogen, was uns mittlerweile der Vermieter bestätigt hat. Sie war alleinstehend, hatte aber laut Frau Leutwein ab und zu Männerbesuch. Ob es sich immer um die gleichen Personen gehandelt hat, konnte sie uns nicht sagen. Knopflochs direkter Nachbar im vierten Obergeschoss hätte sicherlich mehr dazu berichten können, aber der weilt schon seit Anfang des Jahres geschäftlich in Dubai. Das heißt, er kann unser Opfer gar nicht kennen. Aber zurück zu Frau Leutwein. Am Mittwochnachmittag ist ihr etwas aufgefallen, was interessant für uns sein könnte. Beim Aussteigen aus dem Fahrstuhl hätte sie ein fremder Mann, der gerade in den Lift einsteigen wollte, fast über den Haufen gerannt. Der hätte sie ganz verdutzt angestarrt, was ihr im Nachhinein, da sie jetzt wisse, was Frau Knopfloch zugestoßen sei, verdächtig vorkäme. Außerdem habe er einen Schal über Mund und Nase gehabt.«

»Könnte es sich nicht um einen Besucher einer der Studenten-WGs oder um einen Monteur gehandelt haben?«, fragte die Oberstaatsanwältin. »Die wechselnden Firmenmitarbeiter kann sie unmöglich alle gekannt haben.«

»Genau das haben wir die Dame auch gefragt.«

»Für einen Besucher der Studentenwohnungen war der Fremde zu alt und wie ein Bauarbeiter war er auch nicht gekleidet. Allerdings können wir nicht ausschließen, dass es sich um den Vater eines Studenten gehandelt hat. Diejenigen Studenten, die wir befragen konnten, hatten nach ihrer Aussage am Mittwoch keinen Besuch. Auch die übrigen Hausbewohner nicht, zumindest keinen männlichen. Lediglich Frau Smirnows Freundin war nachmittags kurz da, um sich ein Küchengerät auszuleihen. Und der Freund eines Sohnes der Familie Wilczek. Der ist aber erst dreizehn und scheidet also auch aus.«

»Wenn ich etwas ergänzen darf«, schaltete sich Herzog in die Ausführungen seiner Kollegin ein. »Laut dem Protokoll über die Vermisstenanzeige war das Opfer am Mittwochvormittag letztmals im Büro. Am Donnerstag und Freitag hat sie unentschuldigt gefehlt, was bisher noch nie vorgekommen sei. Das bedeutet, sie muss zwingend zwischen Mittwochnachmittag und Donnerstagvormittag zu Tode gekommen sein. Ob sich am Donnerstag in der Früh Fremde im Haus aufgehalten haben, konnte noch nicht geklärt werden, ist aber unwahrscheinlich. Denn die Erwachsenen gehen zur Arbeit, die Kinder zur Schule und die Studenten, falls sie ausgeschlafen und Lust haben, zur

Uni. Wenn sich da jemand ins Haus gemogelt hätte, wäre das höchstwahrscheinlich aufgefallen.«

»Wie sieht es denn mit dem Todeszeitpunkt aus? Herr Dr. van Leeuwen, können Sie den auf Mittwochnachmittag beschränken?«, fragte Kripochef Bretschneider.

»Schwierig. Ich sag mal so. Donnerstagvormittag ist unwahrscheinlich, aber ganz ausschließen kann ich das nicht. Der Tod müsste eher zwischen Mittwoch vierzehn Uhr und Mitternacht eingetreten sein, da leg ich mich zu neunundneunzig Prozent fest. Folglich muss es nicht zwingend nachmittags passiert sein. Mittwochabend kommt auch in Frage«, antwortete der Mediziner mit fester Stimme.

Jetzt übernahm wieder Krämer das Wort. »Also. Bezüglich Mittwochabend sind wir mit den Befragungen noch nicht ganz durch. Und was die Alibis für den Nachmittag betrifft, auch noch nicht. Aber bisher haben wir keine Anhaltspunkte, die für einen Hausbewohner als Täter sprechen. Deshalb wollen wir uns, wenn alle Befragungen abgeschlossen sind, auf den fremden Mann konzentrieren, den uns Frau Leutwein geschildert hat. Sie ist für elf Uhr dreißig vorgeladen, dann können wir nach ihrer Beschreibung ein Phantombild des Verdächtigen erstellen lassen.«

Nun schaltete sich wieder Herzog ein. »So, was den Fall in den Quadraten betrifft, sind wir jetzt durch. Gibt es noch Fragen?«

»Ich danke Ihnen. Gute Arbeit bisher. Machen Sie weiter so und bleiben Sie an dem Hinweis der Zeugin Leutwein dran«, sagte Kripochef Bretschneider nach einer kurzen Pause anerkennend, nachdem sich niemand mehr zu Wort gemeldet hatte.

»Danke, Herr Bretschneider, dann kommen wir jetzt zu

dem Toten am Neckar«, antwortete Herzog und begann, auf den nächsten Fall einzugehen.

»Mit der zweiten Sache sind wir noch lange nicht so weit, wie mit der eben geschilderten. Das liegt natürlich daran, dass wir hier weniger Zeit hatten. Ich fasse mal kurz zusammen: Am Samstagvormittag gegen sieben Uhr wurde auf dem Werksgelände der Firma Sand + Kies Ruländer GmbH in der Neckarvorlandstraße von Herbert Fischer, Mitarbeiter der Firma, eine Wasserleiche aufgefunden. Neben dem Zeugen Fischer haben wir den Geschäftsführer, Michael Ruländer, sowie weitere Angestellte befragt. Bisher leider ohne brauchbares Ergebnis. Bei dem Toten handelt es sich um Konstantin Eisenhauer, sechzig Jahre alt und laut Personalausweis wohnsitzlos. Laut Dr. van Leeuwen ist er ertrunken, und zwar zwischen Donnerstag und Freitagmittag. Allerdings deuten Gesichtsverletzungen auf eine zuvor ausgetragene gewaltsame Auseinandersetzung hin, die, so vermuten wir, ursächlich dafür war, dass er ins Wasser gefallen und dann ertrunken ist. Da unsere Kriminaltechniker am Fundort keinerlei Spuren eines Kampfes gefunden haben, schließen wir aus, dass der Fundort der Leiche gleichzeitig auch Tatort ist. Das macht die Sache nicht einfacher.«

»Haben Sie sich schon im Obdachlosenmilieu umhören können?«, hakte Friederike Baumann ein. »Normalerweise halten sich Wohnsitzlose nicht im Hafengebiet, sondern eher im Stadtzentrum auf.«

»Das ist vollkommen richtig, Frau Oberstaatsanwältin. Deshalb gehen wir davon aus, dass ihn die Strömung hierher getrieben hat. Wir werden das Flussufer bis in die Stadt hinein absuchen lassen. Und nein, wir konnten uns bisher im Milieu noch nicht umhören. Werden das aber schnellstens nachholen. Ja, und das war's auch schon, was wir zum zweiten Fall berichten können. Tut mir leid, aber mehr haben wir noch nicht.« Herzog zuckte entschuldigend mit den Schultern. »Fragen?«

Das übliche Gemurmel setzte ein. Ein typisches Zeichen dafür, dass die Anwesenden keine Fragen mehr hatten, sondern es vorzogen, sich über das Gehörte untereinander auszutauschen. Kripochef Bretschneider ergriff daraufhin das Wort.

»Danke, Herr Herzog, auch wenn die Ausführungen zum zweiten Fall noch dünn waren. Aber in der Kürze der Zeit war wohl nicht mehr drin. Danke auch an Sie, Frau Krämer. Sie wissen, dass wir zurzeit personell nicht gut besetzt sind, deshalb greifen Sie bei Ihren Ermittlungen auf alle verfügbaren Beamten des Dezernats Eins zurück. Falls es Probleme geben sollte, geben Sie mir Bescheid.« Herzog und Krämer nickten zustimmend.

»Herr Herzog, Sie nehmen an der Pressekonferenz heute Mittag teil. Die Moderation übernehmen Sie, Herr Brunner. Und geben Sie den Journalisten nur das Notwendigste preis. Die Fälle sind noch ganz frisch, deshalb wissen wir momentan zu wenig. Je mehr wir jetzt bekannt geben, desto mehr müssen wir wahrscheinlich hinterher revidieren. Deshalb geben Sie den Haien da draußen nicht so viel Futter.«

»Mach ich«, antwortete Pressesprecher Dieter Brunner nur und klappte sein Notizbuch zu.

»Frau Baumann, meine Damen, meine Herren, vielen Dank für Ihre Aufmerksamkeit. Schönen Tag noch und gutes Gelingen«, sagte der Kripochef in die Runde. Damit war die Lagebesprechung auch schon beendet.

Kapitel 14

Trotz Schlaftablette hatte Clemens wieder schlecht geschlafen. Die Gedanken an Rosi und an den Obdachlosen hatten ihn bis spät in die Nacht verfolgt und ließen ihn nicht zur Ruhe kommen. Wie gerädert saß er im Schlafanzug und Bademantel am Küchentisch, schlürfte seinen Kaffee und studierte, wie die Tage zuvor, die Rhein-Neckar-Zeitung. Als er die Seite mit der Rubrik »Nachrichten aus der Region« aufschlug, stockte ihm der Atem. Aufgeregt nahm er noch schnell einen kräftigen Schluck aus seiner Tasse. Dann begann er zu lesen:

Mannheim

Polizei und Staatsanwaltschaft ermitteln nach Tötungsdelikten.

Eine 40-jährige Frau aus Mannheim ist Opfer eines Tötungsdeliktes geworden. Wie Polizei und Staatsanwaltschaft am Montag in einer gemeinsamen Presseerklärung mitteilten, lassen die Situation des Auffindens und das Ergebnis der

Obduktion auf ein Tötungsdelikt schließen. Die 40-Jährige wurde am Donnerstagnachmittag gegen 16.30 Uhr leblos in ihrer Wohnung aufgefunden. Wie Dieter Brunner, Pressesprecher des Polizeipräsidiums Mannheim, auf Nachfrage erläuterte, wurde die Frau zuvor von ihrem Arbeitgeber als vermisst gemeldet, da sie nicht an ihrem Arbeitsplatz erschienen war und auch auf die Anrufe ihrer Kollegin nicht reagiert hatte.

Laut Brunner sei das Opfer durch äußere Gewalteinwirkung ums Leben gekommen. Über die genaue Todesursache wolle man aus ermittlungstechnischen Gründen keine Angaben machen. Auch die Frage, ob die Frau möglicherweise schon länger tot in der Wohnung gelegen habe, beantwortete der Polizeisprecher nicht.

Die Ermittler suchen nach Zeugen, die am Mittwoch, 05.11.1991 in der Zeit zwischen vierzehn Uhr und Mitternacht verdächtige Beobachtungen im Bereich der Quadrate R1 und S1 oder der näheren Umgebung gemacht haben.

In einem weiteren Fall wurde am frühen Samstagmorgen auf einem Werksgelände im Mühlauhafen die Leiche eines 60-jährigen Wohnsitzlosen entdeckt. Nach einer rechtsmedizinischen Einschätzung geht man davon aus, dass der Mann getötet wurde. Bei dem Fundort dürfte es sich nicht um den Tatort gehandelt haben. Weitere Angaben können zum jetzigen Zeitpunkt nicht gemacht werden.

Die Ermittlungen der Staatsanwaltschaft und des Dezernats für Kapitaldelikte der Kriminalpolizei Mannheim laufen in alle Richtungen. Auch in diesem Fall bittet die Polizei um die Mithilfe von Zeugen, die zwischen Donnerstagmittag, 06.11.1991, und Freitagmittag, 07.11.1991, entlang des Neckars zwischen Mühlauhafen und Innenstadt eine kör-

perliche Auseinandersetzung zwischen mindestens zwei
Personen oder sonstige verdächtige Handlungen beobachtet
haben. Sachdienliche Hinweise werden von der Kriminal-
polizei Mannheim entgegengenommen.

Die Pressekonferenz tags zuvor dauerte gerade mal eine
halbe Stunde. An dem zwei Meter langen Tisch auf dem
Podest im großen Konferenzraum des Polizeipräsidiums
hatten Oberstaatsanwältin Friederike Baumann, Kriminalhauptkommissar Herzog und Pressesprecher Dieter Brunner Platz genommen. Der dunkelblaue Tischüberwurf, der
fast bis zum Boden reichte, war mit der Aufschrift »Polizei
Baden-Württemberg – Polizeipräsidium Mannheim« und
dem kleinen Landeswappen mit den drei Stauferlöwen
beflockt. Auf den Sitzreihen ihnen gegenüber saßen die
Vertreter des Mannheimer Morgens und der Rhein-Neckar-Zeitung, der lokalen Zeitungen der Region. Weitere
Journalisten und Presseleute, ein Vertreter des Senders Ra-
dio Regenbogen und sogar ein Kamerateam des Rhein-Ne-
ckar-Fernsehens sorgten dafür, dass der Raum gut gefüllt
war. Wie vom Kripochef vorgegeben, gab Brunner nur das
Notwendigste preis. Ohnehin wussten Staatsanwaltschaft
und Polizei nicht allzu viel, denn die Ermittlungen standen
noch am Anfang. Herzog beantwortete die Fragen: »Wie
kamen die Opfer ums Leben?«, »Gibt es Anhaltspunkte zu
den Tätern?«, »Wann rechnen Sie mit einer Aufklärung?«,
in seiner gewohnt lässigen Art, aber dennoch souverän und
ohne in seinen Aussagen verbindlich zu werden.

Clemens las den Artikel genau dreimal. Dann schlug er
die Zeitung zu und sah minutenlang gedankenverloren aus

dem Fenster. *Ich muss unbedingt heute noch nach Mannheim fahren*, dachte er. Denn gleich zu Beginn der Ermittlungen wollte er eine falsche Fährte legen, bevor die Polizei beginnen würde, in Rosis Umfeld zu stöbern und vielleicht dadurch auf ihn stoßen könnte.

Wie in Trance erhob er sich vom Tisch, stellte seine Kaffeetasse in die Spülmaschine, ging in die Eingangshalle und stieg die Treppe hinauf. Auf dem Weg nach oben nahm er für keine Sekunde die Hand vom Geländer, denn er befürchtete, den Halt zu verlieren. Er ging ins Badezimmer und schaute in den Spiegel. »Bist du nicht schon an einem Punkt angekommen, der dir bereits den Boden unter den Füßen weggezogen hat?«, fragte er sein Spiegelbild.

Er drehte den Wasserhahn auf, hielt seine Hände unter den Strahl und tauchte sein Gesicht in das eiskalte Wasser. Er musste einen klaren Kopf bewahren und durfte jetzt nicht die Nerven verlieren. Er zog sich an, ging in die Garage und setzte sich in sein Auto.

Eine halbe Stunde später erreichte er Mannheim. Wie bei seinem letzten Streifzug stellte er den Wagen in einer Nebenstraße in der Nähe des Theresienkrankenhauses ab. Bevor er ausstieg, vergewisserte er sich mit einem Blick in seinen Geldbeutel, ob er Kleingeld bei sich hatte. Durch die Fußgängerunterführung hindurch gelangte er zur anderen Straßenseite und lief in Richtung des Nationaltheaters weiter. Dann stand er vor seinem Ziel. Bevor er das Telefonhäuschen betrat, schaute er sich nervös um. Er bildete sich ein, sich verdächtig zu machen, nur weil er einen öffentlichen Fernsprecher nutzen wollte. Er dachte, dass ihn jemand beobachten könnte, doch um diese Vormittagszeit waren nur wenige Menschen auf der Straße unterwegs, und die, die an ihm vorbeigingen, beachteten ihn nicht. Er öffnete die Kabinentür, die sich hinter ihm quietschend von selbst wieder schloss, und nahm den Hörer ab. Er warf ein Fünfzig-Pfennig-Stück ein, das mit einem lauten Klacken in den Münzbehälter unter dem Tastenwahlblock fiel. Dann rief er die Worte des Obdachlosen ins Gedächtnis, bevor er ihm einen Faustschlag verpasst hatte: »*Du siehst ja aus wie der Fritz.*«

Er wählte die Nummer der Polizei Mannheim, die er sich zu Hause aus dem Telefonbuch notiert hatte. Als sich eine Dame bereits nach dem ersten Klingeln meldete, verstellte er seine Stimme und sprach in einer höheren Tonlage.

»Verbinden Sie mich bitte mit der Kriminalpolizei«, sagte er mit einem Näseln.

»Einen Moment bitte.« In der Warteschleife lief Elton Johns *Sacrifice*. Dann meldete sich eine männliche Stimme. »Kriminalobermeister Schröder.«

Clemens atmete tief durch, bevor er antwortete: »Der Mord an der Frau. Das war Fritz. Sie finden ihn unter der Friedrich-Ebert-Brücke.«

»Wer spricht denn da?«, wollte der Polizist wissen, doch da hatte Clemens bereits aufgelegt. Mit schnellen Schritten ging er zu seinem Fahrzeug zurück. Sein Herz raste. Erst als er sich in hinters Steuer setzte und einen Moment innehielt, wich die Anspannung von ihm. Dann startete er den Motor und fuhr zurück nach Heidelberg.

Da die Deutsche Bundespost als Betreiber der Telefonzelle alle Verbindungsnachweise von öffentlichen Fernsprechern speicherte, konnte die Polizei relativ schnell ermitteln, dass der Anruf von einer Telefonzelle am Goetheplatz getätigt worden war. Der Anrufer selbst konnte natürlich nicht identifiziert werden.

»Vielleicht war es irgendein Wichtigtuer. Immerhin stand es heute in der Zeitung«, sagte Krämer zu ihrem Kollegen, nachdem die beiden über den anonymen Anruf informiert worden waren. »Warum sonst meldet er sich nicht mit seinem Namen und legt einfach auf?«

»Kann schon sein«, antwortete Herzog stirnrunzelnd. »Dennoch müssen wir der Sache nachgehen«.

»Das ist mir schon klar, ich hab mir nur überlegt, wer hinter dem Anrufer stecken könnte. Vielleicht ein Zeuge, der unerkannt bleiben will, oder doch irgendein Blödmann, der die Polizei ärgern will und uns dann auch noch amüsiert beobachtet, wenn wir den Bereich unter der Brücke absuchen. Oder es war der Täter selbst, der jemand anderem den Mord in die Schuhe schieben will.«

»Dann muss er es aber verdammt geschickt anstellen«, sagte Herzog schulterzuckend. »Und wieso sollen wir ihn unter der Friedrich-Ebert-Brücke finden? Und warum hat der Anrufer nur den Vornamen des vermeintlichen Täters genannt? Liegt da etwa Roswitha Knopflochs Mörder, der Fritz heißt, jetzt selbst tot im Gras? Oder handelt es sich vielleicht um einen Landstreicher, der sich da unten aufhält oder zum Schlafen hingelegt hat? Aber ein Wohnungsloser als Täter, der unter einer Neckarbrücke liegt, das würde doch eher zu unserem zweiten Mord passen. Auf jeden Fall schicken wir jetzt gleich mal eine Zivilstreife vorbei. Dann sind wir schlauer.«

Zu diesem Zeitpunkt konnten die beiden Ermittler unmöglich wissen, dass die Mordfälle Knopfloch und Eisenhauer miteinander verknüpft waren.

Um dreizehn Uhr dreißig klingelte in Herzogs Büro das Telefon.

»Polizeihauptmeister Markus Winnewisser, guten Tag Herr Herzog. Sie werden es nicht glauben, aber wir haben tatsächlich etwas gefunden.«

»Okay, dann erzählen Sie mal.«

»Also, mein Kollege, Polizeiobermeister Sven Unrath, und ich haben uns über eine Stunde unter der Friedrich-Ebert-Brücke umgesehen. Ich dachte schon, da ist nichts, und wir wollten schon wieder gehen. Aber dann haben wir hinter einer Hecke so eine Art Schlafstätte entdeckt, aber niemanden angetroffen.«

»Haben Sie etwas angefasst?« »Wir sind doch nicht blöd. Nee, wir haben alles so stehen und liegen lassen, wie wir es vorgefunden haben.«

»Gut, und weiter?«, wollte Herzog wissen.

»Dann haben wir uns noch etwas genauer umgesehen und eine zweite Schlafstätte gefunden, die war aber auch verlassen.«

»Ich denke, das ist nicht ungewöhnlich. Wenn es sich um die Nachtlager von zwei Wohnsitzlosen handelt, dann kehren die erst heute Abend zurück. Tagsüber sind die bestimmt in der Innenstadt betteln oder sonst was«, erklärte Herzog. »Sie fordern jetzt Verstärkung an und lassen die Gegend nicht aus den Augen. Wenn jemand auftaucht, dann nehmen Sie die Personalien auf. Und wenn einer der beiden auch nur im Entferntesten auf die Personenbeschreibung der Zeugin Leutwein passt, dann informieren Sie mich und packen den gleich ins Auto und bringen ihn her, verstanden?«

»Alles klar«, erwiderte PHM Winnewisser. »Verstärkung

haben wir schon über Funk angefordert. Die ist unterwegs. Sven und ich legen uns auf die Lauer. Und wenn unsere beiden Kollegen zur Verstärkung hier sind, dann kann nicht mal 'ne Maus unbemerkt ihre Rübe aus ihrem Loch strecken.«

»Genau so muss es sein«, pflichtete Herzog ihm bei. »Dann bis später und viel Glück. Aber wenn die bis heute Abend immer noch nicht im Nachtlager zurück sind, dann lassen Sie sich rechtzeitig ablösen, bevor Sie einschlafen. Wenn es sein muss, wird die ganze Nacht observiert.«

»Geht klar, Herr Herzog. Ich melde mich, sobald es hier was Neues gibt.«

Herzog hatte die ganze Zeit die Mithörfunktion an seinem Telefonapparat eingeschaltet. Somit konnte Kriminalkommissarin Krämer, die ihm gegenübersaß, das Gespräch verfolgen.

»Das ist aber mal interessant. Wie sagte heute Vormittag der anonyme Anrufer? ›Es war Fritz, Sie finden ihn unter der Friedrich-Ebert-Brücke.‹ Jetzt bin ich bloß gespannt, was da rauskommt«, sagte sie und zuckte mit den Schultern. »Warten wir's ab. Heut Abend sind wir hoffentlich schlauer.«

Krämer sah auf die Uhr, die über der Bürotür an der Wand hing und deren Sekundenzeiger bei jeder seiner Bewegungen ein leises, aber unüberhörbares Klacken verursachte.

»Günther, wir müssen los.«

»Wohin denn?«

»Wir haben doch einen Termin bei der Baufirma, die in S1 eine Wohnung, zwei Etagen unter der Knopfloch-Wohnung, angemietet hat und dort Monteure unterbringt. Schon vergessen?«, fragte sie lächelnd.

»Gut, dass du mich daran erinnerst. Aber ich fahr lieber noch mal zu dieser Frau Leutwein, vielleicht ist ihr noch was eingefallen. Und bei der Gelegenheit schau ich auch noch mal in den beiden Studentenbuden vorbei. Nimm du den Termin in der Augusta-Anlage wahr und nimm Lechnauer mit. Vielleicht findet ihr unter den Bauarbeitern ja ein schwarzes Schaf. Und vergesst nicht, Handschellen mitzunehmen«, fügte er grinsend hinzu.

»Sehr witzig«, erwiderte die Kripobeamtin, griff zum Telefon und rief Kriminalhauptmeister Andreas Lechnauer an.

Kapitel 15

Susanne und Carlos saßen mal wieder in ihrem Lieblings-restaurant in der Altstadt von Valencia. Nach dem Haupt-gericht, Escabeche de Pescado con Variación de Ensaladas, einem marinierten Seefisch mit Salatbeilage, verzichteten sie auf das Dessert und hatten gerade zwei Tassen Café Cortado bestellt. Susanne bemerkte nicht, wie der Kellner die Kaffeetassen auf dem Tisch abstellte, denn sie schaute gedankenversunken aus dem Fenster und beobachtete die Menschen, die draußen am La Pata Negra vorbeischlen-derten.

»Wenn du noch eine Weile aus dem Fenster starrst, wird dein Cortado kalt«, sagte Carlos.

Susanne zuckte leicht zusammen, als wäre sie plötzlich aus einem Traum erwacht, und wandte sich ihrem Ver-lobten zu. Natürlich war es Carlos nicht entgangen, dass sie die ganze Zeit schon abwesend war und ihm nicht, wie sonst, ihr strahlendes Lächeln schenkte.

»Schatz, was ist denn los mit dir? Hab ich etwas falsch gemacht und es gar nicht gemerkt?«, fragte er besorgt und nippte an seiner Tasse.

»Ach Carlos, ich wüsste nicht, dass du mir jemals einen Grund gegeben hättest, auf dich sauer zu sein. Entschuldige bitte, dass ich dir die gute Laune verdorben habe, das wollte ich nicht. Und nein, du hast überhaupt nichts falsch gemacht. Mit dir hat das nichts zu tun.« Susanne nahm jetzt auch einen Schluck Kaffee und stellte die Tasse wieder ab.

»Und womit hat es was zu tun?«, fragte er und sah sie erwartungsvoll an.

»Es geht um meinen Vater. Irgendwas stimmt mit ihm nicht und ich mach mir langsam Sorgen. Am Wochenende haben wir telefoniert, da klang er irgendwie komisch, irgendwie verändert, als wenn ihn etwas bedrücken würde. Ich hab ihn gefragt, was mit ihm los ist. Er hat dann geantwortet, er sei nur etwas müde. Dann wollte er mich gestern Abend anrufen und mir einige Dinge auftragen, die ich für ihn erledigen kann, bevor er im Dezember von Heidelberg nach Dénia zieht.« Susanne machte eine kurze Pause, bevor sie fortfuhr.

»Carlos, er hat sich gestern nicht gemeldet. Deshalb hab ich vom Büro aus angerufen. Als ich ihn darauf angesprochen hab, warum er nicht angerufen hat, hat er gesagt, er hätte es vergessen. Das ist ihm aber noch nie passiert. Ich konnte mich schon immer auf ihn verlassen. Und auch in unserem Gespräch vorhin wirkte er recht seltsam. Vielleicht ist er krank und will es mir nicht sagen, oder … keine Ahnung, was sein kann«, sagte Susanne mit Tränen in den Augen.

Carlos nahm ihre Hand, beugte sich zu ihr hinüber und küsste sie auf die Wange. »Schatz, mach dir mal keine Sorgen. Dein Vater ist ein sportlicher Typ und topfit. Krank hat er noch nie auf mich gewirkt.«

»Sportlich und topfit war meine Mutter auch. Doch dann wurde sie krank und ein halbes Jahr später war sie tot.

Schade, dass du sie nicht kennenlernen durftest. Sie war eine tolle Frau. Sie war nicht nur meine Mutter, sondern gleichzeitig auch meine beste Freundin. Und jetzt habe ich einfach Angst, dass meinem Vater etwas Ähnliches passiert.«

»Das verstehe ich schon. Ich möchte aber, dass du nicht an das Schlimmste denkst, sondern positiv bleibst. Vielleicht beschäftigt ihn der Umzug nach Spanien mehr, als er zugibt. Es ist schon ein gravierender Einschnitt und etwas anderes, ständig hier zu leben, als nur für ein paar Wochen im Jahr hierherzukommen und dann wieder in die Heimat zurückzufliegen. Auch wenn er sich natürlich wahnsinnig darauf freut, künftig für immer in der Nähe von seinem Töchterchen zu wohnen.«

»Was würde ich nur ohne dich machen. Carlos, ich bin so froh, dass ich dich habe.« Susanne fuhr mit beiden Händen zärtlich über seinen Handrücken. Sie war überglücklich, mit Carlos einen Menschen gefunden zu haben, an dessen Schulter sie sich bei jedem auch nur kleinsten Problem anlehnen konnte und der ihr stets das Gefühl vermittelte, sie bedingungslos zu lieben. Die langjährige Beziehung, die sie zuvor mit einem Mann geführt hatte, den sie schon zu Schulzeiten kannte, ging tränenreich in die Brüche, als sie dahinterkam, dass er sie mit ihrer Freundin betrog. Aber bei Carlos war alles anders. Bei ihm verspürte sie mit jeder Faser ihres Körpers grenzenloses Vertrauen. Carlos schaffte es zu jeder Zeit, ihr das Gefühl von Sicherheit und Geborgenheit zu geben.

»Aber warum hast du mir denn gestern nicht gesagt, dass er dich anrufen wollte und dass du dir Sorgen um ihn machst?«, fragte er seine Verlobte.

»Weil du andere Dinge um die Ohren hast. Und außerdem hast du gestern Abend zu Hause gearbeitet und dich auf die kommenden Sitzungen vorbereitet. Wann bist du denn wieder aus Madrid zurück?«

»Morgen um sechzehn Uhr dreißig geht mein Flug. Wäre schön, wenn du mich zum Flughafen fahren könntest. Samstagabend gegen zwanzig Uhr bin ich wieder zurück.«

»Das passt doch gut. Dann kann ich am Freitag nach Dénia fahren, bleibe über Nacht und kann das eine oder andere für meinen Vater erledigen. Abends bin ich rechtzeitig in Valencia zurück. Vielleicht können wir dann noch etwas zusammen unternehmen, wenn du nicht zu müde bist.«

»Und was musst du eigentlich für deinen Paps erledigen?«, fragte Carlos neugierig.

»Ich soll mich schon mal bei einem Autohändler nach einem geeigneten Fahrzeug umschauen. Seines in Deutschland verkauft er nämlich. Für die erste Zeit würde er sich hier mit einem Gebrauchtwagen zufriedengeben. Im Jachthafen soll ich mich nach einem seriösen Schiffsmakler erkundigen, aber zuerst mal nachfragen, ob momentan ein Liegeplatz überhaupt frei ist. Wenn nicht, dann wartet er mit dem Bootskauf noch ab. Und zuletzt soll ich auch noch in seiner Firma und in seiner Tapas-Bar vorbeischauen, ob da alles in Ordnung ist, und, und, und …«

Irgendwie bewunderte Carlos seinen künftigen Schwiegervater. Denn anders als seine Eltern, die mit reichlich südländischer Mentalität ausgestattet waren und Entscheidungen eher spontan und aus dem Bauch heraus trafen, lebte und agierte Clemens Hofstädter typisch deutsch. So hatte er seine Auswanderung und sein künftiges Leben in

Spanien bestens vorbereitet. Bei dem, was jetzt noch fehlte, sollte ihm seine Tochter behilflich sein.

Als Clemens im Alter von siebenundvierzig Jahren seine Metallbaufirma verkauft hatte, fühlte er sich noch nicht alt genug, den Rest seines Lebens nur mit Strandspaziergängen, Golfspielen und Bootstouren zu verbringen. Obwohl er genügend Geld zur Verfügung hatte, das ihm ermöglichte, nie mehr in seinem Leben etwas arbeiten zu müssen, befürchtete er, vor Langeweile zu ersticken. Deshalb hatte er bereits vor gut zwei Jahren im Gewerbegebiet von Dénia ein Grundstück mit einer leerstehenden Werkshalle und einem kleinen Bürogebäude gekauft. Er gründete die *Casa Y Jardin S. L.*, zu Deutsch, *Firma Haus und Garten,* in Form einer *Sociedad Limitada*, dem spanischen Gegenstück zur deutschen GmbH, die Dienstleistungen rund ums Haus anbot. Gerade diese Branche boomte, denn Ende der Achtziger-, Anfang der Neunziger-Jahre waren rund um Dénia neue Urbanisationen mit zahlreichen Häusern und Ferienwohnungen entstanden, die instand gehalten und in Abwesenheit der Eigentümer gepflegt werden mussten. Die Käufer kamen sowohl aus dem Landesinneren, aber von Jahr zu Jahr auch immer mehr aus Deutschland, Frankreich, England und aus der Schweiz. Den Hauswart seiner privaten Finca, Moritz Ohlhauser, der sich schon zu Lebzeiten seiner Eltern um das Landhaus gekümmert hatte, stellte er in der Casa Y Jardin S. L. neben sich als zweiten Geschäftsführer ein. Ohlhauser war vor einigen Jahren nach Spanien ausgewandert, nachdem seine kleine Schreinerei, die er in Koblenz hatte, pleitegegangen war. Er war bei einem Großprojekt von einem dubiosen Bauträger über den Tisch gezogen worden, der dann selbst Konkurs anmelden musste und Ohlhauser dadurch keinen Pfennig für seine Arbeit zu sehen bekam. Ohlhauser kümmerte sich um das Tagesgeschäft, während Clemens, sofern er vor Ort war, Kundenakquise betrieb und Kontakte zu Baufirmen pflegte. Mittlerweile beschäftigten die beiden noch drei Mitarbeiter, einen Maler, einen Maurer und einen Fliesenleger, allesamt Spanier, sowie eine weibliche Bürokraft, die der Liebe wegen vor einem halben Jahr aus dem andalusischen Cordoba an die Costa Blanca umgezogen war.

Neben dem Gewerbeobjekt im Camino de la Plana kaufte Clemens fast zeitgleich auch noch ein völlig heruntergekommenes Haus im Baix la Mar, Dénias altem Fischerviertel. Die im Erdgeschoss befindlichen Gaststättenräume als auch die eine Etage darüber liegende Dreizimmerwohnung ließ er umfangreich renovieren. Ein halbes Jahr später erschien das *El Nido*, also »Das Nest«, wie Clemens das Lokal taufte, in neuem Glanz. Auch hier setzte Clemens mit Pablo Soler Costa einen Geschäftsführer ein. Soler Costa war Koch und hatte bei Schließung der Vorgängergaststätte seinen Job verloren. Dass ihn Clemens vor der Arbeitslosigkeit bewahrte und ihn von Anfang an in die Sanierungsarbeiten des Lokals mit einband, erwies sich für beide als Glücksfall. Denn nicht nur als Koch, sondern auch bei der Gestaltung der Innenräume und des Außenbereichs entwickelte Soler Costa, den alle nur Picasso nannten, eine unerschöpfliche Kreativität. Innerhalb kürzester Zeit mauserte sich das El Nido zu einer der angesagtesten Tapas-Bars der Umgebung und Clemens freute sich darüber wie ein kleines Kind. Er war seinem Koch so dankbar, dass er Picasso die Wohnung im Obergeschoss mietfrei überließ. Lediglich für die Nebenkosten musste er selbst aufkommen. Obwohl die Casa Y Jardin S. L. als auch das El Nido durchaus von Anfang an Umsatz einbrachten, dienten sie Clemens hauptsächlich als neue Aufgabe, die ihn vor Langeweile bewahren sollte. Und dann gab es noch zwei Mehrfamilienhäuser in Heidelberg und ein Achtfamilienhaus in Mannheim, die er von seinen Eltern geerbt hatte. Aber um diese wollte er sich von Spanien aus nicht mehr selbst kümmern. Deshalb hatte er bereits eine Firma beauftragt, die ab dem ersten Dezember für einen kleinen Prozentsatz der Mieteinnahmen die Verwaltung der drei Objekte übernehmen sollte. Natürlich würde sich Clemens künftig über die monatlichen Mieteingänge aus Deutschland auf seinem Konto bei der Banco Sabadell freuen. Aber er freute sich auch auf seine Aufgaben, die ihn in seiner neu gegründeten Firma und in der Tapas-Bar erwarteten.

Doch momentan zweifelte er stark daran, jemals wieder Glück verspüren zu können. Denn seit den beiden Morden, die er begangen hatte, ließen ihn die Erinnerungen an die schrecklichen Taten nicht mehr los. Auch die ständige Angst, von der Polizei erwischt zu werden, verfolgte ihn jede Sekunde. Was wäre, wenn sein Plan scheiterte, wenn die Kripo seinen anonymen Anruf erst gar nicht weiterverfolgen würde? Oder sie schnappten den Penner, seinen Doppelgänger, und ließen ihn mangels Beweisen wieder laufen? Vielleicht hatte der seinen Mantel und seinen Schal erst gar nicht angezogen, sondern irgendwie zu Geld gemacht? Dann könnte es ziemlich eng für ihn werden. Zwar hatte er Rosis Terminkalender verschwinden lassen, aber die Ermittler würden ihm früher oder später auf die Schliche kommen, sollten seine Ablenkungsmanöver verpuffen, die falsche Fährte, die er gelegt hatte, ins Leere laufen. Und wie war es denn überhaupt möglich, dass er und ein wildfremder Mensch einander wie aus dem Gesicht geschnitten waren? Zwar hatte das Leben auf der Straße im Gesicht des Obdachlosen Spuren hinterlassen, aber dennoch sah er Clemens zum Verwechseln ähnlich.

All diese Gedanken ließen ihn nicht los. Würde er jemals wieder ein einigermaßen normales Leben führen können? Würde er sich jemals verzeihen können, was er getan hatte? Momentan konnte er es sich nicht vorstellen. Nicht nur, dass er zwei Menschen umgebracht hatte, nein, auch sein Versuch, einen Unschuldigen hinter Gitter zu bringen, bereitete ihm ein bisher nicht bekanntes Unwohlsein.

Diese schier unerträgliche Gemütslage ihres Vaters hatte Susanne bei ihren Gesprächen mit ihm längst gespürt und erinnerte sich jetzt daran, als sie mit Carlos im La Pata Negra saß. Aber sie konnte sich bei weitem nicht vorstellen, was wirklich die Bedrücktheit ihres Vaters ausgelöst hatte.

Kapitel 16

Es war kurz vor siebzehn Uhr und schon dunkel. Die vier Polizisten der Zivilstreife observierten nun schon seit dreieinhalb Stunden die Gegend um die Friedrich-Ebert-Brücke. Im Wechsel hielten sich immer zwei von ihnen im Freien auf, während sich die beiden anderen im Auto aufwärmten.

»Meinst du, da passiert heute noch was?«, fragte Unrath seinen Kollegen.

»Schauen wir mal. In einer halben Stunde ist Dienstschluss, dann kommt unsere Ablösung. Ich hätte nichts dagegen, wenn es bis dahin ruhig bleibt«, antwortete PHM Winnewisser emotionslos. Doch sein Wunsch erfüllte sich nicht, denn genau in diesem Moment passierte doch noch etwas.

Die beiden Polizisten standen oben auf dem Fuß- und Fahrradweg der Brücke. Unzählige Fahrzeuge rauschten im abendlichen Berufsverkehr an ihnen vorbei. Beim Überqueren des Neckars verursachten sie auf dem Asphaltbeton der Fahrbahnplatte ein gleichmäßiges Dröhnen, das einem grollenden Donner eines in der Ferne aufziehenden Gewitters glich. Unrath wollte gerade die Böschung hinabsteigen, um wieder seine Position an einer Parkbank, etwa hundertfünfzig Meter vom Standort des Nachtlagers entfernt, einzunehmen, als eine Gestalt schwankend auf sie zukam. Im Scheinwerferlicht der Autos erkannten sie einen Mann, dessen Äußeres auf einen Obdachlosen hindeutete.

»Der hat aber ganz schön einen im Tee«, flüsterte Winnewisser seinem Kollegen zu.

»Würde mich nicht wundern, wenn der jetzt gleich die Böschung runter will.«

Als der Unbekannte die beiden fast erreicht hatte, wandte er sich wie erwartet nach rechts und stieg die Böschung hinab, wobei er sichtlich Mühe hatte, das Gleichgewicht nicht zu verlieren.

»Okay, wir folgen ihm. Wenn er unten hinter dem Gebüsch verschwindet, dann ist es wahrscheinlich Fritz, unser Mann.« Mehr stolpernd als gehend und in Selbstgespräche vertieft, bewegte sich der Fremde tatsächlich auf das Nachtlager zu. Die skurrile Situation und der vor sich hin murmelnde Mann ließ die Polizisten, obwohl beide eine aufkommende Nervosität verspürten, schmunzeln.

»Soll ich Andreas und Mike dazuholen?«, fragte Unrath seinen Kollegen im Flüsterton.

»Nein, lass die mal im warmen Auto sitzen. Mit dem werden wir alleine fertig«, erwiderte Winnewisser leise. Diese Antwort gefiel Unrath überhaupt nicht. Denn er war der Meinung, dass es nicht geschadet hätte, ja sogar ihre Pflicht gewesen wäre, die beiden Polizisten im Auto zu informieren. Dann wäre ihm wohler gewesen, doch er wollte seinem erfahrenen Kollegen nicht widersprechen.

Leise stiegen auch sie die Böschung hinab. Unten angekommen trottete der Betrunkene den schmalen Trampelpfad entlang und begab sich schließlich hinter das dichte

Gestrüpp, das unter der Neckarbrücke wucherte. Die beiden Polizisten warteten einige Sekunden und lauschten in die Dunkelheit hinein. Dann gaben sie sich ein Zeichen, knipsten ihre Taschenlampen an und schlüpften durch das Buschwerk hindurch. Jetzt standen sie dem Fremden gegenüber. Er hielt einen armdicken Ast in der Hand und fuchtelte bedrohlich damit herum.

»Kommt mir ja nich… nicht zu nah, ich … ich hau euch da… das Ding über die … die Rübe. Haut ab … lasst … lasst mich in … in Ruh«, lallte er in Richtung der Polizeibeamten. Als er den Ast mit der rechten Hand hin und her schwang, machte sein Körper jede Bewegung mit. Es hatte den Anschein, als würde er jeden Moment durch die Schwungbewegungen zur Seite umkippen. Die linke Hand hielt er ausgestreckt vor seine blinzelnden Augen, um sich vor den Lichtstrahlen der Taschenlampen zu schützen. So konnte er die zwei Eindringlinge einigermaßen gut sehen.

»Ganz ruhig«, sagte Winnewisser mit besänftigender Stimme. Langsam wanderte seine freie Hand nach unten zu dem Pistolenholster und umschloss den Griff seiner Walther P5, während sich Unrath etwa zwei Meter nach links bewegte. Auch er umfasste behutsam seine Dienstpistole. Der Fremde merkte nicht, dass die Situation lebensgefährlich für ihn werden könnte, sollte er die beiden angreifen.

»Ganz ruhig«, wiederholte Winnewisser und fixierte sein Gegenüber entschlossen mit zusammengekniffenen Augen. »Ich bin Polizeihauptmeister Markus Winnewisser und das ist mein Kollege, Polizeiobermeister Sven Unrath. Wir wollen Ihnen nichts Böses. Legen Sie den Stock zur Seite, dann passiert Ihnen auch nichts.«

»Polizei? Das kann … kann ja jeder sa… sagen«, murmelte der Fremde. Als er auf Winnewisser losstürmen wollte und dabei seinen Ast in einer Ausholbewegung weit nach hinten schwang, verlor er das Gleichgewicht. Er stolperte zwei Schritte zurück und fiel dann rückwärts ins hohe Gras. Mit einem Sprung nach vorne war Winnewisser bei ihm, drehte den Liegenden auf den Bauch und legte ihm mühelos Handschellen an. Gemeinsam mit Unrath zog er ihn hoch und stellte ihn wieder auf die Beine.

»Seid ihr ... wirklich Poliz... Polizi... Polizisten?«, stotterte der Überwältigte.

»Hätten wir sonst Handschellen?« Unrath zog seinen Dienstausweis aus der Tasche, klappte das grüne Leinenpapier auf und hielt es dem Mann vor die Augen.

»Und wer sind Sie?«, fragte Winnewisser.

»Heidrich ... Friedrich Heidrich, heiß ich.«

Also Fritz, dachte Winnewisser.

»Mein Ausweis ist im Ruck... Rucksack, den ... den hab ich da neben ... neben den Schlafsack gelegt.«

»Okay, Sie sind Friedrich Heidrich, und zu wem gehört das andere Nachtlager da hinten?«, fragte Unrath, während Winnewisser zur Schlafstätte ging und den Rucksack über die Schulter schwang.

»Zum ... zum Konstanz.«

»Konstanz wie? Das ist doch kein Name.«

»Konstantin heißt der, aber wir sagen alle nur ... Konstanz zu ... zu ihm. Den hab ... hab ich aber schon ein paar Tage nicht ... nicht mehr gesehen.«

»Gut, also der heißt Konstantin, und wie noch? Vielleicht Eisenhauer. Heißt der Konstantin Eisenhauer?«, wollte Unrath wissen.

»Ja, so heißt der, glaub ich. Aber mit den Nach... mit

den Nachnamen haben wir's nicht so«, antwortete Heidrich lallend. Die beiden Beamten sahen sich an und wussten, was zu tun war.

»Okay Herr Heidrich, wir nehmen Sie jetzt mal mit aufs Revier. Dann schlafen Sie Ihren Rausch aus und morgen früh sehen wir weiter.«

»Aber ich hab doch gar nix … gar nix gemacht«, stammelte er.

»Das wird sich noch zeigen, aber Sie kommen jetzt auf jeden Fall mit.«

Sie nahmen Heidrich in die Mitte, hakten sich unter seinen Armen ein und kletterten die Böschung hoch. Ein wahrer Kraftakt für die beiden Polizisten, denn Heidrich konnte sich kaum noch auf den Beinen halten.

Oben angekommen gingen sie zum Fahrzeug, in dem Polizeihauptmeister Michael Lohmeier und Polizeiobermeister Andreas Kaminski saßen und sich gerade einen Becher Kaffee aus einer Thermoskanne eingegossen hatten. PHM Lohmeier kurbelte die Seitenscheibe nach unten.

»Schau mal, Mike, wen wir da haben. Friedrich, also Fritz Heidrich. Und dreimal darfst du raten, zu wem das zweite Nachtlager gehört: Konstantin Eisenhauer. Keine Ahnung, wie das alles zusammenhängt«, schnaubte Winnewisser, dem das Sprechen nach dem anstrengenden Weg vom Neckar nach oben hörbar schwerfiel.

»Ich würde jetzt Folgendes vorschlagen: Ihr packt den ins Auto und bringt ihn aufs Präsidium. Informiert vorher noch Herzog von der Kripo, dass ihr im Anmarsch seid. Und kümmert euch darum, dass eine Streife vorbeigeschickt wird, um den Ort unter der Brücke bis zum Eintreffen der Spusi zu sichern. Sobald die Kollegen da sind, machen Sven und ich uns vom Acker, denn eigentlich hätten wir jetzt schon Feierabend.«

»Geht klar, Markus. Dann bis morgen.« Lohmeier stieg aus und bugsierte Heidrich ins Auto.

»Tschüss ihr beiden«, rief Kaminski aus dem Fenster heraus und tippte sich mit dem Zeigefinger an die Schläfe.

»Das ist mir jetzt aber ein Rätsel«, sagte Herzog ins Telefon, nachdem sich Lohmeier über Funk bei ihm gemeldet hatte. »Wir erhalten einen anonymen Anruf, dass ein gewisser Fritz die Frau in den Quadraten umgebracht hat. Ihr findet den und sein Schlafkumpan heißt Eisenhauer, der auch ermordet wurde. In welchem Zustand ist denn der Kerl?«

»Der ist auf der Rückbank eingeschlafen, wenn Sie genau hinhören, hören Sie ihn schnarchen. Und mit offenen Fenstern fahren wir auch. Der Alkoholgestank und was weiß ich noch für Gerüche, das ist kaum auszuhalten«, antwortete Lohmeier. Er runzelte die Stirn und rümpfte angewidert die Nase.

»Also, dann macht es wenig Sinn, den heute Abend noch zu verhören. Bringt ihn in die Ausnüchterungszelle, dann kann er seinen Rausch ausschlafen. Ich knöpf ihn mir morgen früh vor. Bis dann … ach und eins noch: Gut gemacht, Jungs.«

Am nächsten Morgen Punkt acht Uhr klingelte das Telefon in Herzogs Büro. Mit einem einfachen »Ja bitte« nahm er den Hörer ab.

»Guten Morgen, Herr Herzog«, begrüßte ihn Kriminalhauptmeister Andreas Lechnauer am anderen Ende der Leitung. »Der Verdächtige sitzt jetzt im Vernehmungsraum, acht Uhr, so wie Sie das gewünscht haben. Und was zu essen hat er auch schon gehabt.«

»Okay, ich komm gleich runter.«

Eine halbe Stunde zuvor hatte sich Herzog bereits im Präsidium eingefunden und Kripochef Albert Bretschneider, Julia Krämer und Andreas Lechnauer sowie weitere Beamtinnen und Beamten des Dezernats Eins über die Geschehnisse des gestrigen Tages informiert.

»Ich versteh das einfach nicht. Hast du vielleicht eine Idee, wie das alles zusammenhängen kann?«, fragte er Krämer, nachdem er den Hörer aufgelegt hatte.

»Keine Ahnung. Ich bin auch davon ausgegangen, dass wir mit Heidrich einen Verdächtigen im Mordfall Knopfloch aufgegriffen haben. Jetzt stellt sich heraus, dass er nur ein paar Meter vom zweiten Mordopfer entfernt seine Schlafstätte hat. Wie das zusammenpasst, kann ich mir momentan auch noch nicht erklären. Vielleicht hat er beide umgebracht«, antwortete die Kripobeamtin und zuckte dabei mit den Schultern.

»Ich werde es aus ihm herauskitzeln.«

Herzog verließ das Zimmer. Eine Etage tiefer blieb er im Flur vor dem Vernehmungsraum stehen und atmete noch mal tief durch. Dann öffnete er die Tür.

»Lassen Sie uns bitte alleine«, sagte er zu dem uniformierten Beamten der Schutzpolizei.

Als der Polizist das Zimmer verlassen hatte, setzte sich Herzog an den Tisch, legte seinen Notizblock ab, stützte mit der linken Hand sein Kinn auf und sah sein Gegenüber mit durchdringendem Blick an. Er schaute in tiefdunkle Augen, die nach dem übermäßigen Alkoholkonsum des gestrigen Tages glasig wirkten. Trotz der Bartstoppeln im

Gesicht und der zerzausten Haare, die nach allen Seiten abstanden, erkannte Herzog in seinem Gegenüber einen gutaussehenden Mann. Sein Blick wanderte zu den kräftigen Händen. Die Fingernägel waren ungepflegt, dreckig und abgekaut. Herzog fragte sich, ob diese Hände töten könnten. Erst nach einigen schweigsamen Sekunden, die sich für den Verdächtigen wie eine Ewigkeit angefühlt haben mussten, schaltete Herzog das Aufnahmegerät ein und begann mit der Vernehmung.

»Mein Name ist Günther Herzog. Ich leite als Kriminalhauptkommissar die Ermittlungen in zwei Mordfällen, bei denen wir Verbindungen zu Ihnen sehen. Es steht Ihnen frei, sich auf meine Fragen zu äußern. Sie haben das Recht, nicht zur Sache auszusagen und einen Anwalt zu kontaktieren. Haben Sie das verstanden?«

»Hab ich. Ich seh vielleicht so aus, aber ich bin nicht blöd«, antwortete Heidrich kühl. »Ich hab nichts verbrochen und werde Ihnen deshalb alle Fragen beantworten. Und einen Anwalt brauch ich auch nicht. Aber eine Tasse Kaffee, die könnt ich jetzt schon gebrauchen.«

»Ist schon unterwegs«, erwiderte Herzog und fuhr fort.

Das Verhör ging eineinhalb Stunden und Herzog konnte sich auf die Aussagen Heidrichs keinen Reim machen. Daher beschloss er, eine Pause einzulegen und dem Alten über das bisherige Ergebnis zu berichten. Zusammen mit Krämer, die die ganze Zeit draußen mitgehört hatte, suchte er das Büro des Kripochefs auf.

»Ich bin gleich bei Ihnen«, sagte Bretschneider, als die beiden eintraten. »Nehmen Sie schon mal Platz, ich muss nur noch kurz telefonieren.«

Während seines Telefonats sah er immer wieder zum Besprechungstisch hinüber, an dem Herzog und Krämer saßen. *Schon erstaunlich, dass die beiden so gut miteinander harmonieren,* dachte er dabei.

Mit seiner Meinung war der Kripochef nicht alleine. Nahezu alle Beamten und Beamtinnen der verschiedenen Dezernate der Kriminalpolizei Mannheim konnten es ebenso wenig nachvollziehen, dass zwei Menschen, die unterschiedlicher nicht sein konnten, sich zu so einem Dreamteam zusammengefunden hatten.

Auf der einen Seite Kriminalhauptkommissar Herzog, immer etwas verpeilt und stets schmuddelig angezogen. Oftmals kam er morgens mit kleinen Soßenspritzern des vorangegangenen Abendessens auf Hemd oder Pullover ins Büro. Ohnehin waren all seine Hemden mit der Zeit zu eng geworden und klafften stets an der Knopfleiste auseinander, was einen Blick auf seinen behaarten Körper zuließ. Seine Brille, die alles andere als modisch war, putzte er anscheinend nur alle vierzehn Tage, sodass er sich manchmal die Frage von Julia Krämer gefallen lassen musste, ob er sie überhaupt noch sehen könne. Sein Bauch hing ihm über den Hosengürtel. Die Schuhe passten meistens nicht zum restlichen Outfit, was damit zusammenhing, dass er immer das gleiche Paar trug, egal zu welcher Hose und zu welchem Jackett. Wenn es morgens schnell gehen musste oder ihn irgendetwas ablenkte, konnte es passieren, dass er sich seine linke Gesichtshälfte rasiert hatte, die rechte aber vergaß. Mittlerweile wunderte sich im Dezernat Eins niemand mehr, dass manchmal nur auf einer Seite seines Gesichts graue Bartstoppeln zu sehen waren. All dies waren Gründe, Herzog, wenn man ihn nicht kannte, zu unterschätzen. Doch in Wirklichkeit war er ein exzellenter Kriminalbeamter und ein liebenswerter Kerl.

Auf der anderen Seite die stets elegant gekleidete und hübsch anzusehende Kriminalkommissarin Krämer. Sowohl berufliche als auch private Dinge ging die junge blonde Frau nie chaotisch, sondern immer strukturiert und systematisch an. Auch der recht große Altersunterschied von dreiundzwanzig Jahren, der die beiden trennte, wirkte sich auf die tägliche Ermittlungsarbeit nicht nachteilig aus. Im Gegenteil, Herzog und Krämer ergänzten sich perfekt.

»So, nun erzählen Sie mal«, sagte Kriminaldirektor Bretschneider, nachdem er sein Telefonat beendet hatte und sich zu den beiden an den runden Besprechungstisch setzte.

»Chef, es spricht alles dafür, dass er es war. Aber mein Bauch sagt mir etwas anderes«, begann Herzog.

»Es kommt aber nicht auf Ihr Bauchgefühl an, sondern es zählen ganz allein die Fakten«, erwiderte Bretschneider.

»Und ausschließlich die will ich jetzt von Ihnen hören«, ergänzte er mit hochgezogenen Augenbrauen.

»Also gut«, antwortete Herzog und zählte auf: »Erstens ähnelt er gemäß Personenbeschreibung der Zeugin Leutwein dem Unbekannten, der sie am Mittwoch, also am wahrscheinlichen Tattag, im Hausflur angerempelt hat. Zumindest was seine Statur und seine Größe betrifft. Denn von seinem Gesicht konnte sie nur seine dunklen Augen sehen. Nur die konnte sie genau erkennen. Den Rest seines Gesichts hatte der Verdächtige mit einem Schal verdeckt. Zweitens konnte sich die Zeugin an die Kleidung des Unbekannten erinnern. Und genau den von Frau Leutwein beschriebenen Mantel hatte Heidrich gestern bei der Festnahme an. Mitsamt Schal, der ebenfalls zur Beschreibung passt. Drittens haben wir für einen Wohnsitzlosen nicht nur ungewöhnlich viel Bargeld in seinem Rucksack gefunden, sondern auch ein rosafarbenes Portemonnaie. Also einen Damengeldbeutel. Und viertens befindet sich seine Schlafstätte in unmittelbarer Nähe zum Nachtlager von Konstantin Eisenhauer, den wir im Mühlauhafen tot aufgefunden haben. Das passt ...«

»... alles gut zusammen«, beendete Bretschneider den Satz. »Nach dem, was Sie mir da berichtet haben, habe ich folgende Theorie. Der Wohnsitzlose streicht durch die Stadt, beobachtet das Opfer und folgt ihm. Vielleicht war die Dame unvorsichtig und er hat gesehen, dass sie viel Bargeld mit sich führt. Er folgt ihr in die Wohnung und überwältigt sie. Er versetzt ihr einen Schlag, sie fällt mit dem Hinterkopf auf den Schuhschrank und stirbt. Er nimmt das Geld mit und verschwindet. Mit diesem Geld lädt er seinen Kumpel Eisenhauer zum Saufen ein. Im Suff erzählt er, wie er zu seinem plötzlichen Reichtum gekommen ist. Eisenhauer droht, zur Polizei zu gehen. Um ihn zum Schweigen zu bringen, haut ihm Heidrich ein paarmal aufs Maul. Eisenhauer fällt in den Neckar und ertrinkt. Irgendwie erfährt ein anderer Saufkumpan, meinetwegen aus einer weggeworfenen Zeitung, von den Morden an einer Frau in den Quadraten und an einem Wohnsitzlosen, den man im Mühlauhafen gefunden hat. Er wundert sich über das viele Geld, das Heidrich plötzlich bei sich hat. Gleichzeitig wird im Obdachlosenmilieu Eisenhauer vermisst. Er zählt eins und eins zusammen und ruft von einer Telefonzelle am Goetheplatz die Polizei an: ›Es war Fritz.‹«

»Ja, so könnte es gewesen sein«, pflichtete Herzog ihm bei. »Aber ...«

»Aber was?«, unterbrach ihn der Kripochef.

»Aber das ist mir alles zu einfach.«

»Und was sagt der Beschuldigte? Wie klingt denn seine Version?«

»Abenteuerlich«, sagte Herzog kopfschüttelnd. »Der Mantel habe, mit Schal und Hut, letzte Woche, Donnerstag oder Freitag, das wusste er nicht mehr genau, neben ihm im Gras gelegen, als er morgens aufwachte. Irgendwer muss alles da hingelegt haben. Im Mantel habe er Geldscheine gefunden. Den Hut habe er zwischenzeitlich irgendwo verloren. Der wurde auch von unseren Leuten am Neckarufer nicht gefunden.« Herzog machte eine kurze Pause, nahm einen Schluck Wasser und fuhr fort:

»Er konnte sich das alles nicht erklären, habe sich aber nichts Schlimmes dabei gedacht. Vielleicht wollte ihm irgendjemand etwas Gutes tun. Seither habe er verdammt viele Flaschen Bier weggekippt ...«

»Sag ich doch«, warf Bretschneider ein. »Und seinen Kumpel Eisenhauer hat er eingeladen, aber machen Sie mal weiter.«

»Das Damenportemonnaie habe er einen Tag später unter seinen Habseligkeiten gefunden, die er in einem Plastiksack in seinem Nachtlager aufbewahrt. Erst ab diesem Zeitpunkt war ihm die ganze Sache nicht mehr geheuer. Er überlegte, zur Polizei zu gehen und die Kleidung, das Geld, das noch übrig war, und das Portemonnaie abzugeben. Das hätte er besser mal getan, denkt er jetzt im Nachhinein, aber irgendwie ging der Tag vorüber und der Alkohol, den er sich am Kiosk auf der anderen Seite der Friedrich-Ebert-Brücke besorgt hatte, habe ihn nicht mehr klar denken lassen. Und seinen Freund Konstanz, also Konstantin Eisenhauer, den habe er seit letzter Woche nicht mehr gesehen. Der sei plötzlich einfach verschwunden.«

Der Kripochef sah Herzog lange ins Gesicht. »Das glaubt der doch selbst nicht. Wirklich sehr abenteuerlich. Und was meinen Sie dazu?«, fragte er schließlich Krämer.

»Keine Ahnung, Chef«, antwortete sie achselzuckend. »Es spricht alles gegen ihn, aber Günthers Bauchgefühl sagt etwas anderes. Und auf das kann man sich normalerweise verlassen.«

»Papperlapapp, kommen Sie mir jetzt nicht auch noch mit Gefühlen, sondern mit Fakten. Und das will ich nicht noch einmal sagen«, erwiderte Bretschneider barsch. »Es gab schon andere, die als Unschuldslämmer durchgegangen wären. Und hinterher haben die sich als Bestien herausgestellt. Immerhin wollte Heidrich bei der Festnahme mit einem Holzprügel auf unsere Kollegen losgehen. So harmlos kann der also gar nicht sein.«

»Ja, darauf habe ich ihn schon angesprochen. Aber er meinte, er habe Angst gehabt, als die beiden mit ihren Taschenlampen plötzlich aufgetaucht sind. Und uniformiert waren sie auch nicht. Also für mich ist seine abwehrende Reaktion nachvollziehbar.«

»Na ja, lassen Sie es mal gut sein. Sie kommen mir schon fast wie sein Verteidiger vor. Wie wollen Sie jetzt weitermachen?«

»Krämer und Lechnauer werden mit dem Verhör fortfahren. Bis jetzt hat er sich noch nicht in Widersprüche verwickelt. Warten wir mal ab, ob er bei seiner Version bleibt. Als Nächstes gleichen wir Fingerabdrücke und DNA-Spuren ab, die wir am Tatort gefunden haben. Übrigens ... er hat der Entnahme einer DNA-Probe, ohne großes Tamtam zu machen, zugestimmt.«

»Vielleicht weiß er nicht, was das für ihn bedeuten kann«, warf Bretschneider ein.

»Er ist zwar am Bodensatz der Gesellschaft angekommen, aber er macht nicht den Eindruck, ungebildet zu sein«, entgegnete Herzog.

»Das war ja fast poetisch.«

»Dass ich glaube, er sei nicht ungebildet?«, fragte Herzog grinsend.

»Ach Herzog, lassen Sie Ihre Scherze. Verhören Sie ihn einfach weiter und kochen Sie ihn weich. Ich wette, das DNA-Material stimmt überein, und er gesteht, sobald die Ergebnisse vorliegen. Ich werde gleich mal die Oberstaatsanwältin benachrichtigen. Bin gespannt, wie unsere Frau Baumann das Ganze sieht.«

Gleich darauf ging der Kripochef zu seinem Schreibtisch, nahm den Hörer ab und sah wortlos zu Herzog und Krämer hinüber, die immer noch am Besprechungstisch saßen. Die beiden kannten diesen durchdringenden Blick des Alten, der bedeutete, dass das Gespräch für ihn beendet war und sie das Zimmer schleunigst zu verlassen hatten. Erst als sie ebenso wortlos nach draußen gingen und die Bürotür hinter ihnen zufiel, wählte Bretschneider die Nummer der Oberstaatsanwältin.

Am Nachmittag saß Herzog im Verhörraum dem Verdächtigen noch einmal gegenüber.

»Ich habe schlechte Nachrichten für Sie«, sagte er zu Heidrich.

»Da bin ich aber mal gespannt.« Er schaute dem Kripobeamten erwartungsvoll in die Augen.

»Also, Sie stehen unter dringendem Tatverdacht, Roswitha Knopfloch in ihrer Wohnung umgebracht zu haben, um an ihr Geld zu kommen. Wir gehen davon aus, dass Konstantin Eisenhauer von Ihrer Tat wusste und Sie ihn zur Vertuschung des Mordes ebenfalls getötet haben. Die Staatsanwaltschaft Mannheim hat Haftbefehl beantragt. Heute Abend werden Sie dem Haftrichter vorgeführt.«

»Was? Ich kenn keine Frau Knopfloch, ich weiß überhaupt nicht, wer das sein soll«, stammelte Heidrich, dem das blanke Entsetzen im Gesicht stand. »Das kann doch alles nicht wahr sein«, seufzte er und hielt sich die Hände vors Gesicht.»Doch, es ist wahr. Die Beweise, die wir momentan haben, sprechen gegen Sie.«

»Jetzt will ich doch einen Anwalt«, erwiderte Heidrich mit zittriger Stimme und Herzog ließ den Pflichtverteidiger rufen.

Dann ging alles sehr schnell. Wie vorherzusehen war, erließ der zuständige Richter Haftbefehl. Heidrichs Pflichtverteidiger beantragte nach Akteneinsicht die Aufhebung des Haftbefehls. Erwartungsgemäß wurde der Antrag abgelehnt, nachdem die Ergebnisse der DNA-Analyse vorlagen. Denn es wurden tatsächlich DNA-Spuren von Friedrich Heidrich in Roswitha Knopflochs Wohnung gefunden. Nach seinen Fingerabdrücken hatte man vergeblich gesucht. Daher ging man davon aus, dass Heidrich in der Wohnung Handschuhe getragen hatte. Andererseits wurden Fingerabdrücke von Roswitha Knopfloch auf dem Portemonnaie festgestellt, das Heidrich mit sich geführt hatte. Deshalb waren sich die Ermittler sicher, dass es sich um die Geldbörse des Opfers handeln musste.

Des Weiteren wurden am Neckar, in unmittelbarer

Nähe zu den beiden Nachtlagern, Blutspuren gefunden, die nach Untersuchungen im Labor eindeutig Konstantin Eisenhauer zugeordnet werden konnten. Man vermutete daher, dass Heidrich das Opfer nach einem Kampf in den Fluss gestoßen hatte. Für Friedrich Heidrich sah es wirklich schlecht aus. Selbst Lars Stegmann, sein Pflichtverteidiger, zweifelte an der Unschuld seines Mandanten und legte ihm nahe, ihm gegenüber die Karten auf den Tisch zu legen. Er würde dann versuchen, das Beste für ihn herauszuholen. Doch trotz der erdrückenden Beweislast blieb Heidrich dabei, seine Unschuld zu beteuern. Immer und immer wieder stammelte er, er könne das alles gar nicht verstehen.

Am Samstag, den 15. November 1991, brachten die beiden lokalen Zeitungen *Mannheimer Morgen* und *Rhein-Neckar-Zeitung* folgenden Artikel heraus:

Mannheim

Verdächtiger nach Tötungsdelikten in Untersuchungshaft

Auf Antrag der Staatsanwaltschaft Mannheim hat der zuständige Richter gegen einen 51-jährigen wohnsitzlosen deutschen Staatsangehörigen wegen des Verdachts des Mordes aus niedrigen Beweggründen Haftbefehl erlassen. Dem Beschuldigten wird nach den Ermittlungen des Dezernats für Kapitalverbrechen der Kriminalpolizei Mannheim mit Unterstützung der Spezialisten der Zentralen Kriminaltechnik zur Last gelegt, eine 40-jährige Frau aus Mannheim in ihrer

Wohnung in den Quadraten ermordet und ausgeraubt zu haben. Weiterhin steht der Festgenommene im dringenden Tatverdacht, einen 60-jährigen deutschen Wohnsitzlosen nach einer körperlichen Auseinandersetzung in den Neckar gestoßen zu haben, infolgedessen das Opfer ertrank. Der Beschuldigte befindet sich seit seiner Festnahme in Untersuchungshaft. Die Schwurgerichtskammer des Landgerichts Mannheim hat nunmehr über die Eröffnung des Hauptverfahrens zu entscheiden.

Für Montagnachmittag, fünfzehn Uhr, hatte der Kripochef Herzog und Krämer zu einem Gespräch bestellt. Zuvor saßen die beiden in ihrem Büro und ließen die Geschehnisse der vergangenen Tage Revue passieren. Sie waren immer noch nicht zu hundert Prozent davon überzeugt, mit Heidrich den Richtigen geschnappt zu haben. Herzog hatte ohnehin Vorbehalte gegenüber dem Anfang der Neunziger Jahre noch im Entwicklungsstadium befindlichen molekularbiologischen DNA-Analyse-Verfahren.

»Und wenn die sich irren? Wenn dieses komische DNA-Material doch nicht von Heidrich stammt?«, fragte er seine Kollegin.

»Keine Ahnung, Günther, ich bin genauso ratlos wie du. Ich weiß nur, dass alles gegen Heidrich spricht. Trotzdem ging auch mir alles zu schnell und zu einfach.«

»Genau. Da sind wir einer Meinung. Aber der Alte meint, wir sollen doch froh sein, einen Fall so schnell gelöst zu haben. Der pfeift auf das, was wir denken. Du hast ihn ja gehört: *Es kommt nicht auf Ihr Bauchgefühl an, sondern es zählen nur die Fakten*«, äffte Herzog seinen Chef nach. »Und die Oberstaatsanwältin würde uns auf die Schultern klopfen, weil alles so schnell gegangen ist. Aber darauf kann ich verzichten.«

»Wir sollen ja gleich beim Alten antanzen, dann sehen wir weiter.«

Sie packten ihre Unterlagen zusammen und machten sich auf den Weg zu Bretschneiders Büro.

Als sie eintraten, begrüßte sie der Kripochef überschwänglich und deutete ihnen mit einer Armbewegung in Richtung des Besprechungstischs an, Platz zu nehmen. Bretschneider attestierte ihnen, hervorragende Arbeit geleistet zu haben. Weiterhin berichtete er über sein Gespräch mit Oberstaatsanwältin Baumann, die, wie von Herzog vermutet, über den schnellen Erfolg sehr erfreut sei, und er solle auf keinen Fall vergessen, den beiden ihre Glückwünsche zu übermitteln.

Mitten in Bretschneiders Euphorie platzte es schließlich aus Herzog heraus. »Chef, ich weiß nicht, ob er es wirklich war.«

Mit offenem Mund starrte Bretschneider den Kriminalhauptkommissar an. »Das glaube ich jetzt nicht. Hab ich mich eben verhört? Kommen Sie mir nur nicht wieder mit Ihrem Bauchgefühl. Ich kann es nicht mehr hören! Für Sie beide sind die Ermittlungen abgeschlossen. Punkt!«, brüllte er Herzog mit hochrotem Kopf an.

»Und wenn Sie das nicht akzeptieren, dann können Sie künftig gerne Strafzettel verteilen. Und Sie, Frau Krämer, müssten sich einen neuen Partner suchen. Es sei denn, Sie sind der gleichen Meinung wie Ihr Kollege. Dann dürfen Sie ihm gerne helfen, oder meinetwegen Parkuhren putzen gehen. Hab ich mich klar und deutlich ausgedrückt?«, fragte er barsch und in einer immer noch beachtlichen Lautstärke.

Krämer nickte nur wortlos, während Herzog achselzuckend antwortete: »Sie sind der Chef und Sie tragen die Verantwortung.«

»Genau, so sieht es aus. ICH bin der Chef und ICH trage die Verantwortung. Und SIE schließen die Akte Heidrich, denn wir haben einen neuen Fall.«

Um sich zu beruhigen, nahm er einen Schluck Kaffee aus seiner übergroßen Bürotasse und verzog dabei das Gesicht. Vermutlich war das Getränk kalt geworden und hatte jegliches Aroma verloren, was seine Stimmung nicht aufhellen konnte. Dann fuhr er fort: »Eine junge Dame aus Sandhofen hat vor etwa zehn Minuten angerufen und unter Tränen ausgesagt, vergewaltigt worden zu sein. Lechnauer hat die Daten aufgenommen. Sie machen sich jetzt gleich auf die Socken und übernehmen das. Und bevor Sie mich fragen, warum wieder Sie beide, dann erinnere ich Sie daran, dass wir immer noch einen personellen Engpass haben. Fragen?«

»Keine«, antworteten beide synchron, schüttelten dabei die Köpfe und verließen das Büro.

»Und jetzt?«, fragte Krämer ihren Kollegen, als sie draußen mit hängenden Schultern den Flur entlangliefen.

»Ach Juli, du hast es doch gehört. Ich will künftig keine Strafzettel verteilen und du bist bestimmt froh, dir keinen anderen Partner suchen zu müssen. Würdest eh keinen besseren finden«, antwortete Herzog grinsend, obwohl er nicht zu Scherzen aufgelegt war. Krämer zog nur die Augenbrauen hoch und schielte zur Decke.

»Du kennst doch unseren Chef. Manchmal spinnt der eben und redet dummes Zeug. Will uns Strafzettel verteilen oder Parkuhren putzen lassen. Der meint das aber nicht so, abgesehen davon, dass das gar nicht geht«, fügte er hinzu.

»Das weiß ich auch, Günther. Aber trotzdem erschrecke ich jedes Mal, wenn er austickt.«

Eigentlich war der gebürtige Kölner Albert Bretschneider eine rheinische Frohnatur. Aber es gab Situationen, da hatte er sein Temperament nicht im Griff. Zum Leidwesen seiner Mitarbeiter. Doch glücklicherweise hielten seine Unbeherrschtheiten nie lange an. Hinterher entschuldigte er sich bei den Betroffenen und gelobte reumütig Besserung, was ihm jedoch noch nie gelungen war. Der Karrieremensch hatte seine berufliche Laufbahn bei der Kölner Wasserschutzpolizei begonnen. Nach wenigen Jahren wechselte er zur Kriminalpolizei, und als schließlich die Stelle des Leitenden Kriminaldirektors in Mannheim frei geworden war, verschlug es ihn von der Dom- in die Quadratestadt. Mit einer Körpergröße von knapp einem Meter neunzig, seiner kräftigen Statur und den breiten Schultern war er eine imposante Erscheinung. Er hatte dunkelbraunes krauses Haar, das an den Schläfen langsam grau wurde. Durch seine runde Gesichtsform sah es so aus, als würde er ständig mit aufgeblasenen Wangen herumlaufen. Vor zwei Jahren war er zum stellvertretenden Polizeipräsidenten des Polizeipräsidiums Mannheim ernannt worden.

»Juli, vielleicht haben wir den Alten ja bald los, sollte er wirklich nach Stuttgart wechseln. Aber ob was Besseres nachkommt, wissen wir alle nicht. Im Großen und Ganzen können wir doch zufrieden mit ihm sein. Und wenn er seine Ausraster nicht hätte, ginge es uns fast *zu* gut.« Herzog sprach damit an, worüber im Präsidium schon lange gemunkelt wurde: Bretschneider würde mit einem Wechsel nach Stuttgart liebäugeln, denn Ende nächsten Jahres war die Stelle des Leiters des Landeskriminalamtes neu zu besetzen.

»Warten wir's ab«, erwiderte Krämer mit hochgezogenen Schultern.

Kapitel 17

Etwa zur gleichen Zeit, als Herzog und Krämer das Büro ihres Chefs verließen, klingelte es bei Luise Wellinger an der Tür ihrer kleinen Zweizimmer-Erdgeschosswohnung im Quadrat S3. Die sechsundachtzig Jahre alte und mit einer Körpergröße von gerade mal einem Meter dreiundfünfzig schmächtige Frau hatte nach dem Tod ihres Ehemannes vor knapp fünf Jahren ihr Einfamilienhaus in Mannheim-Rheinau verkauft und danach die altersgerechte Wohnung in der Innenstadt bezogen. Voller Vorfreude auf den Besuch ihres Sohnes öffnete sie die Tür.

»Guten Tag, Mutti, wie geht's dir denn?«, fragte er, als er eintrat und seine Mutter liebevoll umarmte.

»Na ja, bis auf ein paar kleine Wehwehchen geht's mir ganz gut. Und wie geht's dir?«

»Danke, mir geht's auch gut. Und kleine Wehwehchen darf man in deinem Alter schon mal haben. Bei mir fangen die ja auch schon an.«

Sie setzten sich an den bereits gedeckten Kaffeetisch. Die rüstige Rentnerin hatte Schoko-Bananen-Kuchen gebacken, den Lieblingskuchen ihres Sohnes. Den gab es immer, wenn Wellinger seine Mutter besuchte. Der fünfundsechzigjährige ehemalige Kriminalhauptkommissar

Werner Wellinger war einmal im Monat zu Besuch bei seiner Mutter. Nach seiner vorzeitigen, nicht ganz freiwilligen Pensionierung war er von Mannheim nach Triberg gezogen, einer kleinen Stadt im südlichen Teil des mittleren Schwarzwalds. Bereits Jahre zuvor hatte er diesen Ort immer wieder besucht, als seine damals an Lungenkrebs erkrankte Frau nach Operation und Strahlentherapie wochenlang in einer Spezialklinik für onkologische Rehabilitation untergebracht war. Und wie so oft schlug diese heimtückische Krankheit bei einem Menschen zu, der in seinem ganzen Leben noch nie eine Zigarette geraucht hatte und auch sonst sehr auf seine Gesundheit achtete. Die Klinik befand sich in unmittelbarer Nähe zu den bekannten Triberger Wasserfällen, ein eigentlich wunderschöner Ort, dem man von außen nicht ansehen konnte, welche Schicksale sich im Inneren des Gebäudes abspielten. Letztlich hatte Erna den Kampf gegen den Krebs verloren. Bevor sie starb, musste ihr Werner versprechen, sie hier im Schwarzwald beerdigen zu lassen, denn sie liebte die ländliche Idylle, fernab von Stress und Hektik, und sie liebte es, nachts bei gekippten Fenstern zu schlafen und von ihrem Bett aus dem Rauschen des Waldes und des ins Tal stürzenden Wassers zu lauschen.

Dies war jetzt schon fast acht Jahre her. Nach dem Tod seiner Frau kam Wellinger drei- bis viermal jährlich nach Triberg, besuchte das Grab und verband diese Besuche immer mit ein paar Urlaubstagen. Im Sommer unternahm er größere Wanderungen durch die Wälder der Umgebung und im Winter zog er auf einer der zahlreichen Langlauf-Loipen seine Runden. Als dann vor zwei Jahren diese Sache im Dienst passiert war, verabschiedete er sich mit dreiundsechzig aus dem Polizeidienst, verließ seine Heimatstadt und kaufte sich im gleichen Jahr eine Wohnung am Stadtrand von Triberg. Auch er hatte sich im Laufe der Zeit in diese Gegend verliebt. Aber er brauchte auch Abstand, räumlich und gedanklich.

Mittlerweile war er in der Stadt heimisch geworden. Durch die Teilnahme an Seniorenabenden, an Stammtischen und diversen Freizeitaktivitäten war er im Ortsgeschehen voll integriert und wurde, nach den üblichen anfänglichen Vorbehalten, von den Einheimischen als einer der ihren akzeptiert. Nur durch die Besuche bei seiner Mutter riss die Verbindung nach Mannheim nie ganz ab. Obwohl Luise Wellinger trotz ihres hohen Alters noch ganz gut für sich selbst sorgen konnte, wollte ihr Sohn sie davon überzeugen, in den Schwarzwald zu ziehen, um im Notfall in ihrer Nähe sein zu können.

»Mutti, der hat mal wieder lecker geschmeckt«, sagte Wellinger, als er bereits das zweite Kuchenstück verschlungen hatte und sich mit einer Papierserviette den Mund abwischte.

»Das freut mich, Werner. Anscheinend habe ich das Backen noch nicht verlernt, obwohl ich mittlerweile das Rezept nicht mehr so ganz im Kopf habe und das eine oder andere im Kochbuch nachlesen muss.«

»Und, Mutti, hast du dir mal überlegt, nicht doch in den Schwarzwald umzuziehen? Ich bin mir sicher, es würde dir dort gefallen. Du könntest dir eine kleine Wohnung kaufen und ich könnte dich viel öfter als jetzt besuchen. Und Seniorenwohnheime gibt es auch genug, falls du irgendwann mal nicht mehr für dich selbst sorgen kannst. Ich mein's doch nur gut.«

»Ich weiß. Aber ich fühle mich hier wohl. Mit meiner Nachbarin, die kennst du ja auch, treffe ich mich drei- bis viermal in der Woche. Wir gehen spazieren oder Kaffee trinken oder verbringen auch mal zusammen einen gemütlichen Fernsehabend. Die hat niemanden, der sich um sie kümmert. Wenn ich jetzt wegziehen würde, dann ist Else ganz allein. Das will ich ihr nicht antun. Und wenn es wirklich nicht mehr geht, kann ich ja immer noch in den Schwarzwald ziehen.«

Typisch Mutti, dachte Wellinger. *Denkt mehr an ihre Nachbarin als an sich selbst.*

»Also gut, aber du musst mir versprechen, dass du mir Bescheid sagst, wenn es dir gesundheitlich nicht mehr so gut geht und du Hilfe brauchst. Vielleicht will deine Freundin ja auch mit nach Triberg. Das wäre doch die perfekte Lösung.« Wellinger schaute seine Mutter mit seinen blauen, wässrigen Augen erwartungsvoll an.

»Versprochen, Werner. Und übrigens, was das Thema Hilfe betrifft, da hab ich eine große Bitte an dich. Ich habe dir doch mal erzählt, dass ein Obdachloser für Else und mich immer mittwochs und freitags einkaufen geht. Zur Belohnung bekommt er dann jedes Mal ein oder zwei belegte Brötchen von uns, Geld nimmt er ja nicht an.«

»Ich weiß, Mutti, und was ist mit dem?«

»Letzte Woche ist er einfach nicht mehr aufgetaucht. Else und ich sind dann selbst einkaufen gegangen und ich habe mal in der Fußgängerzone Ausschau nach ihm gehalten. An einer Stelle in der Nähe vom Paradeplatz, da hält sich Fritz tagsüber normalerweise auf, da hat aber nur ein Spezi von ihm gesessen. Wir haben ihn gefragt, wo wir Fritz finden können, aber er hat gesagt, dass er auch nicht weiß, wo

Fritz stecken könnte. Es würde aber gemunkelt, die Polizei hätte ihn verhaftet.«

»Vielleicht hat er ja was angestellt«, sagte Wellinger stirnrunzelnd.

»Das kann ich mir nicht vorstellen. Fritz ist ein anständiger Kerl«, erwiderte seine Mutter mit erhobener Stimme.

Luise Wellinger hatte Friedrich Heidrich vor einem halben Jahr kennengelernt. Sie war im Supermarkt einkaufen und schleppte zwei große Einkaufstüten. Als sie an einer Fußgängerampel stehen blieb und ihre Taschen schwer atmend auf dem Boden abstellte, sprach sie der Obdachlose an, ob er ihr tragen helfen könne.

Zunächst verneinte sie, denn sie war misstrauisch. Heidrich war über die ablehnende Haltung der alten Dame nicht verwundert. Schließlich erlebte er tagtäglich ähnliche Reaktionen oder erntete böse Blicke, wenn er jemandem seine Hilfe anbot oder einfach nur nett sein wollte. Als er dann Luise Wellinger mit einem Lächeln antwortete, er sei kein schlechter Mensch, nahm die Frau schließlich doch seine Hilfe an. Er begleitete die alte Dame bis vor die Haustüre. Und als Luise ihm zum Dank ein Zwei-Mark-Stück zustecken wollte, lehnte Heidrich ab und sagte nur, dass er es gern getan habe.

Eine Woche später trafen sich die beiden zufällig wieder. Dieses Mal nahm ihr Heidrich wortlos die Einkaufstüten aus der Hand, sagte, er habe ohnehin den gleichen Weg, und begleitete sie bis zu ihrer Wohnung. Seitdem kaufte er jeden Mittwoch- und Freitagvormittag für sie ein. Und nachdem Luise ihrer Freundin von dem freundlichen Helfer erzählt hatte, ging Heidrich auch für Luises Nachbarin regelmäßig einkaufen. Da er die Annahme von Geld immer noch ablehnte, bestand sein Lohn nach wie vor aus ein oder zwei belegten Brötchen oder auch mal aus einem Stückchen Kuchen.

»Er ist ein anständiger Kerl«, wiederholte Luise. »Wenn er für uns einkaufen geht, bringt er das Wechselgeld immer genauestens abgezählt zurück. Da hat noch nie auch nur ein Pfennig gefehlt.«

Sie ging in die Küche und kam mit der Samstagsausgabe des Mannheimer Morgen zurück. Sie schlug die Zeitung auf und legte ihrem Sohn den Artikel *Verdächtiger nach Tötungsdelikten in Untersuchungshaft* vor. »Lies, Werner!«, forderte sie ihn auf. Wellinger nahm seine Brille aus der Tasche und setzte sie auf die Nase.

»Jetzt verstehe ich«, sagte er zu seiner Mutter, nachdem er den Artikel gelesen hatte. »Du glaubst, es handelt sich bei dem Festgenommenen um deinen Einkaufshelfer.«

»Genau. Und jetzt habe ich eine Bitte an dich. Du kannst dich doch mal bei deinen alten Kollegen umhören, um wen es sich bei dem Verdächtigen handelt. Und wenn es tatsächlich Fritz sein sollte, dann bin ich überzeugt, dass die den Falschen verhaftet haben.«

»Natürlich kann ich mich mal umhören. Wenn ich heute Abend in Triberg zurück bin, dann rufe ich Günther Herzog zu Hause an. Der gibt mir bestimmt Informationen, auch wenn er das nicht dürfte. Aber was tut man denn nicht alles für einen alten Freund. Ich glaube aber nicht, ohne diesen Fritz zu kennen, dass die Polizei den Falschen erwischt hat. Denn wenn es schon an die Presse gegangen ist und bereits über die Eröffnung des Hauptverfahrens entschieden werden soll, dann werden meine alten Kollegen auch den Richtigen verhaftet haben«, sagte er und kratzte sich dabei mit Zeige- und Mittelfinger am Hinterkopf.

»Trotzdem glaube ich nicht, dass ich mich in einem Menschen so täuschen kann«, erwiderte seine Mutter trotzig.

Als Wellinger abends zurück in Triberg war, rief er seinen ehemaligen Kollegen Herzog an. Die beiden unterhielten sich über Gott und die Welt, bevor Wellinger zur Sache kam. Herzog bestätigte ihm ohne Umschweife, dass es sich bei dem Verhafteten um Friedrich Heidrich handelte, teilte ihm aber auch mit, dass sowohl er als auch seine Kollegin Julia Krämer nicht zu hundert Prozent von dessen Schuld überzeugt waren, obwohl alle Beweise gegen ihn sprächen.

»Mensch Werner, es wäre doch schön, wenn du, Piet und ich uns mal treffen könnten. Dann können wir über alte Zeiten reden und uns natürlich auch über den Fall Heidrich austauschen. Vielleicht klappt es im Dezember mit einem Besuch auf dem Mannheimer Weihnachtsmarkt. Wenn du einverstanden bist, frag ich mal Piet, was er davon hält«, sagte Herzog euphorisch.

»Also, von meiner Seite spricht da absolut nichts dagegen, wenn du mir nicht wieder deinen Glühweinbecher überkippst und mir meinen Mantel ruinierst, so wie vor drei oder vier Jahren.«

»Passiert nicht wieder. Du kennst mich doch«, antwortete Herzog lachend.

»Ja, und gerade weil ich dich kenne, werde ich vorsichtshalber meine älteste Winterjacke anziehen«, konterte Wellinger. »Dann frag mal Piet, ob das klappt. Ich hab ohnehin vor, kurz vor Weihnachten meine Mutter wieder zu besuchen. Du hast ja meine Telefonnummer. Ruf mich einfach an und gib mir Bescheid.«

»Okay, ich melde mich, wenn Piet und ich einen Termin

gefunden haben. Du als Frührentner dürftest ja flexibler sein als wir Arbeitstiere. Mach's gut und halt die Ohren steif.«

»Mach ich. Und richte Piet einen schönen Gruß von mir aus. Bis dann.«

Wellinger legte den Hörer auf. *Vielleicht hat Mutti doch recht und der Verhaftete ist tatsächlich unschuldig. Immerhin hat auch Günther so seine Zweifel*, sinnierte er vor sich hin. Dann ging er in die Küche, holte sich eine Flasche Tannenzäpfle aus dem Kühlschrank und setzte sich im Wohnzimmer vor den Fernseher. Eigentlich wollte er sich gemütlich einen Krimi anschauen. Doch aufgewühlt vom Telefonat mit seinem alten Freund schwelgte er ganz tief in Erinnerungen. Mit offenem Mund saß er in seinem Sessel und dachte an einen Mordfall zurück, der sich bereits vor über zehn Jahren ereignete. Wie schnell doch die Zeit verging.

Gemeinsam mit Günther Herzog hatte er damals einen Fall gelöst, in dem ein Mann auf grausamste Weise seine Exfrau auf offener Straße mit einer Axt erschlagen hatte. Bereits in den Monaten zuvor hatte der Täter seiner ehemaligen Lebensgefährtin immer wieder nachgestellt, weil er die Trennung, die von seiner Partnerin ausgegangen war, nicht akzeptieren konnte. Eines Abends lauerte er ihr vor ihrer Wohnungstür auf und schlug mit dem Beil mehrfach auf sie ein. Erst als zwei Passanten der Frau zur Hilfe eilten, ließ er von ihr ab und flüchtete. Allerdings zu spät für sie. Noch bevor der Rettungswagen eingetroffen war, verstarb die junge Frau wenige Minuten nach dem Angriff infolge der zahlreichen Hieb- und Schnittverletzungen, die ihr der Täter im Bauch- und Brustbereich zugefügt hatte.

Als die Kripobeamten eine Woche später den Mörder stellten, ging er mit der Axt auf die beiden los. Herzog war so überrascht, dass er nicht imstande war, schnell genug seine Pistole aus dem Halfter zu ziehen. Doch Wellinger reagierte geistesgegenwärtig und setzte den Angreifer mit einem gezielten Schuss ins rechte Bein außer Gefecht. Gerade noch rechtzeitig, bevor der Mörder seine Axt auf Herzog herabschwingen konnte. Ein Schuss, der Günther Herzog womöglich das Leben gerettet hatte.

Nach dieser lebensgefährlichen Situation standen die beiden Kripobeamten derart unter Schock, dass sie der Polizeipsychologe für eine Woche krankschrieb. Auch die Tatsache, auf einen Menschen geschossen zu haben, obwohl es in Notwehr geschehen war, machte ihnen zu schaffen. Allerdings meldeten sie sich nach nur zwei Tagen wieder zum Dienst zurück. Kripochef Bretschneider wollte sie zwar gleich wieder nach Hause schicken, was die zwei Sturköpfe jedoch ignorierten.

Auch wenn es für alle regelmäßig Schießtraining gab, war es doch ein großer Unterschied, ob man in einem Schießstand auf Scheiben schoss oder bei einem tätlichen Angriff auf einen Menschen. Zum Glück kam es in all den Jahren nur noch zwei weitere Male vor, dass Wellinger von seiner Dienstwaffe Gebrauch machen musste. Denn die Realität bei der Kriminalpolizei sieht anders aus als in manchen Fernsehkrimis, wo ständig rumgeballert wird.

In den beiden anderen Fällen reichte es aus, einen Warnschuss in die Luft abzugeben, und die Gestellten blieben blitzartig stehen und rissen die Hände hoch, noch ehe sie Wellinger dazu aufforderte.

Er erinnerte sich noch an zwei weitere Fälle, die ihm damals besonders unter die Haut gegangen waren, ihn noch lange nach Ergreifen der Täter beschäftigten und ihm schlaflose Nächte bereiteten.

An einem Silvestermorgen wurde ein neunzehnjähriger Teenager in einer Fußgängerunterführung tot aufgefunden. Die zahlreichen Blutergüsse im Gesicht des jungen Mannes ließen die Gewalt erahnen, mit der der Täter vorgegangen war. Das Opfer wurde bis zur Bewusstlosigkeit geschlagen und gewürgt und anschließend mit einem Schnitt durch die Kehle, der bis zur Wirbelsäule reichte, getötet. Der Schnitt war so tief, dass der Kopf fast vom Rumpf getrennt wurde. Selbst danach ließ der Mörder nicht von seinem Opfer ab, sondern verstümmelte den toten Körper in abscheulichster Weise. Der Anblick, den die Leiche Herzog und Wellinger bot, war nur schwer zu ertragen. Bei Ermittlungen im Bekannten- und Freundeskreis des Opfers stießen die Kommissare auf einen zweiundzwanzigjährigen Mann, dessen jüngere Schwester mit dem Opfer befreundet war. Als sie an der Wohnungstür klingelten und sich als Kriminalpolizisten auswiesen, flüchtete er.

Es dauerte sechs Wochen, dann hatten sie den Täter in einer leer stehenden Fabrikhalle gestellt. Was ihn zu der schrecklichen Tat bewegte, blieb sein Geheimnis, denn er stürzte sich vom Dach und war auf der Stelle tot. Es wurde vermutet, dass irgendetwas zwischen dem Opfer und der Schwester des Mörders vorgefallen sein musste. Etwas Schwerwiegendes, das ihn in rasende Wut versetzt und zu solch einer Untat getrieben hatte. Die junge Frau wurde befragt und sagte aus, dass sie nicht wisse, warum ihr Bruder ihren Freund umgebracht hatte. Herzog und Wellinger glaubten ihr nicht. Aber eigentlich spielte das

Motiv keine Rolle mehr, obwohl sie gerne gewusst hätten, wie es zu so einer bestialischen Ermordung und Verstümmelung eines jungen Menschen kommen konnte. Es war ihnen nur wichtig, den Mörder aufgespürt zu haben, denn dass er es war, daran gab es keine Zweifel. Die Spuren, die er am Tatort hinterlassen hatte, konnten ihm eindeutig zugeordnet werden. Bei dem zweiten Fall, an den sich Wellinger noch gut erinnern konnte und an den er jetzt denken musste, ging es um einen Mord an zwei Jugendlichen. In einer warmen Sommernacht vergnügten sich die beiden auf einer Parkbank im Unteren Luisenpark. Gerade als der Junge seiner Freundin die Bluse geöffnet hatte und ihr die Brüste streichelte, kam ein angetrunkener Mann zufällig auf dem Nachhauseweg vorbei und schien Gefallen an dem Mädchen zu finden. Der Mann hatte gerade eine mehrjährige Haftstrafe wegen Vergewaltigung und schwerer Körperverletzung abgesessen. Sein krankhafter Sexualtrieb sollte den beiden Jugendlichen zum Verhängnis werden. Vom Liebesspiel der beiden erregt, hob er einen faustgroßen Stein vom Boden auf und schlug vor den Augen des entsetzten Mädchens mehrfach auf den Kopf des Jungen ein, bis von seinem Gesicht nur noch eine breiige Masse übrig geblieben war. Danach vergewaltigte er das Mädchen und erschlug es mit dem Stein, an dem noch das Blut ihres Freundes klebte. Auch dieser Täter entkam den beiden Kriminalhauptkommissaren nicht. Er wurde zur lebenslangen Haft mit anschließender Sicherheitsverwahrung verurteilt.

Dann erinnerte sich Wellinger auch an die Stunden zurück, in denen er mit seinem alten Freund Herzog an der Theke seines Mannheimer Stammlokals saß, sie gemeinsam bei dem einen oder anderen Bier den Feierabend genossen und sich den Stress aus den Kleidern tranken. Manchmal aus Freude über einen Fahndungserfolg, aber oft auch aus Frust darüber, sich bei einem kniffligen Fall im Kreis zu drehen und nicht schnell genug voranzukommen. Hin und wieder gesellte sich Piet van Leeuwen zu ihnen. Obwohl der Rechtsmediziner viel jünger war als die beiden Kripobeamten, verstanden sich die zwei alten Haudegen sehr gut mit dem jungen holländischen Hüpfer, wie sie ihn scherzhaft nannten.

So vergingen eineinhalb Stunden und Wellinger hatte nicht eine Sekunde der Filmhandlung bewusst wahrgenommen. Erst als auf dem Bildschirm die Uhr zu den Nachrichten heruntertickte, war er wieder in der Gegenwart angekommen. Er schaltete den Fernseher aus, holte sich noch ein Bier aus dem Kühlschrank und lümmelte sich wieder in seinen Sessel. Dann blickte er zu dem Familienbild hinüber, das auf der Kommode neben dem TV-Schrank stand. Ein Foto aus glücklichen Tagen mit Frau und Tochter. Zwischenzeitlich war Erna schon lange tot und Lisa lebte in den USA. Wenn überhaupt, dann besuchte sie ihn gemeinsam mit ihrem amerikanischen Mann nur alle ein bis zwei Jahre. Und dass Wellinger die beiden in San Diego besuchte, kam für ihn nicht in Frage, denn er konnte nicht über seinen Schatten springen und seine panische Flugangst überwinden. Mit dem Bier in der Hand hob er den Arm und prostete seiner Frau und seiner Tochter auf dem Foto zu.

»Ich hoffe, es geht euch gut, wo immer ihr jetzt seid«, sagte er und nahm einen kräftigen Schluck aus der Flasche. Dann schaute er auf seine Uhr. *Jetzt kann ich sie nicht mehr anrufen. Mutti schläft bestimmt schon. Wahrscheinlich ist morgen früh sowieso der bessere Zeitpunkt, denn wenn sie heute erfahren würde, dass es sich bei dem Inhaftierten tatsächlich um ihren Helfer Fritz handelt, könnte sie heute Nacht nicht mehr ruhig schlafen.*

Kapitel 18

Clemens stieg aus dem Taxi, das ihn an den Flughafen Frankfurt gebracht hatte. Die Verkehrssituation auf dem Airportgelände war chaotisch, denn die Bauarbeiten für das neue Terminal 2 auf dem Areal der abgerissenen Empfangsanlage Ost waren in vollem Gange. Der Taxifahrer konnte die Abflughalle nicht direkt ansteuern, sondern musste sein Fahrzeug etwa vierhundert Meter entfernt auf einem provisorisch angelegten Parkplatz für Flughafenzubringer abstellen. Allerdings stellte der lange Fußweg in das Flughafengebäude für Clemens keine große Herausforderung dar, denn er führte nur zwei kleine Reisetrolleys mit sich.

Gerade mal eine gute Stunde zuvor hatte er seine Heidelberger Villa an die neuen Eigentümer komplett möbliert übergeben. Nur die drei wertvollen Original-Farblithografien von Joan Miró, zwei handsignierte Radierungen von Marc Chagall und eine fast fünfzig Zentimeter hohe Bronzeskulptur einer unbekannten deutschen Künstlerin waren nicht Gegenstand des Kaufvertrags. Die Kunstwerke befanden sich bereits zusammen mit seinen persönlichen

Gegenständen und Kleidern, der Golfausrüstung, dem Computer und der Stereoanlage mit einer Umzugsspedition auf dem Weg in sein künftiges Domizil.

Clemens konnte es kaum erwarten, in Spanien einen neuen Lebensabschnitt zu beginnen. Er hoffte, dort die schrecklichen Geschehnisse in Rosis Wohnung und auf der Neckarwiese endlich vergessen zu können. Und vielleicht endeten damit auch die hässlichen Albträume, die ihn regelmäßig nachts heimsuchten. Doch am meisten freute er sich darauf, zukünftig seiner Tochter Susanne nahe zu sein, was ihm früher für lange Zeit verwehrt geblieben war. Denn nach dem Ende seiner Ehe war es seiner geschiedenen Frau erfolgreich gelungen, den Umgang mit der gemeinsamen Tochter zu unterbinden. Der Kindesentzug war für Clemens die Hölle gewesen, denn er liebte Susanne über alles. Die Jahre vergingen und irgendwann brach der Kontakt zu seiner Tochter vollständig ab.

Im Alter von achtzehn Jahren nahm Susanne dann den Mädchennamen ihrer Mutter, *Neumann*, an. Das Einzige, was sie bis dahin noch mit ihrem Vater verband, der Familienname *Hofstädter,* gehörte nun der Vergangenheit an. Doch drei Jahre später sollte sich das Blatt wenden. Ausgerechnet durch einen Sterbefall kamen sich die beiden wieder näher. Damals rief Susanne ihren Vater an und informierte ihn über den Tod ihrer Mutter. Silvia war nach langer Krankheit an Brustkrebs gestorben. Clemens überlegte nicht lange und fuhr nach Bonn, um an der Beerdigung teilzunehmen. Bei der Trauerfeier schloss Susanne ihren Vater liebevoll in die Arme und plötzlich liefen Clemens in Sturzbächen dicke Tränen übers Gesicht. Diesen Gefühlsausbruch deutete Susanne so, dass die Verstorbene ihrem Vater wohl sehr viel bedeutet hatte. Ein Umstand, der ihr in all den Jahren nie bewusst gewesen war. Allerdings bemerkte sie nicht, dass nur ein kleiner Teil der Tränen ihrer Mutter galt. Denn größtenteils weinte Clemens vor Freude. Er war einfach nur überwältigt davon, seine Tochter wiederzusehen und in den Armen zu halten. In diesem Moment erkannte auch Susanne, wie sehr ihr ihr Vater in all den Jahren gefehlt hatte.

Die Zeit danach blieben sie im ständigen Kontakt. Sie telefonierten oft oder besuchten sich gegenseitig. Das Vater-Tochter-Verhältnis wurde dadurch von Monat zu Monat besser. Auch Susannes Umzug nach Valencia konnte ihre immer enger werdende Beziehung nicht erschüttern. Clemens wünschte dem Taxifahrer eine gute Heimfahrt und steckte ihm noch ein üppiges Trinkgeld zu. Im Terminal angekommen blickte er zur großen Anzeigetafel, die von der Decke hing, und suchte nach seinem Flug. *Aha, da steht's ja,* dachte er voller Vorfreude:

Abflug 14.10 Uhr – LH 7285 – nach Valencia – Check-in Schalter A220 bis 276.

Er begab sich zur Gepäckaufgabe und stellte seine beiden Koffer auf das Förderband. Dann legte er sein Ticket und den Reisepass vor.

»Sie müssen zu Gate A5 in Halle B. Seien Sie spätestens um dreizehn Uhr dort«, sagte die freundliche Dame am Lufthansa-Schalter, nachdem sie die mit der Flugnummer gekennzeichneten Banderolen an den Trolleys angebracht und die Gepäckstücke per Knopfdruck durch die Schleuse des Transportbandes befördert hatte.

Pünktlich um sechzehn Uhr dreißig setzte die Maschine sanft auf der Landebahn des Aeropuerto de Valencia auf. Während des Flugs hatte Clemens fast die ganze Zeit aus dem Fenster geschaut. Wie die Wolken draußen am endlosen Himmel zog auch sein Leben gedanklich an ihm vorbei. Seine Kindheit, seine Jugend. Seine missglückten Ehen und seine zwei Morde. Hatten die Ausraster, die ihn schließlich zum Mörder werden ließen, tatsächlich mit seiner frühen Kindheit zu tun, mit *ihm*, der ihn, als er noch ein kleiner Junge gewesen war, so malträtiert hatte? Doch so viel er auch überlegte, sich sein Gehirn zermarterte, er fand keine Antwort, keine Erklärung.

Beim Verlassen des Flugzeugs strömte Clemens fünfzehn Grad warme Luft entgegen. *Ein Grund mehr, für immer hierzubleiben*, stellte er schmunzelnd fest und erinnerte sich daran, bei Temperaturen um den Gefrierpunkt und leichtem Schneefall in Frankfurt abgeflogen zu sein.

Eine Viertelstunde später nahm er seine Koffer vom Band und durchlief die Passkontrolle, wo sich niemand für seinen Ausweis interessierte. Gleich hinter dem Ausgang ließ er seinen Blick über die Menschenmenge schweifen. Nach einem kurzen Moment erkannte er seine Tochter, die ihm lächelnd zuwinkte.

»Hallo Paps, schön, dass du da bist. Hattest du einen guten Flug?«, begrüßte Susanne ihren Vater, der sie herzlich umarmte.

»Ja, der Flug war ruhig, und jetzt bin ich einfach nur froh, hier zu sein. Bist du alleine oder ist Carlos auch dabei?«

»Dich in dein Haus nach Dénia zu kutschieren, das krieg ich schon alleine hin. Außerdem hat Carlos momentan viel um die Ohren und hat wenig Zeit für mich. Er hat zwar angeboten, mich zu begleiten, aber das hat er aus reiner Höflichkeit getan. Oder um sein schlechtes Gewissen zu beruhigen. Im Endeffekt war es ihm recht, dass ich vorgeschlagen habe, dich alleine abzuholen. Außerdem hab ich mir drei Tage freigenommen. Dann kann er zu Hause arbeiten, so viel er will, und ich kann dir morgen und übermorgen bei deinen ersten Erledigungen helfen, falls du ein Zimmer für mich frei hast«.

»Für dich hab ich immer ein Bett frei. Und dass du mir behilflich sein willst, ist sehr nett von dir. Deshalb bist du ja auch meine Lieblingstochter«, flachste Clemens und gab Susanne einen Kuss auf die Wange.

»Ich, deine Lieblingstochter? Ich wusste gar nicht, dass du außer mir noch mehr Töchter hast«, gab Susanne lachend zurück.

Im Strom der Menschenmenge verließen sie das Flughafengebäude, überquerten die Zufahrtstraße und begaben sich in das gegenüberliegende Parkhaus.

»Zum Glück hast du nur zwei kleine Koffer dabei«, sagte Susanne, als ihr Vater die Gepäckstücke hinter ihrem roten Ford Fiesta abstellte.

»Kauf dir doch mal ein größeres Auto. Dann hätte ich mir die Umzugsfirma sparen können. Die bringt nämlich morgen früh den Rest«, antwortete Clemens.

»Armer Paps, soll ich dir Geld leihen?«, ulkte Susanne. »Und außerdem: Jetzt bleibst du ja da und ich muss dich künftig nie mehr vom Flughafen abholen.«

Sie klappte den Kofferraumdeckel hoch und blickte in das Wageninnere.

»Warte mal, Paps. Ich räum erst mal meine Sporttasche zur Seite. Ich brauch ja schließlich bis Mittwoch auch was zum Anziehen. Und eingekauft hab ich auch schon. Dann können wir morgen in aller Ruhe zusammen frühstücken. Leg mal bitte die Rückbank um. Dann passt alles rein.«

Clemens klappte die Rücksitze nach unten und seine Tochter hob die beiden Trolleys in den Fiesta.

»Von wegen kleines Auto. Schau mal, Papa, wie viel Platz wir haben«, bemerkte sie augenzwinkernd. Dann machten sie sich auf den Weg.

Nach zwanzig Minuten erreichten sie die AP 7, die Autopísta del Mediterráneo. Sie fuhren durch das hügelige, teils kahle, teils bewaldete, aber größtenteils mit unzähligen Orangenplantagen umsäumte Küstengebiet. Clemens kurbelte das Seitenfenster herunter. Warmer Wind blies ihm durchs Haar. Er atmete tief durch die Nase ein. Gierig sog er den angenehmen, süßlichen Duft zigtausender Orangen in sich auf. Er liebte diesen einzigartigen Geruch, der in dieser Region der Mittelmeerküste das ganze Jahr über in der Luft lag.

Eine Dreiviertelstunde später kamen sie in Dénia an. In dieser Kleinstadt, zwischen Valencia und Alicante gelegen, wollte Clemens sein künftiges Leben verbringen. Susanne hielt vor dem gusseisernen Tor zur *Finca Hofstädter*. Clemens stieg aus, reckte und streckte seine nach Flug und Autofahrt steif gewordenen Gliedmaßen und öffnete das Tor. Susanne lenkte ihren Fiesta über die asphaltierte Zufahrt in den Carport, der sich rechts neben dem Landhaus befand.

»Juhu, wir sind da«, rief sie beim Aussteigen ihrem Vater zu, der vom jetzt wieder geschlossenen Hoftor auf sie zukam.

»Lass uns schnell auspacken, dann machen wir uns frisch und gehen in der Stadt was Schönes essen.«

»Klingt gut, Paps, da sag ich nicht nein.«

Am nächsten Morgen hatte Susanne bereits den Frühstückstisch gedeckt, als ihr Vater die Treppe herunterkam. Genau wie die Heidelberger Villa am Sonnenhang des Heiligenbergs hatte Clemens das imposante Landhaus an der Costa Blanca von seinen Eltern geerbt. Als es sich in den letzten zwei Jahren abzeichnete, dass er seine Zelte in der alten Heimat abbrechen würde, um künftig in Spanien zu leben, ließ er das Anwesen umfangreich renovieren und modernisieren.

Die historische Steinhausfinca hatte eine Wohnfläche von knapp dreihundert Quadratmetern und befand sich auf einem riesigen Grundstück in privilegierter Lage am Fuße des Montgos, Dénias Hausberg. Der Wohn- und Essbereich mit offener Küche im Erdgeschoss war mit einem offenen Kamin und einer mit Holzbalken versehenen Decke ausgestattet. Durch ein übergroßes Fenster konnte man einen spektakulären Panorama- und Meerblick genießen. Außerdem gab es noch eine Gästetoilette mit Dusche, eine kleine Vorratskammer und einen Hauswirtschaftsraum. Über eine geschwungene Steintreppe erreichte man das Obergeschoss mit Galerie, drei Schlafzimmern, davon eines mit separatem Meerblickbalkon, und zwei Bädern. Im Außenbereich befanden sich eine Sonnenterrasse und ein überdachter Barbecuebereich sowie die Outdoor-Küche. Der Swimmingpool mit Treppeneinstieg und Überlauf wurde von einer gepflegten Rasenfläche umrahmt. Im dahinter liegenden Garten mit seinem alten, schattenspendenden

Baumbestand konnte man auf Liegestühlen die Seele baumeln lassen.

Alles in allem ein Ort, an dem es sich gut leben ließ. Doch Clemens zog es nicht nur wegen dieser wunderschönen Lokation, der hohen Lebensqualität, die die Costa Blanca zu bieten hatte, oder des milden Klimas hierher, sondern hauptsächlich wegen seiner Tochter. Und sollten Carlos und Susanne von Valencia, das von Dénia aus in gut einer Stunde zu erreichen war, eines Tages nach Madrid ziehen, würde er einen Weg finden, seiner *Lieblingstochter* nahe zu sein. Auch in Madrid ließ es sich sicher ganz gut leben. Dann würde er vielleicht dort ein Haus oder eine schicke Wohnung kaufen und seine Finca nur noch als Wochenend- oder Urlaubsdomizil nutzen.

»Guten Morgen, Paps, auch schon wach?«, begrüßte Susanne ihren Vater, der unten am gedeckten Esszimmertisch angekommen war.

»Guten Morgen, Lieblingstochter, eigentlich wollte ich schon früher aufstehen, aber ich habe ganz schlecht geschlafen«, erwiderte Clemens. Und als wollte er seine Aussage unterstreichen, reckte und streckte er sich am ganzen Körper, bevor er Platz nahm. Susanne schenkte ihm eine Tasse Kaffee ein und sah ihn herausfordernd an.

»Was ist los? Hab ich was verbrochen?«, wollte er nach einigen wortlosen Minuten wissen.

»Wer ist eigentlich Rosi?«, fragte Susanne grinsend und biss in ihr Toastbrot. Ihr entging nicht, wie ihr Vater erschrocken zusammenzuckte und sie wie vom Blitz getroffen anstarrte.

»Wer … wer soll das denn sein?«, gab er stotternd zurück.

»Paps, du bist ja ganz schön verlegen. Das kenne ich gar

nicht von dir. Ich musste heute Nacht kurz zur Toilette. Dabei hab ich dich aus deinem Schlafzimmer heraus laut nach einer *Rosi* rufen hören. Dann hast du noch irgendetwas Unverständliches laut vor dich hin gebrummelt. Anscheinend hattest du einen heftigen Traum. Du kannst mir die Dame, die dich im Schlaf so beschäftigt hat, ruhig mal vorstellen.«

Langsam fiel die Anspannung von Clemens ab. »Da gibt es niemanden, den ich dir vorstellen könnte. Ich kenne keine Rosi. Und an den Traum kann ich mich auch nicht mehr erinnern«, antwortete er, jetzt wieder viel gefasster.

»Na ja, eigentlich schade. Denn ich hätte dir eine Freundin sehr gewünscht.«

»Ich komm gut alleine klar«, erwiderte Clemens. Dann wechselte er schnell das Thema. »Kann ich mir heute dein Auto leihen? Du hast mir ja gestern beim Abendessen von deiner tollen Vorarbeit berichtet und mir die Adressen von dem Autohändler und dem Schiffsmakler genannt, bei denen ich vorbeischauen soll. Und das mache ich jetzt.«

»Wo denkst du hin. Ich komme natürlich mit. Ich habe mir doch extra für dich freigenommen. Und außerdem: Bei dem schönen Wetter kutschiere ich dich lieber durch die Gegend, als hier im Haus zu bleiben.« Susanne deutete mit einer Kopfbewegung zum Panoramafenster, durch das die Sonne hereinstrahlte und einen Blick auf den wolkenlosen, blauen Himmel zuließ.

»Okay, nach dem Frühstück fahren wir gleich los.«

Am gleichen Tag auf dem Friedrichsplatz in Mannheim
Es war der dritte Advent und auf einem der ältesten und größten Weihnachtsmärkte Deutschlands schlängelten sich Menschenmassen durch Hirtenpfad und Engelsgasse an

den rund einhundertneunzig liebevoll dekorierten Holzhütten vorbei. Nachdem Ende der Siebzigerjahre der ehemalige Standort des Weihnachtsmarktes vom Paradeplatz auf den Friedrichsplatz am Wasserturm verlegt worden war, gab es unter den Besuchern aus nah und fern keine Zweifel daran, dass die Stadtoberen mit diesem Ort rund um das Mannheimer Wahrzeichen die richtige Entscheidung getroffen hatten. Im Sortiment der Händler befanden sich traditionelle Krämermarktartikel, aber auch Holzspielzeug, Krippenfiguren, Kunsthandwerk, Schmuck, süße Leckereien und kulinarische Köstlichkeiten aus aller Welt. Highlight für die Kinder waren zwei Karussells und ein Stand, an dem Ponyreiten angeboten wurde. Es roch nach gegrillten Bratwürsten, Glühwein und gebrannten Mandeln. Die Temperatur lag um null Grad und es hatte angefangen zu schneien.

Werner Wellinger wartete schon eine Viertelstunde auf Herzog und van Leeuwen, mit denen er um sechzehn Uhr dreißig an Müllers Glühweinstand verabredet war. Mit einer Größe von einem Meter einundsiebzig war er für einen Mann recht klein. Deshalb stellte er sich immer wieder auf seine Zehenspitzen, um über die Menschenmenge hinwegsehen zu können. Doch sosehr er sich auch streckte, er konnte weder seinen alten Kollegen noch den Rechtsmediziner in der Menschenmenge entdecken. *Typisch Günther,* dachte er. *Pünktlichkeit gehörte noch nie zu seinen Stärken.*

Die Dunkelheit war bereits hereingebrochen und Wellinger bewunderte das warme Licht der vielen Lichterketten, die entlang der Holzbuden aufgehängt waren und die jetzt ihren vollen Glanz entfalten konnten. Als er sich seine

158

kalt gewordenen Hände rieb, klopfte ihm plötzlich jemand von hinten auf die Schulter.

»Na, alte Düse, wartest du etwa auf uns?«

Er drehte sich um und sah seinem langjährigen Freund Herzog in die Augen. Daneben stand van Leeuwen, der ihn mit einer kurzen Handbewegung und einem *Hallo Werner* begrüßte. Dann umarmte Wellinger zunächst Herzog und anschließend van Leeuwen.

»Schön, dass es mit unserem Treffen geklappt hat. Aber ihr habt mich ganz schön warten lassen. Das kostet euch eine Runde Glühwein«, sagte Wellinger mit einem Lächeln.

»Die Runde übernimmt Piet, den hab ich nicht vom Kinderkarussell runterbekommen. Deshalb sind wir zu spät«, erwiderte Herzog grinsend.

»Na klar, Günther. Das glaub ich dir aufs Wort«, entgegnete Wellinger.

»Ich merk schon, du hast dich kein bisschen verändert.«

»Zum Glück«, schob er nach.

»Okay ihr zwei. Ihr seid euch anscheinend einig. Deshalb geh ich mal die erste Runde holen.« Van Leeuwen drehte sich um und stellte sich am Glühweinstand an.

Gut eineinhalb Stunden später hatten die drei alten Freunde bereits ihren dritten Glühweinbecher ausgetrunken und sich am Stand nebenan eine leckere Bratwurst schmecken lassen. Sie erzählten über Gott und die Welt und darüber, was in der Zeit nach dem Ausscheiden Wellingers aus dem Polizeidienst so alles passiert war. Schließlich kamen sie auf den Fall Heidrich zu sprechen.

»Wir haben ja am Telefon schon darüber gesprochen«, sagte Herzog.

»Es gibt nur eine Neuigkeit, Werner, über die ich berichten kann. Die Schwurgerichtskammer des Landgerichts hat die Anklage gegen Heidrich zugelassen. Und da die Gerichte einen vollen Terminkalender haben, wird die Hauptverhandlung wohl erst irgendwann im März oder April nächsten Jahres stattfinden.«

»Also, wenn ihr mich fragt, er war es zu hundert Prozent«, warf van Leeuwen ein.

»Und warum bist du dir da so sicher?«, wollte Wellinger wissen.

»Weil die DNA-Spuren, die wir in der Wohnung der ermordeten Frau gefunden haben, eindeutig Heidrich zuzuordnen sind.«

»Ja kann man sich denn wirklich auf diese Methode, auf dieses neumodische Zeug verlassen?«, fragte Wellinger mit hochgezogenen Augenbrauen. »Kann es nicht sein, dass bei dem DNA-Test irgendein Fehler gemacht wurde, der dem Obdachlosen jetzt zum Verhängnis wird?«

»Es stimmt schon. Das DNA-Testverfahren steckt noch in den Kinderschuhen. Aber es ist meiner Meinung nach trotzdem absolut verlässlich. Einen Fehler schließe ich in dem Fall aus. Und wie mir Günther berichtet hat, gibt es noch mehr Beweise, die gegen Heidrich sprechen. Also, warum bist du denn so skeptisch?«, erwiderte der Gerichtsmediziner mit ausgebreiteten Armen.

»Weil Günther skeptisch ist und meine Mutter auch«, sagte Wellinger trotzig.

»Warten wir einfach mal die Gerichtsverhandlung ab, dann sind wir alle schlauer«, klinkte sich Herzog ein.

»So machen wir's. Günther, halt mich bitte auf dem Laufenden, damit ich Mutti berichten kann, wie es mit ihrem

Freund weitergeht«, sagte Wellinger augenzwinkernd. »Aber beenden wir jetzt mal dieses Thema. Ich geh davon aus, dass ihr heute nicht mehr Auto fahren müsst?«, fragte er dann die beiden.

»Richtig geraten. Wir sind mit der Bahn hergekommen und meine Frau wird uns später abholen«, antwortete van Leeuwen. »Wir wohnen ja im selben Ort und sind fast Nachbarn. Das passt. Und was ist mit dir? Übernachtest du bei deiner Mutter in Mannheim?«

»Genau. Ich habe mich heute Nachmittag schon bei Mutti einquartiert und bin zu Fuß hierhergekommen. Heute Nacht schlafe ich auf ihrer Wohnzimmercouch und morgen nach dem Frühstück geht's zurück in den Schwarzwald.«

»Ja hoffentlich hast du Schneeketten dabei«, warf Herzog ein und schaute dabei in den wolkenbedeckten Abendhimmel, aus dem jetzt immer dicker werdende Schneeflocken herabrieselten.

»Schneeketten habe ich den Winter über immer im Kofferraum liegen. In Triberg schneit es nämlich öfters und auch heftiger als bei euch Flachlandtirolern«, antwortete Wellinger schmunzelnd. »Und da heute keiner mehr fahren muss, hole ich uns zur Feier des Tages noch eine letzte Runde Glühwein. Ich denke, eine können wir noch vertragen«, fügte er hinzu.

Herzog und van Leeuwen nickten zustimmend.

Kapitel 19

Vier Monate später

Wellinger ging um kurz nach halb zwei am Paradeplatz
vorbei, der sich im Zentrum der Mannheimer Innenstadt
befand. Es war Dienstag, der 21. April 1992. Bei angenehmen zwanzig Grad zeigte sich der Frühling von seiner
besten Seite. Der Himmel war wolkenlos und die Sonne
strahlte in vollem Glanz. Die Vögel zwitscherten von den
Dächern und auf den Grünflächen rund um den Grupello-
Brunnen hockte eine Gruppe junger Leute Zigarette rau-
chend im Gras. Eine ältere Frau saß auf einer Parkbank
und fütterte die Tauben, die sich über die auf dem Boden
verstreuten Brotkrümel hermachten. Die Bäume, die um
den Platz herum gepflanzt waren, trugen nach dem langen
Winter endlich wieder ihre Blätter und die zahlreichen Blumen auf der Grünanlage zeigten ihre bunte Blütenpracht.
An der Ladenzeile des angrenzenden Postgebäudes flanier-
ten unzählige Menschen vorbei und die Außenbestuhlung
des Eiscafés war voll besetzt.

Tags zuvor war Ostermontag gewesen und Wellinger
hatte mal wieder seine Mutter besucht. Seit er ihr berichtet hatte, dass ihr wohnsitzloser Einkaufshelfer Heidrich

in Untersuchungshaft saß, ließ sie ihm keine Ruhe mehr. Bei jedem seiner Besuche sprach sie ihn auf den Fall an und er musste ihr versprechen, in dieser Sache am Ball zu bleiben und sie auf dem Laufenden zu halten. Durch seine guten Verbindungen zu Kriminalhauptkommissar Herzog war es kein Problem, an die gewünschten Informationen zu gelangen.

Wellinger hatte bei seiner Mutter übernachtet, denn heute war der Prozessauftakt. Er wollte sich im Gerichtssaal ein Bild von dem Angeklagten machen. Vielleicht konnte er dann seine Mutter besser verstehen. Als er den Paradeplatz passiert hatte, tauchte vor ihm das Gerichtsgebäude auf. Die Fassade im unteren Bereich des würfelförmigen Blocks war mit hellen Steinplatten verkleidet, die gut mit den dunklen Metallfensterrahmen harmonierten. Die von rostbraunem Stahl ummantelten oberen Stockwerke glänzten im Sonnenlicht.

Wellinger trat ein. Mit einem freundlichen »*Guten Tag*« grüßte er den Pförtner, der im Eingangsbereich rechts hinter einer Glasscheibe saß. Der Mann in Uniform erwiderte seinen Gruß mit einem stummen Kopfnicken. In einem Metallständer neben dem Treppenaufgang waren die Flaggen der Europäischen Wirtschaftsgemeinschaft, der Bundesrepublik Deutschland und Baden-Württembergs befestigt. Wellinger ging zu den Stellwänden in der Mitte des Foyers. Dort waren die Gerichtstermine mit Uhrzeit, Ort sowie der teilnehmenden Richter und Schöffen aufgeführt. Wendlinger las:

Saal 1 – Verfahren gegen Friedrich H.
wegen des Verdachts des zweifachen Mordes.
Strafkammer 1 – Schwurgericht

Vorsitzender Richter: Dr. Gregor Fuchs
Verteidiger: Rechtsanwalt Lars Stegmann
Prozessauftakt: Dienstag, 21.04.1992, 14.00 Uhr
(Fortsetzungstermine: 23., 28., 30. April, jeweils
09.00 Uhr, und 04., 07., 11., 15., 22. Mai, jeweils 14.00 Uhr)

Er notierte sich die Termine und sah auf seine Uhr. Es war jetzt zehn vor zwei und das Foyer füllte sich mit weiteren Besuchern. Wellinger nahm an, dass sich unter ihnen hauptsächlich Journalisten und Jurastudenten befanden, aber auch Schaulustige, die sich nicht die Chance entgehen lassen wollten, einen mutmaßlichen zweifachen Mörder von Nahem begaffen zu können. Er verabscheute solche sensationslustigen Leute und verglich sie mit Aasgeiern, die am Himmel der afrikanischen Savanne über einem sterbenden Tier kreisten, sich dann auf die tote Kreatur herabstürzten und mit ihren spitzen Schnäbeln Fleischstücke aus dem noch warmen Leib rissen.

Es hat sich nichts geändert, dachte er sich. Während seiner aktiven Zeit als Kriminalhauptkommissar musste er immer mal wieder vor Gericht als Zeuge aussagen. Dadurch kannte er das Gebäude bestens. Und auch diese speziellen Prozessbeobachter waren ihm nicht fremd.

Da die Tür zum Sitzungssaal Nummer 1 noch geschlossen war, schlenderte er durch die Eingangshalle. An den mit grünen Teppichböden überzogenen Innenwänden des Foyers, hinter denen sich die Sitzungssäle befanden, hingen großformatige Tafelbilder. An der Wand der gegenüberliegenden Seite war eine Gedenktafel angebracht, die an die Rechtsanwälte und Richter erinnerte, die als jüdische Opfer des nationalsozialistischen Unrechtsstaats ihr Leben verloren hatten. Wellinger zählte insgesamt neunzehn Namen, die in alphabetischer Reihenfolge angeordnet waren. Hinter den Namen waren das jeweilige Todesjahr und der Ort aufgeführt, an dem die Juristen ihr Leben lassen mussten. Orte wie Auschwitz und Dachau tauchten hier mehrfach auf. Kopfschüttelnd putzte er sich mit einem blauen Stofftaschentuch, das mit seinem Namen bestickt war, die Nase. Ein ganzes Sortiment dieser Schneuztücher hatte ihm seine Mutter zum fünfzigsten Geburtstag geschenkt. Damals war Schnupftabak sein großes Laster gewesen und er konnte daher die Stofftücher gut gebrauchen. Er liebte die nikotinhaltigen, fein gemahlenen Mischungen, die in der Nase nach Kräutern und Gewürzen schmeckten. Aber als sein Husten immer schlimmer wurde und er auf dem besten Weg war, ernsthaft an chronischer Bronchitis zu erkranken, hörte er damit auf.

Als ein uniformierter Wachmann die Treppe herunterkam und auf den Sitzungssaal 1 zuging, kam Bewegung in die wartende Menschenmenge. Der Beamte schloss die Tür auf und die Besucher drängten in den Saal. Wellinger nahm auf einem Stuhl in der hintersten Reihe Platz. Er sah sich um und stellte fest, dass sich auch hier nichts verändert hatte, seit er das letzte Mal hier gewesen und als Zeuge zu einem Fall der schweren Körperverletzung mit Todesfolge vernommen worden war. Die Sitzschalen der Besucherstühle waren cremefarben, ihre verchromten Stahlgestelle auf einem Rundrohr befestigt, wodurch die Sitze zu Stuhlreihen miteinander verbunden waren. Der weiche Teppichboden unter Wellingers Füßen war blau und das helle Licht der Deckenstrahler, die an Metallschienen an der weißen Akustikdecke befestigt waren, wirkte fast so, als schiene die Sonne in den fensterlosen Raum herein. Die Wände waren mit Holzpaneelen verkleidet. Auf einem Podest an der Stirnseite des Raums befand sich die Richterbank mit sechs Drehsesseln aus schwarzem Leder.

Ein großer schlanker Mann ging an den Besuchern vorbei. Er lief schnurstracks zu dem Tisch auf der rechten Seite des Sitzungssaals und stellte seine Aktentasche auf den Boden. Dann zog er seine Robe aus schwarzer Wolle über, setzte sich hin und ließ seinen Blick durch den Raum schweifen. *Der Staatsanwalt ist schon mal da*, dachte Wellinger.

Als sich auf der gegenüberliegenden Seite des Saals die Tür öffnete und der vermeintliche Mörder, in Begleitung seines Verteidigers, von zwei Justizwachtmeistern in moosgrünen Uniformen in den Saal geführt wurde, nahm das Gemurmel unter den Besuchern zu. Einer der Beamten nahm dem Angeklagten die Handschellen ab und Heidrich setzte sich neben seinen Anwalt. Er trug legere Freizeitkleidung. Die Haare waren nicht mehr verzottelt, sondern modisch kurz geschnitten und wirkten gepflegt. Die wilden Bartstoppeln waren aus seinem Gesicht verschwunden.

Als sich Heidrich im Gerichtssaal umsah und die vielen Gesichter erblickte, die ihn anstarrten, schaute er betroffen zu Boden. Er dachte über die zurückliegenden Wochen nach, die er in Untersuchungshaft verbracht hatte, und was diese Zeit aus ihm gemacht hatte. Zwar hatte sich sein äußerliches Erscheinungsbild zum Positiven gewandelt, doch psychisch ging es ihm alles andere als gut. Vom ersten Tag an, den er unschuldig im Gefängnis verbringen musste, grübelte er darüber nach, wie das alles passieren konnte.

Fast täglich verfolgten ihn seine Gedanken bis tief in die Nacht. Aber er wollte sich seine Gemütslage nicht anmerken lassen. Denn das Leben auf der Straße hatte ihn geprägt und so war er es gewohnt, seine Emotionen zu verbergen. Noch nie zuvor hatte er es zugelassen, eine Reaktion auf bemitleidende oder verachtende Blicke zu zeigen, wenn Passanten an ihm vorbeiliefen, als er noch in Freiheit in der Fußgängerzone auf dem Boden saß und hoffte, dass sich der Plastikbecher, der vor ihm stand, mit etwas Geld füllte.

Die Justizwachtmeister setzten sich an einen Tisch hinter der Anklagebank. Kurz darauf betraten der Vorsitzende Richter, Dr. Gregor Fuchs, und zwei weitere Richter durch eine Tür hinter der erhöhten Richterbank den Saal. Es folgten zwei Schöffen und eine Urkundsbeamtin, die das Verhandlungsprotokoll führte. Schlagartig wurde es still. Die Prozessbeteiligten sowie alle Besucher erhoben sich von ihren Sitzen.

»Bitte nehmen Sie Platz«, sagte Dr. Fuchs, nachdem er mit festem Blick die Anwesenden gemustert hatte. Dann eröffnete er die Hauptverhandlung, indem er zur Sache gegen Friedrich Heidrich aufrief, die Anwesenheit der Prozessbeteiligten feststellte und die Personalien des Angeklagten bekanntgab:

Friedrich Heidrich, deutscher Staatsbürger, geboren am 3. September 1940, geschieden. Zurzeit in Untersuchungshaft in der Justizvollzugsanstalt Mannheim einsitzend, zuletzt wohnsitzlos.

Anschließend verlas Staatsanwalt Manfred Meyer die mehrseitige Anklageschrift und führte auf, welche Straftaten Heidrich zur Last gelegt werden. Als er nach fast fünfundzwanzig Minuten seinen heruntergeleierten Vortrag beendete, begann der Vorsitzende Richter mit der Vernehmung und richtete sich mit folgenden Worten direkt an den Angeklagten:

»Herr Heidrich, Sie können sich zur Sache äußern oder nur Fragen zu Ihrer Person beantworten. Das ist Ihnen freigestellt. Sie können aber auch von Ihrem Schweigerecht Gebrauch machen und das Sprechen Ihrem Verteidiger überlassen. Wie möchten Sie es handhaben?«, fragte er mit ruhiger, fast monoton wirkender Stimme.

Heidrich sah kurz zu Lars Stegmann, seinem Anwalt. Dann antwortete der Verteidiger für ihn: »Herr Vorsitzender, Angaben zur Person wird mein Mandant selbst machen. Fragen zur Sache werde weitestgehend ich beantworten.«

»Gut, dann haben wir das geklärt. Herr Heidrich, um Sie kennenzulernen, fangen wir doch mal mit Ihrem Lebenslauf an. Wie war Ihre Kindheit? Wie war Ihr Verhältnis zu Ihren Eltern? Und so weiter.«

Heidrich nahm einen kräftigen Schluck aus seinem Glas Wasser, das ihm Stegmann eingeschenkt hatte. Dann fing er zu erzählen an.

»Also, ich hatte eine schöne Kindheit und wundervolle Eltern. Aufgewachsen bin ich in Ludwigshafen. Meine Eltern hatten nicht viel Geld, aber ich hatte nie das Gefühl, dass es mir an irgendetwas fehlte. Mein Vater war einfacher Soldat und wurde 1945 bei Rückzugsgefechten gegen die Rote Armee in Ostpreußen schwer verwundet. Danach war er zu hundert Prozent kriegsbeschädigt und konnte deshalb nach Ende des Krieges nicht mehr arbeiten gehen.«

Heidrich machte eine Pause, denn ihm stockte der Atem. Es fiel ihm schwerer, als er gedacht hatte, über sich und sein Leben vor Publikum zu berichten.

»Nur zu, Herr Heidrich«, ermunterte ihn einer der Schöffen. Heidrich nahm noch mal einen Schluck Wasser und fuhr fort:»Die mickrige Invalidenrente, die mein Vater erhielt, reichte hinten und vorne nicht aus. Als ich zehn war, ist er an den Spätfolgen seiner Kriegsverletzungen gestorben. Deshalb bin ich schon mit knapp fünfzehn von der Schule gegangen, obwohl ich immer gute Noten hatte und meine Eltern unbedingt wollten, dass ich einmal studiere. Aber so habe ich eine Lehre als Fliesenleger begonnen, um meine Mutter so schnell wie möglich finanziell unterstützen zu können. Mit einundzwanzig habe ich meine spätere Frau Angelika kennengelernt. Da sie unbedingt nach Karlsruhe zurückwollte, wo sie ursprünglich herstammte, hat sie mich damals vor die Wahl gestellt. Entweder sollte ich bei meiner Mutter bleiben, aber dann ohne sie, oder in Ludwigshafen meine Zelte abbrechen und mit ihr nach Karlsruhe ziehen. Schweren Herzens habe ich mich für sie entschieden. Meine Mutter war von Anfang an gegen die Beziehung. Sie mochte Angelika nicht, was auf Gegenseitigkeit beruhte. Sie flehte mich regelrecht an, nicht nach Karlsruhe zu gehen, und schon gar nicht mit dieser arroganten Kuh. Wir hatten dann einen heftigen Streit und ich kann mich nicht erinnern, jemals zuvor derart mit meiner Mutter gestritten zu haben. Und das Ende vom Lied war, dass ich sie damals zum letzten Mal gesehen habe. Danach hatten wir zwar regelmäßig miteinander telefoniert, aber unser Verhältnis war nicht mehr zu kitten. Anfangs habe ich ihr immer einen Teil meines Arbeitslohns überwiesen. Irgendwann hat es Angelika, die ich zwischenzeitlich geheiratet hatte, mitbekommen und ist dann völlig ausgerastet. Ich würde nur ein paar Kröten nach Hause bringen und davon würde ich auch noch einen Batzen an meine Mutter abdrücken. Das ginge überhaupt nicht. Also habe ich die Zahlungen eingestellt, mit dem Ergebnis, dass meine Mutter, wenn ich sie angerufen habe, nicht mehr mit mir sprechen wollte und jedes Mal einfach den Hörer auflegte. Der Kontakt brach dadurch komplett ab.« Heidrich nahm wieder einen großen Schluck Wasser.

»Und wie ist es dazu gekommen, dass Sie obdachlos geworden sind?«, wollte der Vorsitzende Richter wissen.

»Ich war ja noch nicht ganz fertig«, antwortete Heidrich und fuhr fort: »Unsere Ehe, die kinderlos geblieben ist, hielt zwar stolze fünfzehn Jahre, aber nur auf dem Papier. Abends war sie oft unterwegs und ich will gar nicht wissen, was sie so alles getrieben hat. Wir haben einfach nebeneinanderher gelebt. Damals dachte ich, Mutter hatte mit der *arroganten Kuh* gar nicht so unrecht. Mit Ende dreißig war ich geschieden. Einige Jahre später lief es in meinem Job auch nicht mehr so gut. Mein Arbeitgeber kämpfte gegen die Insolvenz und über Monate hinweg erhielt ich keinen Lohn. Mein Chef versicherte mir immer wieder, dass es sich nur um eine Durststrecke handelte und er mir später alles nachzahlen würde. Also hielt ich meine Füße still und arbeitete weiter. Schnell war meine kleine Reserve, die ich mühsam angespart hatte, aufgebraucht, und ich konnte die Miete nicht mehr bezahlen. Mein Chef musste den Betrieb dann doch irgendwann dichtmachen. Vom ausstehenden Lohn sah ich keinen Pfennig mehr. Ich Blödmann hatte über ein Jahr umsonst gearbeitet und flog auch noch aus meiner Wohnung raus.« Heidrich atmete tief durch.

»Brauchen Sie eine kurze Pause?«, fragte Dr. Fuchs.

Heidrich schüttelte den Kopf. Jetzt, wo er sich endlich

traute, sich zu öffnen, wollte er es einfach hinter sich bringen.

»Ich habe meine sieben Sachen zusammengepackt und wollte einfach nur weg. Weg aus dieser Stadt, die mich zu sehr an meine Exfrau erinnerte, die aus mir einen Hanswurst gemacht hat. Und weg aus der Stadt, in der mich mein Chef so sehr enttäuscht hat. Ich bin dann in Mannheim gelandet, weil mir meine Mutter bei einem unserer letzten Telefonate berichtete, dass sie nach Mannheim ziehen würde. Ihre Ludwigshafener Wohnung hatte ihr Vermieter wegen Eigenbedarf gekündigt. Ja, und seither lebe ich auf der Straße.«

»Wie kam es dazu? Haben Sie nicht versucht, wieder Arbeit zu finden?«, fragte einer der Richter.

»Natürlich habe ich es versucht, aber … aber meine Scheidung, meine Geldsorgen, der Verlust meiner Wohnung, meines Jobs … das hat mich alles sehr mitgenommen«, stammelte er mit zittriger Stimme. »Bei zwei Betrieben hab ich es versucht. Aber irgendwie spielten meine Nerven nicht mehr mit. Ich konnte mich nicht … nicht konzentrieren, hatte Panikattacken mit Herzrasen, Zittern, Schweißausbrüchen und was weiß ich noch alles … Und so wurde mir beide Male noch während der Probezeit gekündigt. Damals hätte ich wahrscheinlich die Hilfe eines Psychologen gebraucht.«

»Wann war das genau? Und konnten Sie nicht bei Ihrer Mutter unterkommen? Hätte sie Ihnen nicht geholfen, wenn Sie sie um Hilfe gebeten hätten?«, fragte der Vorsitzende Richter. »Das war vor sieben oder acht Jahren und ich glaube schon, dass sie mich nicht weggeschickt hätte, wenn ich an ihre Tür geklopft hätte. Aber ich war zu stolz.

Nachdem ich ihre Adresse im Telefonbuch gefunden hatte, hab ich sie manchmal heimlich beobachtet. Sie lebte völlig zurückgezogen. Und irgendwann war sie plötzlich weg«, antwortete er, jetzt wieder merklich gefasster.

»Und wann war das?«

»Ich glaube, vor etwa drei Jahren. Von einer älteren Frau, die im gleichen Haus gewohnt hat, habe ich erfahren, dass sie in ein Pflegeheim gekommen ist, irgendwo in der Pfalz.«

»Und haben Sie nie versucht, irgendwie, irgendwo wieder Fuß zu fassen?«

»Ja, wenn das so einfach wäre«, antwortete Heidrich achselzuckend. »Wissen Sie, irgendwann habe ich mich an die Straße gewöhnt. Es macht mir nichts mehr aus, kein Dach über dem Kopf zu haben. Zwar bin ich damit nicht überglücklich, aber auch nicht todtraurig. Ich habe mich mit einem Leben abseits der Gesellschaft arrangiert und komme ganz gut klar. Ich liege auch niemandem groß auf der Tasche. Denn seit ich auf der Straße lebe, gab es nur wenige Tage, an denen ich mein Bett unter freiem Himmel mit einer Übernachtungsstelle in einem Mannheimer Heim für Wohnungslose getauscht habe. Dann muss aber das Thermometer schon zweistellige Minusgrade anzeigen. Ansonsten bin ich zu stolz, Hilfsangebote, in welcher Form auch immer, anzunehmen. Ich gehöre nicht zu der Sorte von Stadtstreichern, die für ihre beschissene Lage andere verantwortlich machen. Ich bin der Meinung, dass jeder für sein Leben selbst verantwortlich ist. Und deshalb brauche ich auch von niemandem Mitleid.«

»Wie sieht denn so ein Tag bei Ihnen aus? Wird da nicht viel Alkohol getrunken? Und kann das nicht zu unüberlegten Handlungen führen, die man hinterher bereut?« Dr.

Fuchs sah dem Angeklagten tief in die Augen. Heidrich hielt seinem Blick stand. Ihm war sofort klar, auf was der Richter hinauswollte.

»Tagsüber bin ich meistens in der Stadt. In der Fußgängerzone gibt es immer genügend Leute, die einem etwas Kleingeld überlassen. Man braucht sich nur auf den Boden zu setzen und einen Pappbecher vor sich hinzustellen. Und dann braucht man natürlich auch noch viel Geduld und Zeit, aber die hab ich ja. Von dem Geld kann ich mir etwas zu essen kaufen. Und ja. Wenn an einem guten Tag mehr Geld als sonst im Becher liegt, dann werden auch mal ein oder zwei Flaschen Bier mit den Kumpeln getrunken. Aber in Gesellschaft trinken, das machen die Normalbürger auch. Dafür muss man nicht auf der Straße leben. Und deshalb muss man auch nichts Unüberlegtes machen.«

Heidrich machte eine kurze Pause, drehte den Kopf nach links und sah seinen Anwalt an, der ihm zunickte. Dann fuhr er fort.

»Mehr geschieht tagsüber nicht. Gegen Abend geht's dann in die Heia. Da hat jeder seinen Platz. Meiner ist unter der Friedrich-Ebert-Brücke. Aber das wissen Sie ja.«

Der Vorsitzende Richter stützte sein Kinn auf beide Hände. »Also, Herr Heidrich, fassen wir mal zusammen. Sie sind in armen Verhältnissen aufgewachsen, hatten aber fürsorgliche und liebevolle Eltern, bei denen Sie sich geborgen fühlten. Sie haben auf den Besuch einer weiterführenden Schule verzichtet, um so früh wie möglich Geld zu verdienen, damit Sie Ihre Mutter unterstützen konnten. Selbst als Sie später bereits verheiratet waren und in Karlsruhe lebten, haben Sie Ihrer Mutter immer noch finanziell unter die Arme gegriffen, obwohl Sie, so wie Sie es geschildert haben, selbst nicht viel hatten. Dann haben Sie mitgeholfen, die Firma Ihres Chefs am Leben zu halten, indem Sie auf Ihren Lohn verzichtet und brav weitergearbeitet haben. Später zogen Sie es vor, lieber auf der Straße zu leben, weil Sie zu stolz waren, Ihre Mutter um Hilfe zu bitten. Das klingt alles sehr edel. Sie stellen sich als gutmütigen und hilfsbereiten Menschen dar. Aber sagen Sie mal, warum sitzen Sie denn heute hier auf der Anklagebank?«

»Das frage ich mich auch.« Heidrich atmete hörbar tief ein und schaute dabei zur Decke, als wollte er Hilfe von oben erbitten.

Eine halbe Stunde nachdem Heidrich noch einige Fragen der drei Richter und der beiden Schöffen beantwortet hatte, war der erste Prozesstag auch schon vorüber.

Am Abend machte sich Wellinger wieder auf den Heimweg in den Schwarzwald. Als er mit seinem Auto über die Autobahn fuhr, ließ er das im Gerichtssaal Erlebte und Gehörte Revue passieren. Er musste sich eingestehen, dass ihn der Angeklagte schwer beeindruckt hatte. Gestern noch hatte er sich ihn, oder generell einen Obdachlosen, als einen vom Leben gezeichneten und verbitterten Menschen vorgestellt, der mit Hilfe des Alkohols regelmäßig seiner misslichen Lage zu entfliehen versuchte und in Erkenntnis seines eigenen Scheiterns sich selbst verachtete. Aber er hatte sich getäuscht. Heidrich wirkte nicht wie ein gebrochener Mann, sondern wie jemand, der trotz aller Umstände seinen Stolz nicht verloren hatte und mit sich und dem Leben, das er führte, seinen Frieden geschlossen hatte. Er fragte sich, ob dieser Mann zu zwei Morden fähig war. Und er war sich sicher, dass die Richter und Schöffen, die in etwa vier

Wochen das Urteil über den Angeklagten fällen würden, die gleichen Gedanken umtrieben.

Andererseits wusste er von seinem Freund Herzog sehr genau, dass alle Beweise eindeutig auf Heidrich als Täter hinwiesen. Und aus jahrelanger Erfahrung wusste er auch, dass man vielen Kriminellen, die rechtmäßig verurteilt wurden, ihre Taten nicht zugetraut hätte, als man sie unscheinbar und friedlich wirkend auf der Anklagebank sitzen sah.

Wellinger würde nicht zu allen Terminen nach Mannheim kommen können. Aber er nahm sich fest vor, am letzten Prozesstag, dem Tag der Urteilsverkündung, anwesend zu sein.

Kapitel 20

Aus dem wolkenverhangenen Himmel fiel warmer Regen. Das erste Mal seit vierzehn Tagen hatte der Himmel mal wieder seine Pforten geöffnet. Die Tropfen, die auf die Erde prasselten und sich mit der Staubschicht des trockenen Bodens verbanden, verliehen der Luft den typischen Geruch nach Regen. Es war der letzte Verhandlungstag im Prozess gegen Friedrich Heidrich. An den zwei vorherigen waren die Zeugen, darunter Annegret Leutwein, Mitbewohnerin im Haus des Mordopfers Knopfloch, und Herbert Fischer, der auf dem Firmengelände der Fa. Sand + Kies GmbH die Leiche des im Neckar ertrunkenen Wohnsitzlosen Konstantin Eisenhauer aufgefunden hatte, eingehend zur Sache befragt worden. Danach wurde Ivan Filipovic, der Betreiber des Kiosks an der Friedrich-Ebert-Brücke, in dem der Angeklagte und Eisenhauer ein und aus gingen, und schließlich Piet van Leeuwen in den Zeugenstand gerufen. Mit den Aussagen, die den Angeklagten durchweg belasteten, war die Beweisaufnahme abgeschlossen.

Heute würde sich entscheiden, ob Heidrich wegen zweifachen Mordes für sehr lange Zeit hinter Gitter wandern würde oder ob das Schwurgericht letztlich doch von seiner Unschuld überzeugt werden konnte. Als die drei Richter und die beiden Schöffen den Sitzungssaal 1 des Landgerichts Mannheim betraten, erhoben sich die Anwesenden, unter denen sich auch Wellinger befand, von ihren Sitzen.

Zunächst war der Staatsanwalt an der Reihe. In seinem Schlussvortrag warf er dem Angeklagten vor, bei seinen Taten besonders gefühllos, habgierig und berechnend gewesen zu sein. Danach hielt der Verteidiger sein Plädoyer und schließlich hatte Heidrich selbst das letzte Wort.

»Ich habe nichts verbrochen. Und ich glaube nicht, dass Sie einen Menschen unschuldig hinter Gitter schicken«, sagte er mit zittriger Stimme und sah dabei der Reihe nach die fünf Personen hinter der Richterbank an, in deren Händen sein Schicksal lag. Anschließend zog sich das Gericht zur Beratung und zur Urteilsverkündung zurück.

Nach einer fast einstündigen Pause kehrten die Richter und Schöffen des Schwurgerichts in den Saal zurück. Der Vorsitzende Richter wartete einen Moment, bis Ruhe eingekehrt war. Dann sagte er mit ruhiger Stimme:

»Im Namen des Volkes ergeht folgendes Urteil ...«

Zur gleichen Zeit, als Richter Dr. Gregor Fuchs im Landgericht Mannheim das Urteil über Friedrich Heidrich verkündete, saß Clemens Hofstädter auf der Terrasse seiner Finca und trank eine Tasse Kaffee. Er schaute auf seine Uhr und freute sich auf den Abend. Carlos war mal wieder für drei Tage in Madrid. Deshalb wollte seine Tochter zu Besuch kommen und bis Samstagmittag bei ihm in Dénia bleiben. Auch war er gespannt, was ihm Susanne unbedingt mitteilen wollte.

Papa, ich muss dir was Wichtiges sagen, aber nicht am Telefon. Ich erzähl es dir heute Abend, hatte sie gesagt und dadurch ihren Vater äußerst neugierig gemacht. Clemens nervte sie während des Telefonats unentwegt mit seinen Bemühungen, doch etwas aus ihr herauszukitzeln. Aber Susanne blieb standhaft. Sie wollte es ihm partout nicht verraten und sagte nur, dass er sich einfach noch bis zum gemeinsamen Abendessen gedulden müsse.

In den letzten fünf Monaten war viel passiert. Clemens hatte sich einen knallgelben Geländewagen der Marke Suzuki Samurai gekauft und liebte es, bei schönem Wetter das schwarze Stoffdach herunterzuklappen und mit seinem kleinen Flitzer spazieren zu fahren. Seine knapp neun Meter lange Motorjacht war auf einem Ankerplatz im Jachthafen von Dénia vertäut. Ein bis zwei Mal die Woche schaute er in seiner Firma vorbei und in seiner Tapas-Bar El Nido ließ er sich fast täglich von Picassos Kochkünsten verwöhnen. Im Golfclub La Sella, etwa acht Kilometer oberhalb von Dénia, war er zwischenzeitlich Mitglied geworden. Dort lernte er auch Olivia Bigler kennen, mit der er hin und wieder Kontakt pflegte.

Die fünfzigjährige Schweizerin hatte vor knapp einem Jahr ihren Mann verloren. Urs Bigler erlitt auf dem Tennisplatz einen Herzinfarkt. Und obwohl der herbeigerufene Notarzt nur wenige Minuten später eingetroffen war, war sein Leben nicht mehr zu retten gewesen. Daraufhin verließ Olivia die Schweiz, kaufte sich in einer der neu entstehenden Urbanisationen in Dénia ein Haus und wurde hier sesshaft. Sie liebte nicht nur das milde Klima mit einer durchschnittlichen Jahrestemperatur von neunzehn Grad, sondern auch die vielseitige Gastronomie, die Kultur, die wunderschöne Landschaft und die Freundlichkeit der Menschen, die die Costa Blanca ausmachten und für eine hohe Lebensqualität sorgen. Olivia hatte die Trauer um ihren verstorbenen Mann längst überwunden und fühlte sich unter der Sonne Spaniens rundum wohl. Nur ihr Sohn Jöri bereitete ihr große Sorgen. Während Urs Bigler früher im Vorstand einer Schweizer Großbank saß, war Olivia jahrelang als Chefredakteurin eines bekannten Modemagazins tätig gewesen. Für ihren Sohn hatten sie daher nur wenig Zeit. Und so schickten sie ihn in eine private internationale Internatsschule in St. Gallen, obwohl Jöri lieber eine ganz normale Schule besucht hätte. Nach der Matura hatte er keine Ahnung, welche berufliche Laufbahn er einschlagen solle. Er studierte zunächst Wirtschaftswissenschaften, brach aber nach nur zwei Semestern ab. Dann versuchte er sich in einem Jurastudium. Doch auch hier war nach zwei Jahren Schluss. Momentan legte er eine künstlerische Pause ein, so nannte er es jedenfalls. Und so verbrachte er die meiste Zeit damit, das Geld seiner Mutter oder das, was ihm sein Vater hinterlassen hatte, in angesagten Diskotheken, noblen Clubs und feinen Restaurants seiner Heimatstadt Zürich auszugeben. Im Herbst beabsichtigte er, ein Studium der Wirtschaftspsychologie zu beginnen, doch Olivia befürchtete, dass er auch dieses Studium nicht zu Ende bringen würde. Seit drei Tagen war Jöri zu Besuch bei seiner Mutter in Spanien. Er wollte eine Woche bleiben und sich anschließend wieder ins Züricher Nachtleben stürzen.

Am Abend zuvor war es zum Eklat gekommen. Clemens hatte Olivia und Jöri zum Essen eingeladen, weil er den Sohn seiner Bekannten kennenlernen wollte. Als sie Clemens ihrem Sohn als »ihren Freund« vorstellte, zeigte

Jöri mehr als deutlich, was er davon hielt. Offensichtlich missbilligte er, dass seine Mutter nicht einmal ein Jahr nach dem Tod seines Vaters eine neue Beziehung eingehen wollte. Kaum hatten die drei im El Nido Platz genommen, feuerte er eine Breitseite nach der anderen auf Clemens ab. *Er würde sich doch nur ins gemachte Nest setzen wollen, aber hätte die Rechnung ohne ihn gemacht. Denn sein erbärmlicher Versuch würde kläglich scheitern. Was könne er denn schon vorweisen, um mit seiner Mutter auch nur im Entferntesten auf Augenhöhe zu sein …*

Dies waren noch die harmlosesten Äußerungen, die Jöri von sich gab. Offensichtlich hatte ihm seine Mutter recht wenig oder überhaupt nichts über ihren Begleiter erzählt. So konnte er nicht wissen, dass es Clemens nicht um Olivias Geld ging, denn davon hatte er selbst mehr als genug. Und er konnte auch nicht wissen, dass sich Clemens und Olivia darüber einig waren, gar keine feste Beziehung eingehen zu wollen. Beiden ging es eher darum, hin und wieder in netter Begleitung essen zu gehen, eine Golfrunde zu zweit zu spielen oder gemeinsam mit dem Boot aufs Meer rauszufahren. Zumindest traf das auf Clemens zu. Olivia ging es vielleicht doch um mehr, doch sie spielte mit.

Als ihr aufgebrachter Sohn ausflippte, versuchte sie alles, um ihn zu bremsen. Leider ohne Erfolg. Irgendwann wurde es Clemens zu viel. Um die Situation nicht noch weiter eskalieren zu lassen, ließ er sich nicht auf ein Wortgefecht mit Jöri ein. Aber spätestens in dem Moment, als er bemerkte, dass seine Halsschlagader wild pochte, das Lid über seinem linken Auge bedrohlich zu zucken begann und sich seine Hand unter dem Tisch zur Faust ballte, wusste er, dass er kurz davor stand zu explodieren. Er hatte panische Angst, sich nicht mehr beherrschen zu können, denn es fehlte nicht viel, dann würde er seinem Gegenüber das unverschämte Maul stopfen. Deshalb erhob er sich wortlos von seinem Stuhl, verließ schnellen Schrittes das Lokal und ließ die verdutzte Olivia und ihren flegelhaften Sohn, die ihm mit aufgerissenen Augen und offenem Mund hinterhersahen, im Lokal zurück.

Nach diesem verkorksten Abend klingelte den ganzen Vormittag über sein Telefon. Clemens nahm an, dass sich seine Bekannte für ihren Sohn bei ihm entschuldigen wollte. Tatsächlich hatte es Olivia mehrfach versucht, aber Clemens nahm nicht ab. Irgendwann steckte sie auf und seither blieb das Telefon stumm.

Clemens nahm sich vor, in den nächsten Tagen das Gespräch mit Olivia zu suchen. Heute wollte er jedenfalls nicht mehr an den gestrigen Abend denken, sondern sich nur noch auf den Besuch seiner Tochter freuen.

Gegen achtzehn Uhr hupte ein Auto vor der Hofeinfahrt. Clemens schaute aus dem Fenster und erblickte den roten Ford Fiesta seiner Tochter. Er drückte auf den Knopf der Fernbedienung und wie von Geisterhand öffnete sich das gusseiserne Tor.

Am Abend fuhren sie in die Stadt. Clemens hatte vorgeschlagen, ausnahmsweise mal nicht ins El Nido zu gehen, sondern ein gemütliches Lokal in der Altstadt aufzusuchen. Sie parkten am Hafen und machten zunächst einen Spaziergang durch die Calle Marqués de Campo, Dénias breite, mit Baumreihen gesäumte Hauptgeschäftsstraße. Am Plaza de la Constitución bogen sie in die belebte Carrer de Loreto ein, eine Fußgängerzone voller Bars und Restaurants, die

Clemens an die Heidelberger Hauptstraße erinnerte. Am Ende der Straße nahmen sie auf der Außenbestuhlung eines kleinen spanischen Restaurants Platz. Als Clemens für sich und seine Tochter eine Flasche Vino Rosado bestellen wollte, lehnte Susanne dankend ab.

»Nein Paps, lass mal. Ich nehm nur ein Glas Wasser.«

Clemens zog die Augenbrauen hoch und sah sie fragend an. Doch dann dämmerte ihm etwas. »Hat das vielleicht was mit dem zu tun, was du mir unbedingt erzählen wolltest?«

Susanne nickte kurz, lehnte sich zurück und sah ihn mit funkelnden Augen an. »Anscheinend ahnst du es schon. Paps, du wirst Opa.«

Clemens schlug die Hände vors Gesicht und hatte Mühe, seine Freudentränen zurückzuhalten. Dann beugte er sich vor und nahm seine Tochter in die Arme. »Susi, das freut mich aber sehr, wahrscheinlich mehr, als du dir vorstellen kannst. Wann ist es denn so weit?«

»Ende November.« Susanne strich sich mit den Händen über den Bauch.»Ja dann hoffe ich nur, dass du bei eurer Hochzeit im Juli noch in dein Kleid reinpasst«, erwiderte Clemens mit einem breiten Lächeln. »Jetzt brauch ich erst mal einen Schnaps«, fügte er hinzu und schob Susanne die Autoschlüssel zu.

»Da du keinen Alkohol trinkst, fährst du nachher nach Hause. Und ich kann ein bisschen feiern. Du wolltest doch bestimmt schon immer mal mit einem Suzuki fahren«, sagte er grinsend.

Zur gleichen Zeit in Mannheim
Wellinger saß mit seiner Mutter am Esstisch und berichtete ihr ausführlich über die finale Gerichtsverhandlung.

»Mutti, der Staatsanwalt hat sich in seinem Plädoyer hauptsächlich auf die gefundenen DNA-Spuren in der Wohnung der ermordeten Frau bezogen sowie auf den für einen Wohnsitzlosen ungewöhnlich hohen Bargeldbetrag und schließlich auf das Portemonnaie, das man bei Heidrich gefunden hatte. Dann führte er die Aussagen der Zeugen auf, die ihn ausnahmslos belasteten. So die aufmerksame Nachbarin, die einen Mann im Treppenhaus gesehen hat, der ihr sehr nervös vorgekommen sei. Zwar habe sie ihn nicht eindeutig identifizieren können, da er sein Gesicht mit einem Schal halb verdeckt hatte. Aber sie konnte seine dunklen Augen sehen, Heidrichs Augen. Und laut Beschreibung der Zeugin stimmten Mantel und Schal des Mannes mit der Kleidung überein, die Heidrich bei seiner Festnahme trug. Er führte auch die Aussage des Kioskbesitzers an, der kurz vor dem Verschwinden des zweiten Mordopfers einen Streit zwischen Heidrich und dem ermordeten Mann beobachtet haben will.«

»Aber konnte Friedrich den Streit nicht erklären?«, wollte Luise Wellinger wissen.

»Doch, das konnte er. Laut seinem Verteidiger handelte es sich um eine harmlose Meinungsverschiedenheit zwischen zwei etwas angetrunkenen Freunden. Aber der Staatsanwalt sah eine Verbindung zwischen dem Streit und dem plötzlich vorhandenen Geld, das seiner Meinung nach zweifellos von der Ermordeten stammen müsse. Schließlich habe Heidrich seinen Mitwisser ermordet, um die erste Tat zu verdecken. Und so plädierte der Staatsanwalt auf lebenslänglich. Zudem wollte er auch noch eine besondere Schwere der Schuld festgestellt haben. Der Verteidiger plädierte auf Freispruch. Er bezog sich auf die aus seiner

Sicht glaubhafte Aussage seines Mandanten, dass ihm die Kleidung, das Geld und das rosafarbene Portemonnaie untergeschoben wurden. Und zwar, so vermutete er, vom wahren Täter, der jetzt noch frei herumlaufe. Im zweiten Mordfall plädierte er ebenfalls auf Freispruch, da für ihn nicht eindeutig zu beweisen war, dass sein Mandant die Tat begangen habe. Und wie die Richter letztlich entschieden haben, das habe ich dir ja schon erzählt, als ich vorhin die Tür hereingekommen bin.«

Luise Wellinger hatte ihrem Sohn die ganze Zeit aufmerksam zugehört. Wie versteinert saß sie vor ihrem Teller. Das Essen hatte sie nicht angerührt.

»Mutti, auf mich hat er auch nicht wie ein Mörder gewirkt, aber die Beweise waren erdrückend.«

Sie sah ihn mit traurigen Augen an.

»Ich sag es dir jetzt zum letzten Mal«, erwiderte sie barsch. »Er war es nicht!«

Auf dem Nachhauseweg in den Schwarzwald liefen immer wieder die Ereignisse im Gerichtssaal vor Wellingers Augen ab. Als der Vorsitzende Richter das Urteil verkündet hatte, ließ Friedrich Heidrich seinen Kopf auf die Anklagebank fallen und stammelte mit verzweifelter Stimme: »*Aber ich bin doch unschuldig! Warum glaubt mir denn niemand? Ich bin unschuldig! Unschuldig!*« Doch das Schwurgericht war anderer Meinung.

Heidrich war derart geschockt, dass er der von Richter Dr. Gregor Fuchs vorgetragenen Urteilsbegründung, die sich über eine halbe Stunde hinzog, nicht folgen konnte. Mit offenem Mund nahm er nur noch schemenhaft seine Umgebung wahr, sein Gehör versagte komplett. Zwar hing

er dem Richter förmlich an den Lippen, versuchte krampfhaft, ihm zuzuhören. Aber er hörte einfach nichts. Als wäre
er taub. Er sah nur, dass der Richter seine Lippen bewegte,
als wäre er ein Darsteller in einem Stummfilm. Alles um
ihn herum erschien ihm surreal. Erst als ihm einer der beiden Justizwachtmeister die Handschellen anlegte, stellte
er entsetzt fest, dass er nicht geträumt hatte, sondern dass
alles wirklich geschehen war. Als ihn die Wachmänner aus
dem Saal führten, schüttelte er unentwegt seinen Kopf.

Am nächsten Tag war im Mannheimer Morgen folgender
Artikel zu lesen:

Mannheim – Mörder bekommt lebenslang

*Nach dem gewaltsamen Tod einer 40-jährigen Frau sowie
eines 60-jährigen obdachlosen Mannes im November letzten
Jahres wurde das Urteil am Landgericht Mannheim gefällt.
Der angeklagte Friedrich H. muss lebenslang hinter Gitter.
Wie der Vorsitzende Richter Dr. Gregor Fuchs in seiner Urteilsbegründung aufführte, seien die Taten als besonders ver-
werflich anzusehen. Im 1. Fall sah es das Schwurgericht als
erwiesen an, dass es der Angeklagte auf das Geld des Opfers
abgesehen hatte und deshalb die Mannheimerin heimtü-
ckisch ermordete. Im Fall des zu Tode gekommenen Wohnsitzlosen handelte Friedrich H. mit Verdeckungsabsicht. Somit waren in beiden Fällen die Mordmerkmale erfüllt. Die
Richter stellten zudem eine besondere Schwere der Schuld
fest. Eine frühzeitige Entlassung des Verurteilten Friedrich
H. aus dem Gefängnis nach 15 Jahren ist daher nur unter
besonderen Umständen möglich.*

Kapitel 21

Vor genau zwei Wochen war Friedrich Heidrich lebenslänglich hinter Gitter geschickt worden. Tags zuvor hatte
Herzog seinen alten Freund Wellinger angerufen und ihm
die gewünschte Information zukommen lassen.

»Er sitzt in der JVA Bruchsal.«

Der Fall ließ Wellinger nicht los, zumal ihn seine Mutter seit seinem letzten Besuch fast täglich anrief und ihn
regelrecht anflehte, er solle doch bitte etwas unternehmen. Aber was bitte? Schließlich entschloss er sich, in der
Justizvollzugsanstalt Bruchsal anzurufen und einen Besuchstermin zu beantragen. Vielleicht konnte er bei einem
Gespräch mit Heidrich irgendetwas herausfinden. Wenn
ja, dann würde er auf jeden Fall der Sache nachgehen.
Sollte jedoch wider Erwarten der Verurteilte ihm gegenüber seine Schuld eingestehen, dann hätten sein Freund
Herzog, Julia Krämer und er sich zwar in dem Mann getäuscht, doch dann könnte er wenigstens mit der Sache
abschließen. Was hatte Herzog zu ihm gesagt? *Wenn dir
die Geschichte damals nicht passiert wäre, dann wärst du
heute noch bei unserem Verein und wir hätten kurz vor*

deiner regulären Pensionierung im Fall Heidrich gemeinsam ermittelt.

Herzog spielte auf einen Fall an, in dessen Folge Werner Wellinger mit knapp dreiundsechzig aus dem Polizeidienst ausgeschieden war. Damals leitete er die Ermittlungen in einem Mordfall, bei dem eine zwölfjährige Schülerin zunächst vergewaltigt und dann umgebracht worden war. Ein halbes Jahr nach dem brutalen Verbrechen konnte der mutmaßliche Täter endlich gefasst werden und wurde im Beisein seines Strafverteidigers stundenlang verhört. Für den damaligen Kriminalhauptkommissar Wellinger eine nervenaufreibende Angelegenheit, zumal ihm der Verdächtige die ganze Zeit mit einem fiesen Grinsen gegenübersaß und tat, als gehe ihn alles nichts an, als hätte er nur ein Stück Seife aus einem Drogeriemarkt gestohlen und kein junges Mädchen auf brutalste Weise vergewaltigt und erdrosselt.

Schließlich konnte ihm Wellinger ein Geständnis entlocken. Doch als der Mörder die schreckliche Tat endlich eingestand, grinste er Wellinger immer noch ins Gesicht und sagte etwas, das der erfahrene und sonst so abgebrühte Kripobeamte einfach nicht verkraften konnte: »*Es war das erste Mal für sie und ich glaube, sie hatte Spaß dabei. Dann hat das Luder um ihr Leben gewinselt und das hat mich genervt. Dann hab ich ihr ganz langsam die Gurgel zugedrückt und sie war endlich still.*« Nach dieser Aussage war es mit Wellingers Selbstbeherrschung vorbei und er tat etwas, was ihm in rund vierzig Dienstjahren noch nie passiert war. Er stürzte sich auf den Pädophilen, packte ihn mit der linken Hand am Hals und verpasste ihm mit der rechten Faust einen Schlag auf die Nase. Nur mit Mühe konnten ihn seine herbeigeeilten Kollegen von seinem Kontrahenten trennen.

Für Wellinger blieb dieser Vorgang nicht ohne Folgen. Der Strafverteidiger bestand darauf, den Kriminalhauptkommissar umgehend vom Dienst zu suspendieren. Nur dann würden er und sein Mandant von der Einreichung einer Dienstaufsichtsbeschwerde absehen, keine Anzeige wegen Körperverletzung erstatten und darauf verzichten, der Presse über das Vorliegen eines schwerwiegenden Fehlverhaltens innerhalb des Polizeipräsidiums Mannheim einen Wink zu geben. Also musste Wellinger seinen Dienstausweis und seine Pistole abgeben und wurde nach Hause geschickt. Allerdings gab es zwischen Polizeipräsident Tuchhardt, Kripochef Bretschneider und ihm einen Deal. Er sollte von sich aus kündigen und sich vorzeitig in Ruhestand begeben, was er dann auch tat. Dadurch war er mit einem blauen Auge aus der Sache herausgekommen.

Nach Wellingers Ausscheiden wechselte Kriminalkommissarin Julia Krämer vom Dezernat Zwei »Raub-, Eigentums- und jugendspezifische Delikte« ins Dezernat Eins »Kapital- und Sexualdelikte«. Sie wurde die neue Partnerin von Kriminalhauptkommissar Günther Herzog. Das erfolgreiche Duo Wellinger/Herzog gehörte der Vergangenheit an und ein neues Dreamteam war geboren.

Die Angelegenheit lag jetzt gut zwei Jahre zurück, aber Wellinger musste immer mal wieder an dieses widerliche Verbrechen und an das schmutzige Grinsen des Pädophilen denken. In all seinen Dienstjahren hatte ihn noch nie ein Fall so mitgenommen. Auch wenn es einem Gesetzeshüter eigentlich nicht passieren durfte, er war sich fast sicher, nein, er war sich sicher, dass er immer wieder so reagieren würde.

Wellinger stellte sein Auto auf dem Besucherparkplatz der Justizvollzugsanstalt Bruchsal ab. Er stieg aus und lief auf das kreuzförmig angeordnete Gebäude an der Schönbornstraße zu. Der gesamte Komplex war ringsherum durch eine etwa sechs Meter fünfzig hohe achteckige Mauer gesichert. Daher stammte auch der Begriff »Café Achteck«, wie das Gefängnis scherzhaft unter der Bevölkerung genannt wurde. An jeder der acht Ecken ragten runde Türme empor, die wie mittelalterliche Wachtürme aussahen. Vor der Mauer befand sich noch ein drei Meter hoher Metallzaun. Ein messerscharfer Bandstacheldraht war spulenförmig um den Zaun gewickelt.

Die machen es Ausbrechern nicht leicht, dachte sich Wellinger, als er am großen Eingangstor angekommen war. Im Kontrollbereich hinter dem Eingang musste er seinen Personalausweis vorzeigen, der von einer Justizvollzugsangestellten registriert wurde. Dann wurden seine persönlichen Gegenstände wie Autoschlüssel, Geldbeutel und so weiter in einem Schließfach deponiert, denn grundsätzlich durften bis auf Taschentücher keine Gegenstände in den Besucherbereich mitgenommen werden. Zehn Minuten später wurde er von einem Justizvollzugsbeamten abgeholt. Sie liefen einige Flure entlang und auf dem Weg zum Besucherraum mussten immer wieder diverse Türen auf- und zugeschlossen werden. Schließlich kamen sie im Besucherbereich an.

»Warten Sie hier«, sagte der junge JV-Beamte zu Wellinger. »Ich hole ihn aus seiner Zelle.« Dann verschwand er in einem der vielen Flure.

Im Gebäudetrakt angekommen in dem sich Heidrichs Zelle befand, entriegelte der Beamte die Tür. Heidrich saß auf dem Bett des acht Quadratmeter großen Raums und schaute den JV-Beamten erwartungsvoll an.

An der Zellenwand stand ein schmaler Schrank, daneben befanden sich eine Toilette und ein Waschbecken. Vor dem kleinen vergitterten Fenster gab es noch einen in die Jahre gekommenen Tisch und einen klapprigen Holzstuhl.

»Dein Besuch ist da«, sagte der JV-Beamte zu Heidrich. Der Gefangene erhob sich und folgte dem Mann.

Friedrich Heidrich hatte sich in den knapp fünf Wochen, seit er hier war, relativ gut eingelebt. Morgens um sechs Uhr war Wecken, danach gab es Frühstück. Von sieben bis zwölf arbeitete er in der Anstaltsschreinerei, in der hauptsächlich Büromöbel für die Justizbehörden sowie Betten und Schränke für die Haftraume hergestellt wurden. Nach dem Mittagessen arbeitete er dann wieder in der Schreinerwerkstatt und um sechzehn Uhr folgte der einstündige Hofgang. Nach dem Abendessen hatten die Gefangenen die Möglichkeit, diverse Freizeitangebote, darunter Bücherei, Fitnessraum, Töpfern oder Malen, zu nutzen. Allerdings nahm Heidrich keines der Angebote wahr. Vielleicht später einmal. Doch momentan wollte er in der freien Zeit einfach für sich alleine sein. Genauso, wie er den ganz schweren Jungs aus dem Weg ging. Um zweiundzwanzig Uhr war dann für alle Einschluss und Nachtruhe.

Durch Wellingers Besuch wich für Heidrich der heutige Tagesablauf vom üblichen Trott ab. Der JV-Beamte führte ihn in den Besucherraum und kurze Zeit später saß der Gefangene in seiner hellgrauen Anstaltskleidung dem fremden Besucher gegenüber. Heidrich sah ihn fragend an.

»Ich hab Sie gesehen, im Gerichtssaal«, sagte er schließlich.

Wellinger nickte wortlos. Er hatte eine Besuchszeit von nur fünfundvierzig Minuten. Um keine Zeit zu verlieren, kam er gleich zur Sache.

»Mein Name ist Werner Wellinger. Ich bin pensionierter Kriminalhauptkommissar und war früher ein Kollege von Günther Herzog, der die Ermittlungen gegen Sie geleitet hat. Sie kennen meine Mutter Luise, für die Sie in Mannheim immer einkaufen gegangen sind. Und sie ist auch der Grund, warum ich hier bin, denn sie ist von Ihrer Unschuld überzeugt.«

»Und? Sind Sie es auch?«, fragte ihn Heidrich.

»Sagen Sie's mir«, antwortete Wellinger und zuckte mit den Schultern.

»Das kann ich tun, aber was soll das bringen?«, erwiderte Heidrich.

»Das weiß ich auch nicht, aber Sie haben nichts zu verlieren. Und wenn Sie mich überzeugen, dann verspreche ich Ihnen, dass ich mich Ihrer Sache annehmen werde«, entgegnete Wellinger.

Heidrich nickte anerkennend. »Okay. Womit soll ich anfangen?«

»Das überlasse ich Ihnen.«

»Also gut«, antwortete Heidrich. Dann fing er zu erzählen an. »Wissen Sie, ich habe immer beteuert, nichts mit den beiden Verbrechen zu tun zu haben. Aber niemand hat mir geglaubt, nicht einmal mein Verteidiger. Diese Pfeife meinte, es wäre das Beste, ich würde gestehen, aber was denn bitte schön? Ich bin unschuldig und ich würde lieber im Gefängnis sterben, als etwas zu gestehen, was ich nicht getan habe. Meine Eltern haben mich zur Höflichkeit und Zurückhaltung erzogen. Vielleicht habe ich deshalb nicht versucht, die Vorwürfe und Vorurteile des Gerichts gegen mich zu entkräften. Ich war mir sicher, es würde sich alles aufklären, und habe den Richtern vertraut. So habe ich nicht gemerkt, dass sich die Schlinge um meinen Hals immer fester zuzog. Ich kann mir einfach nicht erklären, wie meine DNA-Spuren in die Wohnung der Ermordeten gelangt sind. Ich kann mir nicht erklären, warum mich die eine Zeugin im Haus gesehen haben will. Wahrscheinlich hat sie den gesehen, der mir hinterher den beschissenen Mantel und den Schal untergejubelt hat. Und Konstanz, ich meine Konstantin Eisenhauer, das war mein Kumpel, mein Freund. Warum sollte ich den umbringen? Ich weiß nur, dass er von heute auf morgen verschwunden war. Aber all das habe ich ja schon vor Gericht ausgesagt, aber anscheinend interessiert es niemanden. Entscheidend für die waren hauptsächlich diese blöden DNA-Spuren.« Heidrich stockte der Atem, denn er musste sichtlich mit seinen Emotionen kämpfen. Erst nach einigen Momenten gewann er seine Fassung wieder und fuhr fort:»Wissen Sie, ich hatte mich mit meinem Leben auf der Straße abgefunden, habe mir immer gesagt, anderen geht es noch schlechter. Dann komme ich vor Gericht und alles läuft aus dem Ruder. So, jetzt liegt es an Ihnen, ob Sie mir glauben und ob Sie mir helfen wollen. Und wenn nicht, dann verschwinden Sie und lassen Sie mich für immer in Ruhe.«

»Ob ich Ihnen glaube, das weiß ich jetzt noch nicht. Genauso wenig, ob und wie ich Ihnen helfen kann. Ich muss das Ganze erst mal sacken lassen«, sagte Wellinger mit gerunzelter Stirn.

»Vieles, was Sie mir eben erzählt haben, habe ich schon im Gerichtssaal gehört. Immerhin war ich beim ersten und beim letzten Termin dabei. Aber haben Sie mal überlegt, ob es außerdem noch irgendetwas gibt, das Sie nicht erwähnt haben, weil es Ihnen unwichtig erschien? Irgendetwas, das Ihnen und mir weiterhelfen kann? Vielleicht aus Ihrer Vergangenheit? Hatten Sie vielleicht früher einmal Kontakt zu der ermordeten Frau? Das könnte nämlich erklären, warum man Ihre DNA-Spuren in der Wohnung gefunden hat. Oder gibt es noch etwas anderes, was die Richter und auch Sie übersehen haben?«

Wortlos schüttelte Heidrich den Kopf.

»Okay Herr Heidrich. Lassen Sie mich eine Nacht über die Sache schlafen, dann sehen wir weiter.«

»Dann tun Sie das.« Heidrich erhob sich von seinem Stuhl und gab mit einem Kopfnicken dem JV-Beamten zu verstehen, dass er in seine Zelle zurückgebracht werden wollte.

»Sie hören von mir«, sagte Wellinger, der jetzt auch aufgestanden war.

Als Heidrich schon fast wieder hinter der Tür verschwunden war, rief ihm Wellinger hinterher: »Warum haben Sie mich denn überhaupt empfangen? Sie kennen mich doch gar nicht.«

Heidrich drehte sich um und Wellinger sah zum ersten Mal, seit er hier war, ein Lächeln auf seinem Gesicht. »Der Name. Der Name war es, der Ihnen die Tür zu mir geöffnet hat. – WELLINGER, so heißt auch Ihre Mutter«, schob er nach und ging durch die Tür.

Am nächsten Tag rief Wellinger seinen alten Freund Herzog an und berichtete ihm von dem Besuch im Gefängnis. Er sagte, dass er aus Heidrich nicht schlau werden würde.

»Günther, entweder er ist ein genialer Schauspieler oder er ist wirklich unschuldig. Aber verdammt noch mal. Wie kommt denn sein DNA-Material in die Wohnung? Und warum wird rein zufällig kurz danach auch noch sein Kumpel Eisenhauer umgebracht? Ich hab keine Ahnung. Aber du kannst mir einen Gefallen tun. Finde mal heraus, in welchem Pflegeheim seine Mutter untergebracht ist. Es muss irgendwo in der Pfalz sein. Zumindest hat Heidrich das vor Gericht ausgesagt.«

»Und was soll das bringen?«, fragte Herzog.

»Das weiß ich auch nicht. Aber es kann nicht schaden, die Dame mal nach ihrem Sohn zu befragen. Wenn ich das nächste Mal bei Mutti in Mannheim bin, dann mache ich einen Abstecher in die Pfalz. Da war ich ohnehin schon lange nicht mehr.« »Okay Werner, ich werde dein Ausflugsziel herausfinden. Das kann ja wohl für einen Superbullen wie mich nicht so schwer sein«, murmelte er lachend in den Hörer. »Dann siehst du wenigstens mal etwas anderes als Mannheim und den Schwarzwald. Ich melde mich bei dir, sobald ich es herausgefunden habe. Bis dann.«

Als Wellinger aufgelegt hatte, wählte er die Nummer seiner Mutter. Er berichtete auch ihr von seinem Besuch im Gefängnis und was er nun als Nächstes vorhatte.

»Na also, mein Junge«, sagte sie. »Es freut mich, dass du dich dahinterklemmst. Ich hab wohl den alten Kriminalhauptkommissar aus dir herausgekitzelt. Nur zu. Ich bin gespannt, wie es weitergeht.«

Kapitel 22

Am Vormittag hatte Wellinger seine Mutter in Mannheim besucht. Es war ein sonniger Tag. Der Himmel war wolkenlos und das Thermometer hatte bereits in den frühen Morgenstunden sechsundzwanzig Grad angezeigt. Jetzt am Mittag war die Temperatur auf schwüle dreiunddreißig Grad geklettert. Über den Luisenring fuhr Wellinger auf die Kurt-Schumacher-Brücke und überquerte den Rhein, der die Städte Mannheim und Ludwigshafen voneinander trennte. Als er auf einer Hochstraße die Stadt hinter sich ließ, bot ihm die klare Sicht einen herrlichen Blick auf den Pfälzer Wald. Die Gegend hier war ländlich. Auf den Ackerflächen links und rechts der von Bäumen gesäumten Straße wurden hauptsächlich Kartoffeln, Kopfsalat und Lauchzwiebeln angebaut. Für einen Moment musste er den Scheibenwischer einschalten, da die Wasserfontäne einer Beregnungsanlage bis fast zur Straßenmitte reichte und ein Schwall von Wassertropfen mit einem lauten Knall auf der Windschutzscheibe seines Fahrzeugs einschlug.

Dann erreichte er den Stadtteil Oggersheim, der nur wenige Kilometer westlich von Ludwigshafen lag und als eine der bevorzugten Wohnlagen der Stadt galt. Am Schillerplatz musste er eine Straßenbahn passieren lassen, bevor er abbiegen konnte. Nach etwa zweihundert Metern bog er in die Kapellengasse ab und sah auf der rechten Seite sein Ziel, das Schiller Wohnstift. Da er in der engen Straße keinen Parkplatz finden konnte, fuhr er am Seniorenwohnheim vorbei und stellte sein Auto auf dem Parkplatz der Schloss- und Wallfahrtskirche Mariä Himmelfahrt ab. Wellinger stieg aus, überquerte den Kirchplatz und schlenderte am Franziskaner-Minoriten-Kloster vorbei. Als er aus einem gekippten Fenster des Gebäudes die sonoren Klänge eines Saxophons wahrnahm, blieb er kurz stehen und musste unwillkürlich lächeln. *Der spielt nicht schlecht, der Ordensbruder,* dachte er und lief weiter.

Dann erreichte er das fünfgeschossige Flachdachgebäude des Schiller Wohnstifts. Die oberste Etage des Hauses war als Penthouse-Ebene ausgebaut. Die lachsroten Betonplatten der Balkone hoben sich von der in einem Gelbton gestrichenen Fassade ab. Im Erdgeschoss befanden sich eine Apotheke und eine Cafeteria. Wellinger ging um das Haus herum und steuerte auf den nach hinten versetzten Eingangsbereich zu, der das Vorderhaus mit einem weiteren, rückwärtigen Gebäudetrakt verband. Er betrat das Foyer und meldete sich am Empfangsplatz an. Bereits am Montag hatte Herzog für seinen Freund Wellinger herausgefunden, dass Johanna Heidrich im Schiller Wohnstift in Ludwigshafen-Oggersheim untergebracht war. Daraufhin hatte Wellinger für heute einen Besuchstermin vereinbart. In einem Telefongespräch mit der Heimleiterin hatte er sich als einen engen Freund der

Familie ausgegeben und dabei erfahren, dass Johanna Heidrich an Alzheimer im fortgeschrittenen Stadium erkrankt war.

Der einundachtzigjährigen Mutter von Friedrich Heidrich war mit Unterstützung des Sozialamtes ein Platz im Pflegeheim zugewiesen worden, da sie durch die heimtückische Krankheit bereits altbekannte Fertigkeiten verlernt hatte und ihren Alltag nicht mehr alleine bewältigen konnte. Einzig in ihrem Langzeitgedächtnis waren frühere emotionale Erlebnisse noch gegenwärtig.

Nachdem die freundliche Dame am Empfang Wellingers Personalien aufgenommen und in den Computer eingegeben hatte, begleitete sie ihn zum Fahrstuhl. Auf dem silberfarbenen Namensschild konnte Wellinger ihren Namen, »Luisa Betzwieser«, ablesen. Er schätzte sie auf Ende zwanzig. Sie fuhren ins dritte Obergeschoss, wo sich eine der zwei Pflegestationen befand.

»Momentan hat Frau Heidrich das Zimmer für sich alleine, denn vorgestern ist völlig unerwartet ihre Mitbewohnerin verstorben. Leider. Und das frei gewordene Bett wird erst morgen neu belegt«, sagte die Pflegekraft. Dann liefen sie den Flur entlang und vor dem Zimmer mit der Nummer 3.05 klopfte Luisa Betzwieser an die Tür. Ohne auf ein »Herein« zu warten, betrat sie das Zimmer.

»Guten Tag, Frau Heidrich, Ihr Besuch ist da.«

Dann drehte sie sich zu Wellinger um und gab ihm mit einem Kopfnicken zu verstehen, dass er eintreten dürfe.

»Wenn Sie fertig sind, melden Sie sich bitte unten wieder ab«, sagte sie und verließ das Zimmer.

Johanna Heidrich saß in einem beigefarbenen Sessel mit dem Rücken zur Tür und schaute zur großen Fensterfront hinaus. Sie machte keine Anstalten, sich zu ihrem Besucher umzudrehen.

»Guten Tag, Frau Heidrich, mein Name ist Werner Wellinger. Darf ich mich setzen?«

Immer noch keine Reaktion. Wellinger sah sich im Zimmer um. Links neben der Tür ging es ins Bad. Auf der rechten Seite befanden sich zwei raumhohe Schränke und an der Wand links die Betten und die rollbaren Nachttischschränkchen. An den Gurten der Bettgalgen hingen dreieckige Haltegriffe herunter. Gegenüber standen ein kleiner viereckiger Tisch mit zwei Stühlen, eine Stehlampe und ein Fernsehapparat. Ein seltsamer modriger Geruch lag in der Luft. Von Johanna Heidrich konnte Wellinger nur ihren Hinterkopf sehen, da sie immer noch aus dem Fenster sah. Schließlich setzte sich Wellinger auf einen der Stühle und versuchte es erneut.

»Frau Heidrich. Es geht um Ihren Sohn Friedrich.«

Zum ersten Mal zeigte die alte Frau eine Reaktion, indem sie kurz zusammenzuckte, als Wellinger den Namen Friedrich aussprach. Er sah sie von der Seite an und versuchte, eine Ähnlichkeit mit ihrem Sohn zu erkennen. Sie hatte kurzes graues Haar und an ihrem Kinn waren feine Haarfäden zu erkennen. Ihr Gesicht war faltig, die Nase gekrümmt. An der rechten Hand trug sie einen Ring, den Ehering, wie Wellinger vermutete. Um ihren Hals lag eine silberne Kette mit Kreuzanhänger. Trotz der Hitze hatte sie sich eine dunkelbraune Strickweste über ihre weiße Bluse gezogen. Ihre Hose, die etwas zu groß geraten wirkte, war grau, ebenso die Filzpantoffeln an ihren Füßen.

»Frau Heidrich, Ihr Sohn sitzt im Gefängnis.«

Jetzt bemerkte Wellinger ganz deutlich, wie sich ihre

Atemzüge beschleunigten und sich ihre Brust schnell und rhythmisch auf und ab bewegte.

»Aber es kann durchaus sein, dass er unschuldig ist«, fügte er hinzu, in der Hoffnung, dass sich die alte Dame dadurch wenigstens etwas beruhigen würde.

»Ich habe ihn besucht und lange mit ihm gesprochen. Seit seiner Festnahme beteuert er, unschuldig zu sein. Ich bin ehemaliger Polizist und versuche, die Wahrheit herauszufinden. Vielleicht gibt es irgendetwas aus seiner Vergangenheit, das wichtig sein könnte. Irgendetwas, das für Sie unerheblich zu sein scheint und dem Sie deshalb keine Beachtung schenken, aber für Ihren Sohn wichtig sein könnte. Was, das weiß ich selbst nicht, aber ich möchte nichts unversucht lassen. Ich hoffe so sehr, dass Sie mir weiterhelfen können. Ja, ich brauche Ihre Hilfe. Oder besser gesagt, Ihr Sohn braucht Ihre Hilfe. Wenn Sie ihm helfen wollen, dann reden Sie doch bitte mit mir.«

Er machte eine Pause, aber Johanna Heidrich starrte immer noch aus dem Fenster und hatte sich bis dahin noch kein einziges Mal zu ihm umgedreht und ihn angeschaut.

»Ich weiß, dass Sie schon sehr lange keinen Kontakt mehr zu Ihrem Sohn haben. Aber glauben Sie mir, er liebt Sie und er bedauert es sehr, dass er nicht für Sie da gewesen ist, als Sie ihn brauchten.« Wieder machte er eine kurze Pause, um der Frau eine Chance zu geben, ihm in irgendeiner Form zu antworten. Leider ohne Erfolg. Dann rückte er seinen Stuhl an sie heran.

»Frau Heidrich, Ihr Sohn sitzt im Gefängnis«, wiederholte er. »Und er vermisst Sie. Bitte helfen Sie mir. Helfen Sie ihm.«

Plötzlich kullerten Tränen über ihre Wangen und Wellinger legte seine Hand auf ihren Arm. Doch auch zehn Minuten später hatte sie noch kein Wort gesprochen. *Es ist zwecklos*, dachte Wellinger. *Die Mühe hätte ich mir sparen können.* Dann erhob er sich und stellte den Stuhl zurück an den Tisch.

»Auf Wiedersehen, Frau Heidrich. Ich wünsche Ihnen alles Gute«, sagte er resigniert und ging zur Tür.

Kapitel 23

Am gleichen Tag in Dénia

Das Treffen mit Olivia und ihrem Sohn Jörgi, das ein so abruptes Ende genommen hatte, lag jetzt schon gut sechs Wochen zurück. Einige Tage später hatte Clemens das Gespräch mit Olivia gesucht. Er war froh, sie wiederzusehen und sich mit ihr aussprechen zu können. Olivia entschuldigte sich mehrfach für das unflätige Verhalten ihres Sohnes, das sie so nicht hatte kommen sehen. Hätte sie seine Reaktion vorausgesehen, dann hätte sie ihm mehr über Clemens erzählt. Oder besser gesagt, darauf bestanden, dass Jörgi ihr zuhörte, was er nämlich nur mit halbem Ohr getan hatte. Sie hätte ihm sagen müssen, dass Clemens nur ein guter Bekannter war, nicht mehr und nicht weniger. Dass er finanziell unabhängig war und es keinesfalls auf Olivias Geld abgesehen hatte.

Vor dem Treffen hatte sie zwar begonnen, mit ihrem Sohn ein Gespräch über Clemens zu führen. Aber mit den Worten »*Das interessiert mich alles nicht*« ließ er seine Mutter einfach stehen und zog es vor, eine heruntergekommene Hafenkneipe aufzusuchen und einige Gin Tonic in sich hineinzukippen. Auch ein Grund dafür, dass das anschließende Treffen mit dem neuen »Freund« seiner Mutter eskalierte, denn angetrunken war Jörgi unberechenbar.

Clemens akzeptierte Olivias Entschuldigung, war jedoch der Meinung, dass Jörgi von sich aus auf ihn zugehen und ihn um Verzeihung bitten müsse. Die Aussprache musste allerdings noch warten, denn Jörgi war längst wieder ins Züricher Nachtleben eingetaucht und sein nächster Spanienbesuch war noch nicht geplant.

Heute traf er sich mit Olivia in einer Eisdiele auf einem kleinen Platz unweit der Altstadt. Eine gute Idee, bei diesem heißen Wetter. Anschließend bummelten sie durch die Markthalle und kauften Wein, Mineralwasser, Weißbrot, etwas Gemüse und zwei große Wolfsbarschfilets.

»Das müsste dicke reichen«, sagte er voller Vorfreude zu Olivia. Denn sie wollten einen ausgiebigen Bootsausflug ins benachbarte Jávea machen und zum Abschluss auf seiner Motorjacht gemeinsam essen.

»Olivia, es wird Zeit, dass ich dir meinen Lieblingsort zeige«, sagte er, als sie mit gut gefüllter Kühltasche und Rucksack von der Markthalle in Richtung Jachthafen schlenderten.

»Da bin ich aber mal gespannt«, erwiderte sie. »Dachte, auf dem Wasser sieht alles gleich aus. Aber ich lass mich von dir überraschen.«

»Wer sagt denn, dass sich mein Lieblingsort auf dem Meer befindet? Nicht umsonst hab ich dir geraten, festes Schuhwerk anzuziehen.«

»Also waren die Schuhe gar nicht für einen ausgiebigen Einkaufsbummel in Jávea gedacht?«, fragte Olivia etwas enttäuscht. Wie gerne hätte sie in den Geschäften und Boutiquen der Stadt nach Kleidern, Handtaschen und Schuhen herumgestöbert. Aber Clemens hatte wohl etwas anderes vor.

»Nein, dafür brauchst du die Schuhe nicht. Wir schippern erst mal gemütlich nach Jávea. Dort machen wir dann eine kleine Wanderung. Hoch zum Cabo de San Antonio. Meinem Lieblingsort.«

»Aha. Da war ich noch nie. Aber sag mal. Cabo de San Antonio. Das klingt, als wenn es recht hoch liegen würde. Schaff ich das überhaupt bis nach ganz oben?«

»Ja, das ist schon recht hoch dort. Aber das ist ja gerade das Schöne. Den Ausblick wirst du genießen. Und wenn du schlappmachst, dann trag ich dich eben hoch«, sagte er mit einem Augenzwinkern.

»Das habe ich genau gehört. Wenn es so weit ist, werd ich dich daran erinnern.«

»Das darfst du gerne. Und außerdem. Wenn wir oben sind, trinken wir einen kräftigen Schluck Rosado. Und auf der Rückfahrt nach Dénia brate ich uns ein schönes Fischfilet mit Pfannengemüse. Das Essen werden wir dann bei Sonnenuntergang draußen auf dem Meer mit einer Flasche Wein genießen.«

»Ja, wenn das so ist, dann verzichte ich gerne auf meinen Einkaufsbummel«, erwiderte Olivia lächelnd und freute sich auf den schönen Tag.

Am Jachthafen angekommen stiegen sie in die Motorjacht und füllten Essen und Getränke in den Kühlschrank um. Die Sonne strahlte. Unzählige Boote schaukelten auf dem Wasser hin und her, deren Leinen und Masten ein metallenes Schlagen und Klappern verursachten. Bevor Clemens die beiden 225-PS-starken Motoren startete, horchte er für einen kurzen Augenblick dem beständigen Geklirre zu, das er so sehr liebte und das auf eine nicht zu beschreibende Art beruhigend auf ihn wirkte. Er lenkte seine Jacht aus dem Hafen hinaus aufs Meer. Entlang der Küste fuhren sie in südöstliche Richtung. Dann ging es um das Cap de San Antonio herum in die Bucht von Jávea hinein, wo sie das Boot im Jachthafen vertäuten. Clemens zeigte mit seinem Arm nach oben.

»Siehst du den Leuchtturm? Der steht schon seit rund hundertfünfzig Jahren da oben und weist bis heute den Seefahrern den Weg.«

»Okay«, sagte Olivia, die jetzt doch nicht mehr so begeistert wirkte und sich auf eine harte Wanderung gefasst machte.

»Sieht schlimmer aus, als es ist«, meinte er mit einer abwinkenden Handbewegung, denn ihm war Olivias Unbehagen aufgefallen. »Ich versprech dir, in einer knappen Stunde sind wir oben.«

»Okay Clemens. Aber du weißt ja. Wenn ich schlappmache, trägst du mich.«

Über die Promenade gelangten sie zu dem schmalen unbefestigten Fußweg, der sich am Berghang serpentinenartig nach oben schlängelte. Links und rechts des Weges wuchsen allerlei Sträucher, junge Pinien und kleine Fächerpalmen. Es roch nach Thymian und Rosmarin. Nach fünfzig Minuten waren sie oben angekommen. Erschöpft setzten sie sich auf eine Bank. Nur wenige Meter entfernt fielen die Klippen steil ins Meer. Sie ließen sich eine sanfte Brise um die Nase wehen und genossen einen atemberaubenden Blick auf das Meer und die Bucht von Jávea.

»Clemens, hier oben ist es wirklich traumhaft«,

schwärmte Olivia. »Der mühselige Aufstieg hat sich auf jeden Fall gelohnt.«

»Ich weiß«, sagte er grinsend, holte die Flasche Wein und zwei Gläser aus seinem Rucksack und goss seiner Begleiterin und sich ein. Sie saßen eine Weile wortlos nebeneinander und genossen die fantastische Aussicht. Als Olivia dann fragte, ob er ihr nachschenken könnte, reagierte Clemens nicht. Sie sah ihn von der Seite an. Er war völlig abwesend und das nicht zum ersten Mal, seit sie ihn kannte. Erst als sie ihn am Hemdärmel zupfte, drehte er seinen Kopf in ihre Richtung.

»Was ist los mit dir? Worüber denkst du denn so oft nach?«

»Es ist nichts«, antwortete er und schaute wieder aufs Meer hinaus.

Nichts, das du wissen solltest, dachte er. Um weitere Fragen nach seinem Gemütszustand zu vermeiden, wechselte er schnell das Thema.

»Wenn du willst, kommen wir ab jetzt öfter hierher. Und meinetwegen können wir nach dem Abstieg unten in der Stadt auch noch deinen heiß geliebten Einkaufsbummel machen.«

»Falls ich nach der Kraxlerei noch Lust dazu habe.«

»Davon gehe ich aus. Denn runter geht's nachher bedeutend schneller. Ein Kinderspiel für eine junge Frau wie dich.« Clemens lächelte sie an.

Olivia erwiderte sein Lächeln. Hatte sie bereits mehr Gefühle für ihn, als sie sich eingestand? Mehr, als Clemens ihr gegenüber empfand? Jedenfalls war sie im Moment sehr glücklich. Sollte sie es riskieren? Wenn nicht jetzt, wann dann? Sie nahm seine Hand und beugte sich langsam zu ihm hinüber. Sie sehnte sich nach einem leidenschaftlichen Kuss. Doch als ihre Lippen Clemens' Mund immer näher kamen, wich er zurück.

»Lass uns gehen«, sagte er und schaute dabei auf seine Uhr. »Wenn du willst, darfst du nachher Kapitän spielen und das Boot nach Hause schippern.«

»So machen wir es, Smutje. Ich fahre und du kochst.«

Kapitel 24

»Es war Krieg«, sagte plötzlich Johanna Heidrich.

Wellinger hielt schon die Türklinke in der Hand und wollte gerade aus dem Zimmer gehen. Wie vom Blitz getroffen blieb er stehen. *Hab ich mir das etwa eingebildet oder hat sie tatsächlich etwas gesagt.*

»Es war Krieg«, wiederholte sie. »Es muss im September 1943 gewesen sein.«

Er drehte sich um, rückte den Stuhl neben den Sessel, in dem die alte Dame saß, und legte seine Hand auf ihren Arm.

»Ganz ruhig, Frau Heidrich«, sagte er beschwichtigend, als er ihren schnellen Atem bemerkte. »Erzählen Sie ruhig weiter, ich höre Ihnen zu.«

»In der Nacht … in der Nacht gab es einen schweren Luftangriff auf Mannheim und viele Menschen kamen ums Leben. Ich wohnte damals in Ludwigshafen und arbeitete als Kindergärtnerin im St. Anna Stift, einem Waisenheim. Am nächsten Morgen mussten wir Kinder aufnehmen, deren Eltern in den Trümmern zerstörter Häuser umgekommen waren und die in den restlos überbelegten Waisenhäusern in Mannheim keinen Platz mehr fanden. Die ängstlichen und verstörten Blicke der Kleinen werde ich niemals vergessen.«

Sie machte eine kurze Pause und sah Wellinger zum ersten Mal, seit er hier war, mit wässrigen, graublauen Augen an. Momentan konnte er noch keinen Zusammenhang zu ihrem im Gefängnis sitzenden Sohn herstellen. Deshalb war er auf die Fortsetzung der Geschichte gespannt.

»Ein Junge, der neu zu uns gekommen war, hatte es mir besonders angetan. Der Kleine war gerade mal drei Jahre alt und sehr schüchtern. Er saß oft ganz alleine irgendwo in einer Ecke und beobachtete mit seinen dunklen Augen alles, was um ihn herum geschah. Ich glaube, es hat mindestens eine Woche gedauert, bis er zum ersten Mal seinen Mund aufgemacht hat. *Wo ist Mama? Und wo ist mein Papa?*, hat er mich eines Morgens gefragt, als ich ihm beim Anziehen geholfen habe. Ich habe ihn in den Arm genommen und habe geantwortet: *Im Himmel, bei den Engeln. Aber jetzt hast du mich und ich werde für dich da sein.* Und ab diesem Moment wich er mir nicht mehr von der Seite. Ein halbes Jahr später wurde auch unser Heim von Bomben getroffen und fast vollständig zerstört. Zum Glück haben alle Kinder und wir Schwestern in einem Luftschutzbunker überlebt, aber es gab keine Möglichkeit mehr, in das Kinderwohnstift zurückzukehren. Also habe ich den kleinen Jungen einfach mit nach Hause genommen. Jetzt war es mein Kind.«

Wellinger ahnte, um wen es sich handelte.

»Und das Kind war Friedrich?«, fragte er behutsam.

»Ja«, antwortete Johanna Heidrich zögerlich. »Mein Mann Karlheinz und ich hatten uns schon immer Kinder gewünscht. Und gleich nach unserer Hochzeit, das war 1936, wurde ich schwanger. Leider hatte ich eine Fehlgeburt. Wir haben lange gebraucht, um über den Schmerz hinwegzukommen. Und als uns mein Arzt auch noch offenbarte, dass ich keine Kinder mehr bekommen kann, da waren wir völlig am Boden zerstört.«

Die alte Dame machte eine Pause und schluckte, als wolle sie sich von einem Kloß im Hals befreien.

»Als Karlheinz als Kriegsbeschädigter von der Front nach Hause kam, hat auch er den Kleinen gleich in sein Herz geschlossen. Unmittelbar nach Kriegsende haben wir entschlossen, Friedrich zu adoptieren. Zu dieser Zeit war das gar kein Problem, denn es gab zu viele Kinder, die ihre Eltern verloren hatten. Deshalb hat man uns keine Steine in den Weg gelegt, obwohl mein Mann aufgrund seiner schweren Kriegsverletzungen keiner Arbeit mehr nachgehen konnte. Wir haben Friedrich wie unseren eigenen Sohn geliebt. Er war ein fantastischer Junge. Im Laufe der Zeit haben wir gemerkt, dass er sich nicht mehr an seine leiblichen Eltern erinnern konnte. Dass er sich auch nicht mehr an die schreckliche Bombennacht erinnern konnte, in der er seine Eltern verlor. Kein Mensch kann sich noch daran erinnern, was er mit zwei oder drei Jahren erlebt hat. Und Karlheinz und ich waren froh darum.«

»Frau Heidrich, weiß Friedrich, dass er adoptiert ist?«

So wie sie ihn anschaute, meinte Wellinger, die Antwort zu erahnen, noch bevor sie etwas sagen konnte. Sie hielt einen Moment inne. Dann schüttelte sie den Kopf.

»Wir haben es nie übers Herz gebracht, es ihm zu sagen. Keine Ahnung, warum. Vielleicht hatten wir Angst, seine Liebe zu verlieren, obwohl wir eigentlich wussten, dass das nie passieren würde.«

»Das kann ich gut verstehen. Können Sie mir seinen Geburtsnamen verraten?«

»Stegmaier, Friedrich Stegmaier. Ja, so hieß er«, antwortete sie, ohne nachdenken zu müssen. »Aber …«

»Aber was, Frau Heidrich?«

»Es gab noch ein weiteres kleines Kind, das man damals aus den Trümmern des Hauses bergen konnte, aus dem auch Friedrich gerettet wurde.«

»Ein anderes Kind?«, fragte Heidrich etwas verdutzt.

»Ja, das wurde mir bei Friedrichs Heimaufnahme erzählt. Nach dem Luftangriff ging es drunter und drüber und in dem heillosen Durcheinander wurde das zweite Kind in ein anderes Heim gebracht. Wohin weiß ich nicht.«

»Und wissen Sie vielleicht, wie dieses Kind hieß? Hatte Friedrich etwa einen Bruder oder eine Schwester?«

Wieder schüttelte Johanna Heidrich den Kopf. »Da kann ich Ihnen leider nicht weiterhelfen. Ich weiß nicht einmal, ob es ein Junge oder ein Mädchen war. Anfangs hatte ich versucht, es herauszufinden. Ohne Erfolg. Und zwei oder drei Wochen später war es für mich auch nicht mehr wichtig.«

Nach einer kurzen Pause schloss sie die Augen und senkte den Kopf. Erst jetzt bemerkte Wellinger, dass es die alte Dame sehr viel Kraft gekostet hatte, in die Vergangenheit einzutauchen und ihm daraus zu berichten. Als er ihr über den Arm streichelte, meinte er, ein Lächeln um ihre Mundwinkel zu entdecken.

»Sind Sie müde, Frau Heidrich?«, fragte er mit sanfter Stimme.

Sie nickte.

»Soll ich gehen?«

»Ja, Herr … Herr …«

»Wellinger, Werner Wellinger, heiße ich.«

Schon erstaunlich, dachte er. *Was vor so vielen Jahren passiert ist, an das kann sie sich noch gut erinnern. Aber meinen Namen hat sie schon wieder vergessen.*

»Vielen Dank, Frau Heidrich, dass Sie mir das alles erzählt haben. Ob es mir, ob es Ihrem Sohn weiterhilft, weiß ich jetzt noch nicht. Aber ich werde mich auf jeden Fall wieder bei Ihnen melden. Das verspreche ich Ihnen. Alles Gute bis dahin. Auf Wiedersehen, Frau Heidrich.«

Als sich Wellinger erhob, drückte sie kurz seinen Arm und nickte ihm zu.

Die Rückfahrt in den Schwarzwald war kein Zuckerschlecken. Ein Lastwagenfahrer hatte einen Auffahrunfall verursacht und war schwer verletzt in seiner Fahrerkabine eingeklemmt. An der Unfallstelle versperrten Polizei-, Feuerwehr- und Krankenwagen beide Fahrspuren. Wellinger stand fast eine Stunde im Stau und fluchte vor sich hin. Die Hitze war unerträglich. Dicke Schweißperlen liefen ihm übers Gesicht. Sein Hemd war klatschnass und seine Hosenbeine klebten wie Kaugummi auf dem Kunstleder seines Sitzes fest. Jetzt bereute er, den Werkstatttermin für die Reparatur der Klimaanlage seines 190er Mercedes erst für den kommenden Dienstag vereinbart zu haben.

Nachdem die Feuerwehr den Verletzten mit einer Rettungsschere befreit hatte und der Krankenwagen mit Blaulicht davongedüst war, wurde die Fahrbahn von herumliegenden Autoteilen geräumt. Die Polizei gab den linken Fahrstreifen frei und endlich kam wieder Bewegung in die kilometerlange Autoschlange. Schweißgebadet setzte Wellinger seine Heimfahrt fort.

Zu Hause angekommen eilte er zum Kühlschrank und

trank eine Flasche Wasser mit einem Zug leer. Dann riss er sich die durchgeschwitzten Klamotten vom Leib und nahm eine wohltuende Dusche. Danach zog er frische Sachen an, setzte sich ins Wohnzimmer und rief seinen Freund Herzog an.

»Hallo, alte Düse, wie geht's?«, begrüßte ihn Herzog.

»Jetzt wieder wie neugeboren.« Wellinger berichtete kurz von seiner schrecklichen Autofahrt und kam dann auf das eigentliche Thema zu sprechen.

»Günther, ich brauch mal wieder deine Hilfe.«

Kapitel 25

Es war kurz vor sieben am Abend. Das heftige Gewitter in der vergangenen Nacht hatte die Luft merklich abgekühlt. Die Temperatur lag nur noch bei erträglichen dreiundzwanzig Grad. Gerade hatte er sich draußen auf der Terrasse ein Rindersteak auf den Grill gelegt, als das Telefon klingelte. *Das kann nur einer sein*, dachte er, ging ins Wohnzimmer und nahm den Hörer ab.

Er hatte sich nicht getäuscht, es war sein Freund Herzog.

»Hallo, alte Düse«, meldete sich der wie üblich.

»Guten Abend, Günther. Sag bloß, du hast schon was rausgefunden. Dachte nicht, dass das bei dir so schnell geht.«

»Und ob. Ich war doch schon immer einer von der schnellen Truppe.«

»Na, dann schieß mal los«, sagte Wellinger voller Erwartung.

»Also, der Name Stegmaier und dein Hinweis auf das Waisenhaus in Ludwigshafen haben mir weitergeholfen. Das Heim gibt es immer noch. Die Heimleiterin war kooperativ und hat eine Mitarbeiterin ins Archiv geschickt.

Aus den alten Unterlagen ging hervor, dass es in der Nacht vom 5. auf den 6. September 1943 einen verheerenden Luftangriff auf Mannheim gegeben hat. Ein Großteil der Stadt wurde zerstört und die Kinder, deren Eltern verletzt in Krankenhäuser eingeliefert werden mussten oder schlimmer, umgekommen sind, wurden in drei Waisenhäuser gebracht. Ein Teil kam in das Kinderheim St. Anna Stift nach Ludwigshafen, darunter Friedrich Stegmaier, jetzt Heidrich. Aber das weißt du ja schon.«

»Ja, und weiter?«

»Die übrigen Kinder kamen ins Waisenhaus Wespinstift in der Seckenheimer Straße in Mannheim. Den Rest brachte man ins Waisenhaus St. Anton. Und jetzt wird es spannend, denn mir liegen die Namen der Kleinen vor.«

Herzog machte eine Pause. Offensichtlich machte es ihm Spaß, seinen Freund auf die Folter zu spannen.

»Mensch, Günther, quäl mich doch nicht so und erzähl weiter.«

»Also gut. Da kurze Zeit später auch das Waisenhaus St. Anton den Bomben zum Opfer fiel, flohen die Schwestern mit den Kindern aus der Stadt und fanden in verschiedenen Einrichtungen, meist in ländlichen Gebieten, Unterschlupf. Manche Kinder wurden aber auch von Pflegefamilien aufgenommen, darunter ein Junge, der in der gleichen Nacht wie Friedrich Stegmaier seine Eltern verlor. Und dreimal darfst du raten, wie der Junge hieß.«

Wellinger musste nicht lange nachdenken. Aber es verschlug ihm fast die Sprache, bevor er seine Vermutung aussprechen konnte.

»Stegmaier?«, sagte er fragend ins Telefon.

»Gut kombiniert, Werner. Da kommt der ehemalige Kriminalhauptkommissar in dir heraus. Aber ich war noch nicht ganz fertig. Der Junge hieß Clemens Stegmaier. Und das Ehepaar, das ihn als Pflegekind aufnahm, hat ihn kurze Zeit später adoptiert. Aus Clemens Stegmaier wurde Clemens Hofstädter.«

»Also hat unser Friedrich Heidrich einen Bruder, von dem er nichts weiß.«

»Genau. Und umgekehrt weiß dieser Hofstädter wahrscheinlich auch nicht, dass er noch einen Bruder hat, der jetzt im Gefängnis sitzt.«

»Mensch, Günther, vielleicht ist das für unseren Fall relevant.«

»Unser Fall?«, sagte Herzog seufzend. »Werner, eigentlich haben wir keinen Fall. Und du schon gar nicht. Wenn der Alte wüsste, dass ich in dieser Sache immer noch heimlich ermittle, dann würde er mir die Rübe runterreißen.«

»Aber du ermittelst doch gar nicht, du recherchierst«, entgegnete Wellinger scherzhaft.

»Ja, ja, du hast gut reden, Werner. Du bist fein raus. Die Prügel bekomme ich. Und meine Kollegin. Die hilft mir nämlich. Wie dem auch sei. Alles, was Jule und ich herausgefunden haben, haben wir am Computer ausgedruckt und in einen dicken Umschlag gepackt. Wahrscheinlich findest du den morgen schon in deinem Briefkasten. Mehr kann ich momentan nicht für dich tun. Nicht, weil ich nicht will, sondern weil mir die Zeit fehlt. Gestern Abend fand ein bewaffneter Raubüberfall auf eine Tankstelle statt. Der Kassierer wurde angeschossen und die beiden Täter befinden sich auf der Flucht. Und denen muss ich mich jetzt vorrangig widmen. Deshalb bist du jetzt in Sachen Heidrich an der Reihe.«

»Okay Günther. Das versteh ich. Trotzdem vielen Dank. Ich bin dir und deiner Kollegin wirklich sehr dankbar, dass ihr das alles auf euch genommen habt. Richte ihr liebe Grüße von mir aus. Ich werd mir die Unterlagen anschauen und versuchen, mehr über diesen ... diesen Clemens Hofstädter herauszufinden. Dann melde ich mich wieder bei dir. Viel Glück bei der Jagd nach den Tankstellenräubern. Tschüss und bis demnächst.«

Nachdem Wellinger den Hörer aufgelegt hatte, fiel ihm wieder das Steak ein, das er vor etwa zehn Minuten auf den Grill gelegt hatte. Als er zur Terrasse hinausging, strömte ihm der Duft von verbranntem Fleisch entgegen. Das undefinierbare Teil auf dem Rost qualmte vor sich hin. *Schmier ich mir eben ein Brot*, dachte er sich.

Kapitel 26

Strahlender und schöner hätte dieser Nachmittag in Valencia nicht sein können. Der Himmel war azurblau und die Sonne strahlte mit dem Brautpaar um die Wette. Der elegante dunkelblaue Anzug, das weiße Hemd mit weinroter Fliege und die schwarz glänzenden Lackschuhe standen Carlos gut. Neben ihm seine wunderschöne Braut. Da Susannes Schwiegereltern großen Wert auf Tradition legten, durfte sie nicht in Weiß heiraten, zumal sie schwanger war. Dies konnte man mittlerweile auch ganz gut an der kleinen Kugel erkennen, die sich unter ihrem schwarzen Hochzeitskleid mit viel Spitze vorwölbte. Dazu trug sie einen ellbogenlangen Brautschleier aus Tüll. In ihr Haar waren orangefarbene Blumen eingeflochten. Die beiden sahen bezaubernd und überglücklich aus.

Am Wegesrand durch die Altstadt standen die etwa zweihundert geladenen Gäste, unter die sich auch unzählige Schaulustige gemischt hatten und dem Brautpaar zujubelten. Alle schlossen sich dem Tross, begleitet von Flöten- und Trommelmusik, in Richtung Kirche an und so wurde der Hochzeitszug zunehmend größer. Susanne hatte Freudentränen in den Augen, als sie ihr Vater in die Kathedrale führte, die ringsherum mit bunten Blumenarrangements geschmückt war. Von der Atmosphäre überwältigt, hätte sie am liebsten ihre Begeisterung laut herausgeschrien. Es fiel ihr schwer, ihre Emotionen zurückzuhalten. Neben ihr wurde Carlos von seiner Mutter vor den Altar geführt. Dahinter folgten die Hochzeitsgäste.

»Hast du an die Münzen gedacht?«, fragte Carlos, nachdem sie die Ringe getauscht hatten.

»Wie hätte ich die vergessen können«, antwortete sie. Dann übergaben sie sich gegenseitig dreizehn Münzen, als Symbol, ein Leben lang alles miteinander zu teilen und sich gegenseitig zu unterstützen. So zumindest hatte ihr dies Carlos tags zuvor erklärt. Und für die Zukunft hoffte Susanne nur, dass der Brauch auch ihnen helfen würde.

Als der Chor das Ave Maria von der Empore herunterschmetterte, war es endgültig um sie geschehen. Sie ließ ihren Tränen freien Lauf und war sehr gerührt, als sie bemerkte, dass auch ihrem Vater die Zeremonie unter die Haut zu gehen schien. Denn auch Clemens' Augen glitzerten feucht.

Nach einer knappen Stunde verließ das frisch vermählte Paar als Letztes das Gotteshaus. Draußen vor der Kathedrale, auf der Plaza de la Virgen, wurden sie unter dem Jubel der Wartenden mit Rosenblättern, Konfetti und kiloweise Reis beworfen, der ihnen Wohlstand und Fruchtbarkeit bescheren sollte. Etliche Böller wurden losgelassen, die böse Geister vertreiben sollten. Dann bewegte sich der Hochzeitszug zu einem nahegelegenen Parkplatz, wo fünf Busse warteten, um die Gäste zur Hochzeitslocation zu kutschieren.

Die Feier fand in einem Cortijo, einem restaurierten Bauernhof aus dem 19. Jahrhundert mit Nebengebäuden, Stallungen und Scheune im Hinterland Valencias statt. Die komplette Hochzeit war von Susannes Schwiegereltern organisiert worden. Als sie aus dem Bus stieg, sah sie den Cortijo zum ersten Mal. Sie ließ ihren Blick über die sanfte Hügellandschaft schweifen. Die ganze Umgebung strahlte eine unbeschreibliche Ruhe aus. Die Steinfassade des Hauptgebäudes war mit Efeu bewachsen. Im Innenhof warteten die gedeckten Tische auf ihre Gäste. Hinter einem der Nebengebäude befand sich eine parkähnliche Grünanlage, bepflanzt mit Oliven- und Pinienbäumen, Palmen und Zypressen. Susanne war begeistert und erleichtert zugleich. Selbst in ihren kühnsten Träumen hätte sie sich keinen idyllischeren Ort für den schönsten Tag ihres Lebens vorstellen können.

»Zufrieden?«, fragte Carlos, als er neben sie trat und sie sanft in den Arm nahm.

Schon Wochen zuvor hatte Susanne ihm eröffnet, äußerst skeptisch zu sein, die Hochzeitsfeier nicht selbst zu organisieren, sondern durch ihre Schwiegereltern planen zu lassen. Lange hielt sie ihre Bedenken zurück, denn sie wollte ihren künftigen Ehemann nicht verletzen, da sie wusste, dass Carlos seinen Eltern sehr nahestand und er zu hundert Prozent akzeptierte, dass sie sich um die Feier und das ganze Drumherum kümmerten. So gab sie letztlich dem Wunsch der traditionsbewussten Eltern ihres Mannes nach, zumal sie nicht nur die Hochzeit ausrichteten, sondern es sich auch nicht nehmen ließen, für sämtliche Kosten aufzukommen.

»Zufrieden ist untertrieben. Ich bin begeistert«, antwortete sie. »Nur eines gefällt mir nicht. Und das ist mein Vater.«

»Wieso das denn?« Carlos runzelte die Stirn.

»Ich weiß auch nicht. Seit er hier in Spanien ist, nein, schon etwas länger, habe ich das Gefühl, mit ihm stimmt was nicht. Er wirkt immer so nachdenklich, so bedrückt. Und ich weiß nicht, warum.«

»Hast du ihn schon mal darauf angesprochen?«

»Ja, schon öfter, aber er sagt immer, dass alles in Ordnung sei, aber ich glaube ihm nicht.«

»Vielleicht fehlt ihm einfach nur eine Frau.«

»Den Gedanken hatte ich auch schon«, antwortete Susanne schulterzuckend. »Aber offensichtlich ist das nicht der Grund. Bei unseren letzten Telefonaten hat er jedes Mal erzählt, was er mit seiner neuen Bekannten, dieser Olivia, schon wieder so alles unternommen hat. Aber so eng kann die Beziehung wiederum auch nicht sein, denn sonst hätte er sie heute zur Hochzeit mitgebracht. Ich denke, es tut ihm einfach gut, jemanden zu haben, mit dem er hin und wieder etwas unternehmen kann, aber so wie es aussieht, will er sich nicht binden. Es muss etwas anderes dahinterstecken. Und irgendwann werde ich es herausfinden.«

Sie drehte sich um und suchte mit den Augen die Menschenmenge nach ihrem Vater ab. Dann entdeckte sie ihn. Nur wenige Meter von ihr entfernt unterhielt er sich angeregt mit ihren Schwiegereltern. Als Clemens bemerkte, dass seine Tochter zu ihm herüberblickte, winkte er ihr zu. Sie sah in seine Augen und fragte sich: *Papa, was ist bloß los mit dir? Was ist passiert, das dich so quält. Das dich so bedrückt? Bitte sag es mir!*

Und als könnte Clemens ihre Gedanken lesen, sah er

plötzlich zu Boden. Er konnte dem Blick seiner Tochter nicht standhalten. Dann wurde sie von Carlos abrupt aus ihren Gedanken gerissen.

»Mein Schatz, lass es jetzt aber mal gut sein.« Er drückte seiner Braut einen zärtlichen Kuss auf die Wange. »Beenden wir für heute dieses Vater-Thema und lass uns feiern.«

Im Laufe des Abends entwickelte sich eine großartige Hochzeitsfeier und Susanne war überwältigt. In Deutschland war sie schon bei zwei ihrer Freundinnen zu deren Hochzeiten eingeladen gewesen. Aber dieses Fest, diese traditionelle spanische Hochzeit, übertraf alles, was sie bisher erlebt hatte. Alles kam ihr größer, pompöser und ausgelassener vor.

Das Essen bestand aus mehreren Gängen und zog sich über Stunden. Zunächst gab es Jamón Serrano, verschiedene Meeresfrüchte und Fisch. Dann schnitten die Kellner mit geübten Handgriffen die an Drehspießen gegrillten Spanferkel portionsweise auseinander und servierten den Gästen das köstlich riechende Fleisch mit Pfannengemüse und Kartoffeln. Zum Nachtisch gab es Mandelkuchen und Natillas, eine Art Pudding aus Milch und Eiern. Anschließend eröffneten Susanne und Carlos unter dem Jubel ihrer Freunde, Bekannten und Verwandten den Tanz. Es wurde bis spät in die Nacht gefeiert und der Cortijo verwandelte sich in eine Disco.

Sonntag, 26. Juli 1992

Er hätte sich nicht träumen lassen, dass er je in seinem Leben nochmals hierher kommen würde. Und schon gar nicht aus diesem obskuren Anlass. Doch jetzt war er hier und hatte sich in einer Appartementanlage an der Las Marinas, der Straße entlang des kilometerlangen Sandstrandes, einquartiert. Die rund tausendsiebenhundert Kilometer vom Schwarzwald hierher hatte er mit seinem Auto zurückgelegt. Die strapaziöse Fahrt musste er wohl oder übel auf sich nehmen, da er seine panische Flugangst einfach nicht überwinden konnte.

Es war ein sehr heißer Tag und die Sonne brannte von einem wolkenlosen Himmel. Wellinger zog es vor, sich erst einmal auf der Couch seiner klimatisierten Ferienwohnung von der langen Reise zu erholen. Erst gegen Abend wollte er sich auf den Weg machen, um das Haus am Montgo aufzusuchen.

Er wollte die Sache zu Ende bringen und anschließend ein bis zwei Wochen einfach mal Urlaub machen. In einer anderen Umgebung die Seele baumeln lassen und in Erinnerungen schwelgen. Denn vor fast genau zehn Jahren war er schon einmal hier gewesen. Damals noch mit seiner Frau. Die Stadt, der Strand, die Umgebung und das gute Essen hatten Erna und ihm gut gefallen. Doch an das hier mit seiner Frau Erlebte wollte er keinen Gedanken mehr verschwenden. Und so liefen die vergangenen zweiundsiebzig Stunden nochmals vor seinen Augen ab.

Es war erst drei Tage her, seit er Hofstädters alte Adresse in Heidelberg aufgesucht hatte. Die Anschrift war in den Unterlagen vermerkt gewesen, die ihm Herzog zugeschickt hatte. Als er vor der Eingangstür der Villa am Heiligenberg stand, war er zunächst enttäuscht, nicht den Namen »Hofstädter« auf dem Klingelschild vorzufinden. Gerade als er überlegte, den Klingelknopf zu drücken, öffnete sich das Fenster neben der Tür und ein Mann rief ihm zu:»Kann ich Ihnen helfen? Suchen Sie jemanden?«

»Ja«, antwortete Wellinger. »Ich bin ein alter Freund von Clemens Hofstädter«, log er. »

Früher war ich hier in der Gegend zu Hause. Doch jetzt wohne ich im Schwarzwald. Bin gerade für ein paar Tage in Heidelberg. Dachte, ich besuch mal Clemens, aber anscheinend wohnt er nicht mehr hier.«

Der Mann schaute zum Auto, das Wellinger an der Straße geparkt hatte. Vielleicht war er zunächst misstrauisch, doch Wellingers freundliche Art und das ortsfremde KFZ-Kennzeichen schienen ihm Grund genug, ihm die gewünschten Informationen nicht vorzuenthalten.

»Ja, Ihr Bekannter wohnt nicht mehr hier. Ende letzten Jahres haben wir das Haus gekauft und Herr Hofstädter ist nach Spanien ausgewandert.«

»Das ist schade. Haben Sie zufälligerweise seine Kontaktdaten? Vielleicht schreib ich ihm eine Karte oder besuch ihn mal bei Gelegenheit in Spanien.«

»Einen Moment«, sagte der Mann und drehte sich um. »Schatz, kannst du mal bitte die neue Anschrift von Herrn Hofstädter raussuchen?«, rief er nach hinten. »Wenn du sie in den Unterlagen nicht findest, dann ruf mal diesen von Kesselbring an, der müsste sie auf alle Fälle haben.«

Wellinger traute seinen Ohren nicht. Hatte er soeben wirklich *von Kesselbring* gesagt? War er tatsächlich auf eine heiße Spur gestoßen?

»Ach«, sagte Wellinger. »Wird Clemens immer noch von Dr. von Kesselbring vertreten?«

»Ja«, antwortete der Mann. »Der Anwalt von Herrn Hofstädter war auch bei der Beurkundung des Kaufvertrags dabei. Ich glaube, er macht nichts ohne ihn. – Warten Sie einen Moment. Ich komm raus. Meine Frau hat die neue

Anschrift von Herrn Hofstädter gefunden«, schob er nach einer kurzen Pause nach.

Die Haustür öffnete sich und der Mann hielt Wellinger einen Zettel mit Hofstädters Adresse in Spanien entgegen.

»Leider haben wir seine neue Telefonnummer nicht. Die wollte er uns bei Gelegenheit nachreichen, aber wahrscheinlich hat er es vergessen. Falls Sie ihm schreiben oder ihn irgendwann einmal treffen, richten Sie ihm schöne Grüße von uns aus. Mit dem Haus ist alles bestens und wir fühlen uns mittlerweile in Heidelberg sehr wohl.«

»Vielen Dank, dass Sie mir geholfen haben«, erwiderte Wellinger, der mit etwas nervösen Fingern den Zettel in der Hand hielt. *Wenn der wüsste, wie sehr er mir geholfen hat*, dachte er sich, verabschiedete sich und fuhr davon.

Wieder zurück in Triberg überlegte er nicht lange. Er packte seinen Koffer, studierte diverse Straßenkarten, setzte sich in sein Auto und fuhr los. Denn als er den Namen des Rechtsanwalts gehört hatte, war ihm sofort eingefallen, wo er diesen schon einmal gehört hatte. Vor Gericht. *Kanzlei von Kesselbring und Partner*. Es war der Name des Arbeitgebers der in Mannheim ermordeten Frau. Es bestand also eine Verbindung. Konnte dies möglicherweise eine Verbindung zwischen dem wahren Mörder und seinem Opfer sein? Er musste es herausfinden. Zumindest hatte er eine heiße Spur. Da war er sich sicher.

Deshalb entschloss er sich, umgehend nach Spanien zu reisen und Clemens Hofstädter aufzuspüren. Vielleicht würde ihn der eine oder andere für verrückt erklären, dass er einen mutmaßlichen Mörder auf eigene Faust zur Strecke bringen wollte. Vielleicht war er ja wirklich verrückt, denn je länger er darüber nachdachte, umso mehr kam ihm die ganze Aktion total bescheuert vor. Zumal er überhaupt nicht wissen konnte, ob dieser Hofstädter tatsächlich etwas mit den Morden zu tun hatte. Doch da er nun schon mal hier war, gab es für ihn kein zurück. Ja, er würde die Sache zu Ende bringen.

Gegen Abend wachte Wellinger auf der Couch auf. Zunächst wusste er nicht, wo er war. Doch dann fiel es ihm wieder ein und er schüttelte unwillkürlich den Kopf. Er schaute auf seine Uhr. Es war halb sieben. Er hatte also fast drei Stunden geschlafen. Er nahm eine Dusche, zog frische Klamotten an und setzte sich draußen auf den Balkon. Die Hitze war jetzt erträglicher. Es wehte ein angenehmer Wind und die Luft roch nach Salz. Wellinger schaute aufs Meer hinaus, das etwa dreihundert Meter von ihm entfernt in der Abendsonne silbern glitzerte. Er bewunderte das Schauspiel der immer wiederkehrenden Wellen, die sich mit einem donnernden Tosen am endlos wirkenden Strand brachen. *Ich könnte jetzt den ganzen Abend hier sitzen bleiben und diese traumhafte Aussicht und diese Körper und Geist beruhigende Atmosphäre genießen. Aber die Arbeit ruft.*

Dann blätterte er noch einmal die Unterlagen durch, die ihm sein Freund Herzog vor rund zwei Wochen zugeschickt hatte. Zwar wusste er noch nicht, wie er Hofstädter gegenübertreten sollte und ob es überhaupt zu einem Gespräch mit ihm kommen würde. Aber er wollte zumindest darauf vorbereitet sein. Oder sollte er doch noch im letzten Moment Herzog anrufen und die Sache der Polizei überlassen? Er wusste es einfach nicht.

Beim weiteren Durchlesen stach ihm plötzlich ein Datum ins Auge und ihm stockte der Atem. »Das gibt's doch nicht«, sagte er so laut zu sich selbst, dass er vor seiner eigenen Stimme erschrak, das Genick einzog und sich nach rechts und links umschaute. *Keiner da. Wer denn auch? Jetzt dreh bloß nicht durch*, dachte er und sah sich das Datum mit zusammengekniffenen Augen noch einmal an. *Komisch, dass mir das nicht schon früher aufgefallen ist. Schon dreimal gelesen und jetzt erst wahrgenommen.*

Jetzt leuchtet mir so einiges ein. Und jetzt bin ich mir auch sicher. Hofstädter muss es gewesen sein, dachte er, als er noch einen letzten Blick auf das Datum warf.

Soll ich doch Herzog anrufen?

Nein. Der kann mir jetzt auch nicht helfen. Ich werde diesem Clemens Hofstädter einen Besuch abstatten. Aber vorher geh ich noch was Leckeres essen.

Kapitel 27

Als Wellinger das Restaurant in der Calle Marqués de Campo verließ, war die Abenddämmerung bereits angebrochen. Die Straßenlaternen brannten, in deren gelblich warmem Licht Schwärme von Schnaken herumschwirrten. Auf dem Weg zu seinem Auto schlenderte er an den gut besuchten Straßencafés und Tapas-Bars vorbei. Der für ein südländisches Land unverwechselbare Duft von gebratenem Fisch, Olivenöl und Knoblauch lag in der Luft. In Wellinger kam Urlaubsstimmung auf, doch er hatte noch etwas vor. *Ich schau mir mal das Haus und die Umgebung von diesem Hofstädter an. Dann kann ich mir immer noch überlegen, wie es weitergeht.*

Er setzte sich in sein Auto und gelangte auf den Camino de Santa Lucia. Es ging bergauf und je weiter er nach oben kam, umso enger und steiler wurden die Straßen. Links und rechts säumten unzählige Bougainvilleen den Weg, deren Blüten im Scheinwerferlicht seines Wagens pinkfarben leuchteten. Äste von Pinienbäumen überspannten die Gassen. Wellinger kam es vor, als wenn er durch einen Tunnel fahren würde. Dann wechselten sich wieder bewaldete Flächen mit verstreut am Hang stehenden Villen ab.

Am höchsten Punkt angekommen erreichte er sein Ziel.

Langsam fuhr er an der Finca vorbei und stellte sein Auto etwa hundert Meter weiter in einer der wenigen Parkbuchten ab. Als er ausstieg und die Fahrertür leise zudrückte, lauschte er in die Dunkelheit hinein. Bis auf ein leises Rauschen der Bäume im Wind war er von einer fast beängstigenden Stille umgeben. Über ihm schimmerte die Felswand des Montgos gespenstig im Mondlicht. Der Berg kam ihm wie ein riesiges Monster vor, das die Bewohner dieses noblen Wohngebiets vor ungebetenen Gästen schützen wollte. Ja, und er war ein ungebetener Gast, ein Eindringling, der hier oben nichts verloren hatte. Unter diesem Eindruck, der seine Sinne schärfte, bewegte er sich langsam auf die Villa zu. Auf dem Weg wurde ihm ein atemberaubender Blick hinunter auf das Lichtermeer der Stadt, der Burg und des Hafens geboten. *Da hast du dir aber ein tolles Plätzchen ausgesucht*, dachte Wellinger, als er das Haus erreichte.

Er schaute durch die Gitterstäbe des Hoftores. Kein Licht. Kein Laut. Offensichtlich niemand zu Hause. *War vielleicht doch nicht die beste Idee, heut Abend hierherzukommen. Probier ich es eben morgen früh noch mal ... Aber wenn ich schon mal hier bin.* Er fixierte die etwa einen Meter achtzig hohe Mauer, die das Grundstück umgab, und konnte der Versuchung nicht widerstehen. *Das müsste ich schaffen*, dachte er und schwang sich nach oben.

Gerade als er sich auf der anderen Seite wieder herunterließ, fing irgendwo in der Nachbarschaft ein Hund zu bellen an. Wellinger ging in die Hocke, presste seinen Körper gegen die Mauer und machte sich ganz klein. Sein Herz raste vor Aufregung. *Mistköter. Hoffentlich hält der gleich sein Maul.*

Wenige Augenblicke später hörte er eine Frauenstimme,

die den Vierbeiner in einem resoluten Ton zurechtwies und das nervige Gebell zum Schweigen brachte. *Gott sei Dank,* dachte Wellinger.

Er wartete noch einen Moment, dann erhob er sich und bewegte sich in gebückter Haltung auf das Haus zu. Er erreichte die Terrasse. Plötzlich nahm er im Gebüsch hinter sich ein Rascheln wahr. Als er die in der Dunkelheit leuchtenden Katzenaugen erkannte, atmete er erleichtert aus und schlich, einen Fuß vor den anderen setzend, langsam auf die Terrassentür zu. Er drückte sein Gesicht an die Glasscheibe, legte seine Hände wie Scheuklappen an Stirn und Wangen und schaute nach drinnen. Sosehr er sich auch bemühte, er konnte nichts erkennen. Alles dunkel. Alles ruhig. *Entweder, der ist früh schlafen gegangen, oder er ist gar nicht zu Hause. Muss ich es doch morgen noch mal probieren.*

Gerade als er den Rückzug antreten wollte, meinte er, ein menschliches Atmen hinter sich wahrzunehmen. Langsam drehte er sich um. Schon raste ein Schatten auf ihn zu. Reflexartig duckte er sich, doch es war zu spät. Irgendetwas traf ihn mit voller Wucht am Kopf und ließ ihn wie in Zeitlupe zu Boden sacken. Im nächsten Moment wurde es um ihn herum dunkel.

Als Wellinger die Augen wieder öffnete, saß er auf einem Stuhl. Er hatte keine Ahnung, wie lange er weggetreten war. An seinem Kopf spürte er einen dicken Verband, der wie ein Turban um seine Stirn gewickelt war. Auf seinen Lippen schmeckte er den süßlichen Geschmack von Blut, das ihm in den Mundwinkel gelaufen war. Sein Schädel brummte, als wäre eine Dampfwalze über ihn hinweggefahren. Er hatte Mühe, die Augen offen zu halten. Er blinzelte und versuchte, etwas in seiner Umgebung zu erkennen. Doch alles war verschwommen. Erst jetzt bemerkte er, dass er sich nicht bewegen konnte, denn er war mit Paketschnüren an den Stuhl gefesselt. Dann sah er schemenhaft einen Mann vor sich stehen, der ihn von Kopf bis Fuß musterte. *Unglaublich*, dachte er. *Dieses Gesicht habe ich schon einmal gesehen.* Ja, es war Friedrich Heidrichs Gesicht.

»Was ... was ist passiert?«, fragte er mit schwerer Zunge sein Gegenüber.

»Aha, Sie sprechen Deutsch. Was passiert ist? Sie wollten bei mir einbrechen. Das ist passiert. Obwohl, wenn ich Sie mir jetzt genau anschaue, sehen Sie gar nicht wie ein Einbrecher aus. Fakt ist, Sie haben sich Zutritt zu meinem Grundstück verschafft und sind auf meiner Terrasse herumgeschlichen. Ja, und da hab ich Ihnen mein Eisen 7 übergebraten.«

»Ich wollte gar nicht ... gar nicht bei Ihnen einbrechen. Lassen ... lassen Sie mich ...«

»Sie können mir viel erzählen«, fiel ihm Clemens barsch ins Wort. »Wissen Sie, der Hund zwei Häuser weiter. Der bellt eigentlich nie. Der bekommt morgen zur Belohnung ein riesengroßes Leckerli von mir. Aber jetzt ruf ich erst mal die Polizei. Dann können Sie denen erzählen, was Sie auf meinem Grundstück zu suchen hatten.« Clemens ging zum Telefon, nahm den Hörer ab und wählte eine Nummer.

»Warten Sie bitte«, sagte Wellinger. »Ich bin hier, weil ich Sie gesucht habe. Es geht um eine Geschichte, die im November letzten Jahres in Mannheim passiert ist.«

Erschrocken zuckte Clemens zusammen. Langsam legte

er den Hörer wieder auf. Mit einem Blick, der Wellinger das Blut in den Adern gefrieren ließ, sah er den Eindringling an. Mit drei schnellen Schritten kam er auf ihn zu und packte ihn am Hals.

»Was wollen Sie?«, brüllte er ihn an.

Zu spät hatte Wellinger erkannt, dass er einen Fehler gemacht hatte. *Verdammt,* dachte er. *Hätte ich doch besser die Klappe gehalten. Dann hätte er die Polizei gerufen und ich wäre in Sicherheit. Kein Mensch weiß, dass ich Hals über Kopf nach Spanien gereist bin. Kein Mensch kann mir jetzt helfen. Dieser Hofstädter kann ganz einfach mein Auto verschwinden lassen. Und eine Leiche sicherlich auch. Und niemand in der Heimat wird mich hier suchen.* Er sah schon die Schlagzeile in der Bildzeitung vor sich: *Ehemaliger Kriminalhauptkommissar aus Triberg spurlos verschwunden.*

Wie konnte er auch nur so blöd sein, ganz alleine einen zweifachen Mörder zur Strecke bringen zu wollen. Jetzt war es zu spät. Er war diesem Hofstädter hilflos ausgeliefert.

»Ich frag Sie jetzt noch mal. Was wollen Sie?«, wiederholte Clemens seine Frage mit zittriger Stimme. »Und wie haben Sie mich gefunden?«, schob er nach und lockerte dabei etwas den Griff um Wellingers Hals. Dann holte er sich einen Stuhl vom Esstisch und setzte sich ihm gegenüber. »Na los, reden Sie schon.«

»Mein Name ist Werner Wellinger. Ich habe den Mordprozess in Mannheim verfolgt. Ein Obdachloser wurde verurteilt, doch irgendwie war ich nicht zu hundert Prozent von dessen Schuld überzeugt. Früher war ich bei der Kripo und hab daher noch gute Kontakte zu einem ehemaligen Kollegen, der in dieser Sache ermittelt hat. Auch er war sich nicht ganz sicher, ob der Richtige im Gefängnis sitzt. Also habe ich mit seiner Hilfe recherchiert. Was ich dabei so alles über Sie und den Obdachlosen herausgefunden habe, das wird Sie überraschen. Und als mir dann der Käufer Ihres Hauses in Heidelberg Ihre neue Adresse ausgeplaudert hat, bin ich sofort hierhergereist.«

Wellinger machte eine Pause und wartete auf eine Reaktion seines Gegenübers. Aber es geschah nichts. Hofstädter hörte ihm nur zu und sah verlegen zu Boden. Doch Wellinger wusste, dass der Mann gefährlich war und vor einem Mord nicht zurückschreckte. Er hatte wahnsinnige Angst. Angst, diesen Tag nicht zu überleben. Während er sprach, versuchte er immer wieder, sich irgendwie von den Fesseln an den Händen hinter seinem Rücken zu befreien. Doch je mehr er sich bemühte, umso mehr schnitten sich die dünnen Schnüre immer tiefer in seine Haut, was ihm höllische Schmerzen bereitete. Selbst wenn es ihm gelänge, sich zu befreien, wäre er seinem Kontrahenten körperlich hoffnungslos unterlegen. Er saß in der Falle.

»Reden Sie weiter«, sagte Clemens, ohne aufzuschauen.

Wenn ich schon sterben muss, dann kann ich ihm ja auch die ganze Geschichte erzählen, dachte Wellinger. »Die Frau, die ermordet wurde, hieß Roswitha Knopfloch. Aber das wissen Sie ja. Als ich herausfand, dass die Dame bei Dr. von Kesselbring in Heidelberg gearbeitet hat und er Ihr Anwalt ist, bin ich auf die Verbindung zwischen dem Opfer und Ihnen gestoßen. Eine Verbindung, die mir gefehlt hat und auf die die Ermittler nicht gestoßen sind. Ich gehe davon aus, dass Sie den zweiten Mord begangen haben, um den ersten zu vertuschen. Wahrscheinlich ist es Ihnen gelungen, den Verdacht irgendwie auf den armen Schlucker zu lenken, der jetzt unschuldig hinter Gittern sitzt. Der ist Ihnen nämlich wie aus dem Gesicht geschnitten. Haben Sie sich darüber nicht gewundert?«

»Doch«, antwortete Clemens, der es nach wie vor vermied, Wellinger in die Augen zu sehen. Stattdessen schaute er immer noch wie ein begossener Pudel zu Boden.

»Natürlich habe ich mich gewundert. Und Sie haben recht. Ich habe die Polizei auf dessen Fährte gelenkt. Als ich nach Spanien gekommen bin, habe ich den Mannheimer Morgen abonniert. Dadurch habe ich erfahren, dass der Festgenommene später verurteilt wurde. Und wissen Sie was? Ich war nicht erleichtert. Im Gegenteil. Die ganze Geschichte lässt mich nicht zur Ruhe kommen. Ich nehme Beruhigungs- und Schlaftabletten und was weiß ich noch alles. Aber mich lassen weder die Morde noch der Gedanke, einem Unschuldigen das Leben versaut zu haben, los. Das können Sie mir glauben oder nicht.«

Clemens sah zum ersten Mal auf. Als Wellinger in dessen mit Tränen gefüllten Augen blickte, wusste er, dass er die Wahrheit sagte. »Ich glaube Ihnen. Aber ich habe noch etwas herausgefunden. Wissen Sie eigentlich, dass Sie als Kind adoptiert wurden?«

Clemens starrte ihn ungläubig an. »Das kann nicht sein.«

»Doch. Sie kamen als Clemens Stegmaier am 3. September 1940 zur Welt. Ihre leiblichen Eltern kamen bei einem Luftangriff ums Leben. Kurz danach wurden Sie von Adolf und Elisabeth Hofstädter adoptiert.«

Clemens sah ihn mit offenem Mund an. »Aber warum haben sie es mir nie erzählt?«

»Das kann ich Ihnen auch nicht sagen. Aber jetzt kommt's. Sie haben einen Bruder, der nach dem folgenschweren Luftangriff von einem anderen Ehepaar adoptiert wurde. Friedrich Stegmaier, jetzt Heidrich. Und genau der sitzt nun ihretwegen im Gefängnis in Bruchsal. Und dreimal dürfen Sie raten, wann Friedrich Heidrich geboren ist. Am 3. September 1940.«

Nachdenklich schaute Clemens zur Decke. Dann hielt er sich die Hände vors Gesicht. »Das kann doch alles nicht wahr sein«, stammelte er kopfschüttelnd. »Er ist also mein Zwillingsbruder?«

»So sieht's aus«, antwortete Wellinger. »Im Gerichtssaal hat er sein Geburtsdatum genannt. Das konnte ich mir gut merken, denn am 3. September hatte auch meine Frau Geburtstag. Und in den Unterlagen, die mir mein ehemaliger Kollege über Sie und Ihr Leben zur Verfügung gestellt hat, bin ich dann wieder über dieses Datum gestolpert. Ich bin kein Biologe, kein Arzt oder sonst irgendein Experte auf dem Gebiet der DNA-Analyse. Aber die Tatsache, dass Friedrich Heidrich unschuldig im Gefängnis sitzt, hängt nicht nur damit zusammen, dass er Ihnen wie ein Ei dem anderen gleicht. Als Ihr Zwillingsbruder hat er, so vermute ich, auch die gleiche DNA wie Sie. Und das wurde ihm endgültig zum Verhängnis.«

Clemens war sichtlich überrascht. Nein, er wirkte regelrecht geschockt und Wellinger verspürte wieder eine Chance, doch noch mit dem Leben davonzukommen. Er sah den verzweifelten, resignierten Blick in den Augen des Mörders. Er konnte sich nicht vorstellen, dass dieser Hofstädter jetzt noch einen dritten Mord begehen würde. Er sah in ihm einen am Boden zerstörten Mann.

»Was bin ich nur für ein widerwärtiger Mensch«, sagte Clemens. Dann fing er aus freien Stücken zu erzählen an.

»Meine erste Frau, die Liebe meines Lebens, habe ich geschlagen. Und meine zweite Frau habe ich nicht viel besser behandelt. Und wen ich in meiner Sturm- und Drangzeit so alles vermöbelt habe, das wollen Sie gar nicht wissen. Aber beim Schlagen blieb es leider nicht. Es kam noch schlimmer. Rosi, meine sagen wir mal Geliebte, habe ich sehr gemocht. Die habe ich umgebracht, als sie mich zu erpressen versuchte und ich nicht wollte, dass meine Tochter erfährt, welches Monster sie zum Vater hat. Den armen Schlucker, der mir in die Quere gekommen ist, habe ich im Neckar versenkt. Nur weil er die Ähnlichkeit zwischen mir und dem Pennbruder erkannt hat und mich hätte enttarnen können. Und jetzt sagen Sie mir auch noch, dass der Obdachlose mein Zwillingsbruder ist.«

Clemens machte eine Pause und sah beschämt zu Boden. Dann atmete er tief durch und fuhr fort:»Zwei Morde sind schlimm genug. Jetzt muss ich auch noch erfahren, dass ich dafür gesorgt habe, dass mein eigener Bruder unschuldig im Gefängnis schmort. Was bin ich nur für ein erbärmliches Schwein. Ich kann mich ja selbst nicht mehr leiden. Und das konnte ich früher auch schon nicht. Nach jedem meiner Wutanfälle habe ich mich geschämt. Nein. Ich habe mich dafür gehasst. Dafür, in manchen Situationen die Kontrolle zu verlieren. Und natürlich auch für das Leid, den Schmerz, den ich meinen Opfern zugefügt habe. Zwei davon kann ich nicht mehr um Verzeihung bitten, denn die sind tot.« Wieder machte er eine kurze Pause.

»Wie gesagt, was bin ich nur für ein erbärmliches Schwein. Jetzt leuchtet mir endlich ein, warum mich mein Großvater als Kind so gepiesackt hat. *Du bist kein richtiger Hofstädter. Du wirst nie ein richtiger Hofstädter sein*, sagte er ständig zu mir. Und damit nicht genug. Immer, wenn er das zu mir gesagt hat, stach er mit seinen Fingern auf meinen kleinen Körper ein. Und das tat höllisch weh. Seither wurde ich immer dann aggressiv, wenn mich jemand zu sehr geärgert und gereizt hat.«

Tränen liefen über sein Gesicht. Wellinger gönnte ihm eine kurze Pause, bevor er antwortete.

»Ja, vielleicht sind Sie ein Schwein. Vielleicht waren Sie aber auch ein Leben lang psychisch krank. Wie sonst soll man denn von einem auf den anderen Moment von Dr. Jekyll zu Mr. Hyde mutieren? Als kleiner Junge wurden Sie von Ihrem Großvater, Ihrem Stiefgroßvater, mit Verachtung gestraft. Das erklärt vieles, entschuldigt es aber keineswegs. Warum haben Sie sich denn nicht Ihren Eltern anvertraut?«

»Weil ich Angst hatte. Er sagte immer zu mir, dass er mir alle Knochen brechen würde, wenn ich auch nur einen Ton zu meinen Eltern sagen würde. Die Quälereien hörten erst auf, als ich zwölf oder dreizehn war. Dann konnte ich mich wehren. Ich wurde zu stark für ihn. Und Opa, die Bezeichnung hat die Drecksau nicht verdient, wurde immer schwächer. Als er dann starb, wollte ich unter einem Vorwand erst gar nicht zu seiner Beerdigung. Aber dann war es für mich eine Genugtuung, als er in seinem Sarg im Boden und aus meinem Leben verschwand.«

»Kennen Sie Roswitha Bloch?«, fragte Wellinger. »Von ihr gibt es einen interessanten Spruch: *Jeder Mensch hat seine eigene Geschichte, warum er so geworden ist, wie er ist.* Und dieses Sprichwort trifft bei Ihnen den Nagel auf den Kopf. Ich glaube, dass sich in Ihrer Psyche ein tief sitzender Hass verbirgt, der in manchen Situationen zum Vorschein kommt. Leider. Sie hätten früh Hilfe gebraucht. Dann wäre das vielleicht alles nicht passiert.«

»Das mag schon sein, aber es ist passiert. Und ich kann es nicht rückgängig machen«, entgegnete Clemens.

»Klar. Sie können es leider nicht rückgängig machen. Doch eines möchte ich Ihnen sagen. Als ehemaliger Polizist habe ich schon viele böse Jungs zur Strecke gebracht. Ich weiß, wie die ticken. Aber es gab viele, die Reue gezeigt haben und die nach Absitzen ihrer Gefängnisstrafe ein ganz normales Leben geführt haben. Aber es waren auch Typen dabei, die von Grund auf böse waren. Mit Ihren Worten gesprochen: Das waren erbärmliche Schweine. Unverbesserliche, kaltblütige, gewissenlose Schweine. Aber Sie sind anders.«

Clemens sah ihm verwundert in die Augen. »Wollen Sie jetzt behaupten, dass ich ein guter Mensch bin?«

»Das nicht. Sie sind und bleiben ein Mörder. Das ist unverzeihlich und dafür müssen Sie ins Gefängnis. Aber Sie sind weder unverbesserlich noch kaltblütig oder gewissenlos. Sie müssen sich stellen. Sie müssen sich für Ihre Taten verantworten. Und Sie müssen auch an Ihren Zwillingsbruder denken.«

»Ich weiß.«

Clemens stand auf und ging in die Küche. Dann kam er zurück. Er hielt ein großes Messer in der Hand und ging schnurstracks auf Wellinger zu, der vor Entsetzen die Augen weit aufriss.

»Ich weiß«, wiederholte er und schnitt dem vor Angst zitternden Wellinger die Fesseln durch. »Ich werde das regeln. Geben Sie mir fünf Tage Zeit.«

Clemens wartete gespannt auf Wellingers Reaktion.

»Versprechen Sie mir, dass Sie sich stellen?«

»In fünf Tagen ist die Sache geregelt. Das verspreche ich Ihnen.«

Wellinger konnte die Entschlossenheit seines Gegenübers in dessen Augen ablesen. Sein Bauchgefühl sagte ihm, dass ihn Clemens nicht belog. Er spürte, dass er jetzt bereit war, für seine Verbrechen geradezustehen. Clemens Hofstädter hatte keine Kraft mehr.

»Okay. Sie haben fünf Tage Zeit. Und wenn Sie nicht Wort halten, was ich nicht glaube, dann gehe ich zur Polizei.«

Clemens streckte ihm die Hand entgegen. Nach kurzem Zögern schlug Wellinger ein.

Kapitel 28

Gegen vierzehn Uhr fuhr Wellinger zur Villa. Wie vereinbart, hatte er Clemens fünf Tage Zeit gelassen, um das eine oder andere in die Wege leiten zu können, bevor er sich der Polizei stellte. Doch was er so alles regeln wollte, wusste Wellinger nicht. Er ging davon aus, dass sich Clemens mit seinem Heidelberger Rechtsanwalt in Verbindung gesetzt hatte, um die künftigen Schritte mit ihm abstimmen zu können. Vielleicht war er auch schon auf der Suche nach einem renommierten Strafverteidiger. Dann hatte er sicherlich Kontakt mit seiner Tochter aufgenommen, ihr seine Gräueltaten gebeichtet und was ihm jetzt bevorstand.

Bevor Wellinger am Sonntag das Haus verlassen hatte, hatte er Clemens noch gefragt, woher er eigentlich plötzlich aus der Dunkelheit mit seinem Eisen 7 aufgetaucht war und warum nirgends im Haus Licht brannte, obwohl er zu Hause war. Clemens erzählte ihm, dass er einen Tag zuvor auf der Hochzeit seiner Tochter gewesen war, es spät wurde und er wenig Schlaf gehabt hatte. Um sich auszuruhen, hatte er sich am Nachmittag auf die Couch gelegt und musste wohl eingeschlafen sein. Bis der Hund bellte.

Dann sah er einen Mann ums Haus schleichen und griff zum Golfschläger.

In Gedanken an die schmerzhafte Erfahrung, die er mit dem Sportgerät gemacht hatte, fasste sich Wellinger an die Stirn und strich mit den Fingern über die immer noch beachtliche Beule. Wie am Sonntagabend parkte er sein Fahrzeug in einer Parkbucht unweit der Villa und ging zu Fuß die wenigen Meter zum Haus. Am Hoftor angekommen drückte er den Klingelknopf. Doch es passierte nichts. Er klingelte erneut und schaute durch die Gitterstäbe. Immer noch nichts. Hatte er sich etwa in Hofstädter getäuscht? Würde der doch nicht Wort halten und hatte die vergangenen Tage zur Flucht genutzt? Nein. Er konnte es sich einfach nicht vorstellen.

Und Werner, was jetzt? Er überlegte, in seine Ferienwohnung zu fahren und Herzog anzurufen. Der könnte dann von Polizei zu Polizei die spanischen Kollegen um Amtshilfe bitten. Jetzt ärgerte er sich, dass er seinen alten Freund nicht schon vor ein paar Tagen angerufen hatte, um ihn zu informieren, dass er den wahren Mörder in den Mannheimer Mordfällen gefunden hatte. Doch er kannte die Antwort. Fünf Tage hätte Herzog nicht gewartet. Er hätte an Wellingers Verstand gezweifelt. Ja, vielleicht zu recht. Aber Wellinger wollte Hofstädter diese Zeit geben. Er war sich sicher, dass er Wort halten und sich stellen würde. Bis jetzt. Nun kamen ihm doch Zweifel.

Okay, dachte er. *Fahr ich eben wieder zurück und ruf Günther an. Der wird mir gewaltig den Kopf waschen. Aber da muss ich durch. Hab's mir ja selbst eingebrockt.* Gerade als er wieder zu seinem Auto gehen wollte, kam ein schwarzer SLK die Gasse hoch und blieb neben ihm stehen. Eine Frau saß am Steuer und ließ die Scheibe herunter.

»Wollen Sie zu Herrn Hofstädter?«, fragte sie aus dem Auto heraus.

»Richtig, aber er ist nicht zu Hause. Und wer sind Sie?«

»Olivia Bigler, eine Freundin von Herrn Hofstädter. Hören Sie, ich weiß nicht, was Sie von ihm wollen, aber ich mache mir Sorgen.«

»Das kann ich verstehen. Denn ich mache mir auch Sorgen. Ich war heute mit ihm verabredet, doch jetzt ist er nicht da. Übrigens, Wellinger, Werner Wellinger, mein Name. Und warum glauben Sie, sich um ihn Sorgen machen zu müssen?«

Bevor Olivia antwortete, stellte sie den Motor ab.

»Ganz einfach. Gestern habe ich mit ihm telefoniert. Da klang er irgendwie seltsam. Habe mir aber nichts dabei gedacht, denn Clemens, also Herr Hofstädter, ist öfter mal mit seinen Gedanken ganz woanders. Und gerade vor einer halben Stunde habe ich noch mal mit ihm gesprochen. Ich habe ihn daran erinnert, dass wir morgen einen Bootsausflug machen wollen. Das hatte er mir letzte Woche versprochen. Ich wollte ihn fragen, was ich für unsere Tour einkaufen soll. Da hat er nur gesagt: Aus der Tour wird leider nichts. Mach's gut, Olivia. Und dann hat er einfach aufgelegt. Also, wenn Sie mich fragen, da stimmt was nicht, denn wenn er was versprochen hat, dann hat er es bisher immer gehalten. Und dann auch noch das Gespräch so zu beenden? Da stimmt was ganz und gar nicht.«

Wellinger sah sich in seiner Einschätzung bestätigt. Clemens Hofstädter war ein Mann, der bisher immer Wort gehalten hatte. Doch jetzt kam ihm ein schrecklicher Gedanke und der fühlte sich wie ein Stich in sein Herz an. Hofstädter hatte zu ihm gesagt, er würde die Sache regeln.

Das verspreche er ihm. Aber konnte er etwas anderes damit gemeint haben? Wollte er sich gar nicht stellen? Wollte er vielleicht die Sache auf eine andere Art zu Ende bringen?

»Hören Sie, Frau Bigler. Ich glaube, Ihr Freund ist in ernsthafter Gefahr. Mir hat er auch etwas versprochen. Deswegen bin ich hier, aber er ist nicht da. Ich befürchte, er will sich etwas antun. Haben Sie irgendeine Idee, wo er sein könnte?«

Olivia stand das Entsetzen im Gesicht. »Steigen Sie ein. Ich glaube, ich weiß, wo er ist.«

Wellinger saß kaum im Auto, da brauste Olivia schon mit quietschenden Reifen los.

Zunächst fuhren sie die engen Gassen hinunter zum Hafen. Dann bogen sie rechts ab und auf der Küstenstraße ging es aus der Stadt hinaus in Richtung Jávea. Nach einer Abzweigung gelangten sie auf eine kurvenreiche Landstraße, die sich auf dem bergigen Gelände immer weiter nach oben schlängelte. Olivia gab ihrem Sportwagen ordentlich die Sporen und Wellinger wurde in seinem Sitz immer kleiner. Er hatte das Gefühl, dass die Tapas, die er zu Mittag gegessen hatte, nicht mehr lange in seinem Magen bleiben würden. Er bemühte sich, geradeaus zu schauen und die steilen Abhänge neben der Straße zu ignorieren.

»Frau Bigler, könnten Sie bitte etwas langsamer …«

»Keine Panik. Ich bin in der Schweiz aufgewachsen. Die Gebirgsstraßen dort sind um einiges anspruchsvoller. Die Straße hier schaff ich mit links. Und außerdem fahr ich schon seit über dreißig Jahren unfallfrei.«

»Aha, schon mit elf den Führerschein gemacht«, entgegnete Wellinger, der sich trotz der prekären Situation, in der sie sich befanden, die scherzhafte Äußerung nicht verkneifen konnte. Olivia rollte mit den Augen. Vor der nächsten Kehre schaltete sie einen Gang herunter, um nach der Kurve gleich wieder zu beschleunigen. Wellingers Kopf wurde wieder zur Seite geschleudert. Krampfhaft hielt er sich am Haltegriff fest. Auf eine weitere Beule hatte er keine Lust.

»Wo fahren wir denn eigentlich hin?«, fragte er.

»Zum Cabo de San Antonio. Seinem Lieblingsplatz. Ich wüsste nicht, wo er sonst sein sollte.«

Hoffentlich sind wir bald da, dachte er.

Als hätte er seinen Gedanken laut ausgesprochen, sagte Olivia im nächsten Moment: »Wir sind gleich da.«

Sie lenkte ihren kleinen Flitzer in einem immer noch rasanten Tempo auf den Parkplatz, der sich links vor dem Leuchtturm befand. Als sie auf dem unbefestigten Gelände abrupt abbremste, kam sie in einer dicken Staubwolke zum Stehen. Schnell stiegen sie aus und schauten sich um. Wellinger war froh, dass er den Husarenritt heil überstanden hatte. *Wäre schon blöd gewesen, einem Mörder das Leben retten zu wollen und dabei das eigene zu verlieren.*

»Dort steht sein Auto«, rief ihm Olivia aufgeregt zu, als sie Clemens' gelb-schwarzen Suzuki zwischen zwei weiteren Fahrzeugen entdeckte. Sie zeigte mit dem Finger in Richtung des Geländewagens, um im nächsten Moment die Hand fragend an ihr Kinn zu legen. »Aber wo ist er?«

Sie gingen zu dem eisernen Tor, hinter dem sich die Zufahrt zum Leuchtturm befand. Doch es war verschlossen. Von der Spitze des Turms schwang ein leises Summen herab, das die Halogenscheinwerfer verursachten, die sich in der Kuppel drehten. Dann eilten sie zu einem steinigen

Fußweg, der zum Rand der senkrecht ins Meer abfallenden Felsen führte. Unterhalb des Caps zogen laut kreischende Möwen ihre Kreise. Das Rauschen des Windes, der durch die Pinien blies, wurde nur durch den ohrenbetäubenden, sirenenartigen Gesang Tausender Zirpen übertönt. »Da ist er.« Wellinger deutete mit dem Kinn Richtung Felswand. Clemens stand etwa fünfzig Meter von ihnen entfernt. Vor ihm der Abgrund.

»Clemens! Clemens, nein!«, schrie Olivia.

Überrascht drehte er sich um. »Olivia, es geht nicht anders. Ich kann nicht mehr.« Die Verzweiflung in seiner Stimme war deutlich zu hören.

»Du kannst nicht mehr? Ich weiß nicht, was du damit meinst. Bitte erkläre es mir. Clemens, ich flehe dich an«, rief sie hysterisch. Um sie zu beruhigen, packte Wellinger ihren Arm. Dann bewegte er sich langsam auf Clemens zu und zog sie dabei neben sich her.

»Dein Begleiter kann dir alles erklären«, rief er ihr zu.

»Ja, das kann ich, Herr Hofstädter«, sagte Wellinger. »Aber Sie haben mir versprochen, die Angelegenheit zu klären. Und auf diese Weise klären Sie gar nichts.«

»Doch, Herr Wellinger. Ich habe Wort gehalten und habe alles geklärt, was zu klären war. Alles erledigt, was notwendig war. Und jetzt bringe ich die Sache zu Ende. Für mich zu Ende.«

Mit kleinen Trippelschritten kamen sie immer näher an Clemens heran.

»Herr Hofstädter, seien Sie doch vernünftig. Denken Sie an Ihre Tochter, an Ihren Zwillingsbruder.«

Olivia starrte ihn überrascht an. Wie sollte sie auch wissen, dass ihr Freund einen Zwillingsbruder hatte.

»Bleibt stehen! Ihr seid nahe genug«, sagte Clemens mit erhobener Stimme. Er wusste genau, was die beiden vorhatten. Sie wollten ihn von seinem Vorhaben abhalten. Sie wollten ihn zur Seite ziehen, weg vom Rand der Klippen. Aber wollte er das auch? Wollte er weiterleben?

»Clemens. Ich bitte dich um alles ... um alles in der Welt. Tu es bitte nicht. Tu mir ... tu mir das nicht an. Schon einmal habe ich einen geliebten Menschen verloren«, seufzte Olivia. Tränen liefen ihr übers Gesicht.

Clemens hob seine Augenbrauen und sah sie fragend an.

»Ja, Clemens. Ich habe den Kampf gegen meine Gefühle schon längst verloren. Ich liebe dich. Aber ich werde auch akzeptieren, dass ich immer nur ... dass ich immer nur eine gute Freundin für dich sein werde«, stammelte sie schluchzend. »Und vielleicht ändern sich irgendwann einmal auch deine Gefühle für mich. Vielleicht ...«

»Olivia«, fiel ihr Clemens ins Wort. »Olivia, ich mag dich wirklich sehr. Aber wir haben keine Zukunft. Von Anfang an, seit unserer ersten Begegnung, hatten wir keine Zukunft. Es tut mir leid.«

Dann drehte er sich um und sprang in die Tiefe.

»NEIIIIN!«, schrie Olivia aus voller Kehle. Sie taumelte und wollte zum Klippenrand. Doch Wellinger hielt sie fest und drückte sie an sich. Als er sie umarmte und sie den Kopf auf seine Brust legte, weinte sie bitterlich.

Epilog

Wellinger saß zu Hause auf seiner Couch und dachte über die zurückliegenden Wochen und Monate nach. Clemens Hofstädter hatte ihn nicht belogen, als er ihm versprochen hatte, alles zu regeln. In den fünf Tagen, die er ihm Zeit gegeben hatte, war Clemens nach Deutschland gereist und hatte seinen Anwalt in Heidelberg aufgesucht. Nicht etwa, um seine Strafverteidigung vorzubereiten. Nein. Er setzte ein Testament auf. Ein beachtlicher Teil seines Vermögens sollte einem Mannheimer Frauenhaus sowie zwei Jugend- und Kinderheimen zukommen. Auch die Obdachlosenhilfe wurde großzügig bedacht. Das restliche Geld und sämtliche Immobilien waren für seine Tochter bestimmt. Friedrich, seinem Zwillingsbruder, wurde ein lebenslanges, unentgeltliches Wohnrecht in einem seiner Mietshäuser eingeräumt. Darüber hinaus wies er die Hausverwaltung an, Heidrich als Hausmeister einzustellen. Seine Motorjacht sollte Olivia erhalten. Die Frau, für die er mehr empfand, als er nach außen zugegeben hatte.

In einem seitenlangen Brief, den er bei Dr. von Kesselbring für Susanne hinterlegt hatte, schilderte er ungeschönt sein Leben. Ein Leben, begleitet von Gewaltausbrüchen. Ein Leben, das letztlich durch seine schrecklichen Taten vollkommen aus dem Ruder gelaufen war. Seinen Stief-großvater, der vermutlich die Ursache für seine späteren Gewaltausbrüche war, erwähnte er nicht. Er nahm sämtliche Schuld auf sich.

Einen weiteren Brief richtete er an seinen Zwillingsbruder. Er bedauerte, dass er ihn nicht mehr kennenlernen durfte. Aber noch mehr bedauerte er, was er ihm angetan hatte. Und er könne verstehen, wenn ihm Friedrich nicht verzeihen könne.

In einem dritten Brief, der an die Mannheimer Staatsanwaltschaft gerichtet war, bekannte er sich der zwei Morde vollumfänglich für schuldig.

Es war schon tragisch, weil all dies nicht hätte geschehen müssen. Denn als Wellinger einem befreundeten Psychologen den Sachverhalt schilderte, wurde er in seiner Einschätzung bestätigt, dass der Auslöser von Clemens' Gewaltbereitschaft in dessen Kindheit zu suchen sei. Sein Stiefgroßvater hatte ihn immer wieder in eine psychische Extremsituation gebracht. Als Kind fühlte sich Clemens nicht nur ungerecht behandelt, ständig wurde er auch körperlich gequält. Dadurch staute sich über lange Zeit eine unterschwellige Aggression in ihm auf, die sich schließlich in seinen Taten entlud. Er hätte vor langer, langer Zeit Hilfe gebraucht, doch jetzt war es nicht nur für ihn, sondern auch für seine Opfer zu spät.

Als nur wenige Tage nach Clemens' Selbstmord Lars Stegmann, Heidrichs Strafverteidiger, dem unschuldig Verurteilten die frohe Botschaft, dass er frei kommen würde, im Bruchsaler Gefängnis überbrachte, stand er Heidrich äußerst verlegen und mit eingezogenem Genick gegenüber. Schließlich hatte er doch nie so richtig an die Unschuld seines Mandanten geglaubt. Ja, ihm sogar empfohlen, zu gestehen. Doch Heidrich machte ihm keinerlei Vorwürfe, sondern fiel ihm einfach nur freudestrahlend um den Hals. Das eilig durchgeführte Wiederaufnahmeverfahren des Strafprozesses endete mit Heidrichs Freispruch.

Wieder auf freiem Fuß, besuchte er seine Mutter im Schiller Wohnstift. Erstaunlicherweise erkannte ihn die an Demenz erkrankte Frau sofort. Am Ende eines längeren Gesprächs sagte er: »Mama, ich weiß jetzt, dass ich adoptiert bin, aber scheiß drauf. Du und Papa, ihr wart für mich die besten Eltern der Welt.«

Weinend nahm Johanna Heidrich ihren Sohn in die Arme.

Herzog und Krämer sahen sich bestätigt, dass es manchmal besser war, sich nicht nur auf vermeintliche Beweise und Fakten zu verlassen, sondern auch auf das eigene Bauchgefühl zu hören. Dies sah jetzt selbst Kripochef Bretschneider ein. Herzog dankte Wellinger für seinen Einsatz, allerdings nicht, ohne ihm vorher gehörig die Leviten zu lesen. Denn Wellingers Alleingang in Spanien fand er gar nicht lustig.

Auch Luise Wellinger war überglücklich, dass es sich ausgezahlt hatte, für ihren wohnsitzlosen Einkaufshelfer so hartnäckig zu kämpfen.

Nach Clemens' Beerdigung fragte Carlos seine Frau: »Kannst du deinem Vater jemals verzeihen?«

Und Susanne antwortete: »Ich weiß nicht, ob man zwei Morde verzeihen kann. Ich weiß auch nicht, ob ich ihm all die anderen Dinge, die er getan hat, verzeihen kann. Ich bin einfach nur traurig, dass er nicht mehr da ist.«

Danksagung

Schon seit Jahren war es mein Wunsch gewesen, einen Kriminalroman zu schreiben. Die Handlung hatte ich bereits längere Zeit im Kopf. Was mich davon abgehalten hat, war die Zeit, die mir zum Schreiben fehlte. Also habe ich bis zu meinem Ruhestand gewartet, um endlich meine Gedanken zu Papier zu bringen.

Anfang Februar 2021 habe ich die ersten Zeilen geschrieben und ein gutes halbes Jahr später konnte ich mein Buch beenden. Auf diesem langen Weg haben mich zahlreiche Menschen unterstützt, bei denen ich mich für ihre Mühen und Geduld recht herzlich bedanken möchte.

Mein Dank gilt Heidi Rei für die konstruktiven Anregungen und hilfreichen Ideen zur Handlung, die ich vielfach umgesetzt habe. Danke an Dieter Klumpp, Pressesprecher des Polizeipräsidiums Mannheim für die Zeit, die er sich für meine Fragen genommen hat. Danke an Dr. Joachim Bock, Vorsitzender Richter am Landgericht Mannheim für seine juristischen Hinweise. Vielen Dank auch an Sandra Lode für ihre tolle Lektoratsarbeit und die wunderbare Betreuung. Ohne die Mithilfe all dieser Personen wäre *Entsetzliche Wut* nicht das Buch, das es geworden ist. Und selbstverständlich trage nur ich die

Verantwortung für etwaige Fehler oder Ungenauigkeiten.

Außerdem danke ich der Books on Demand GmbH für die Herausgabe des Buchs, meinen Kindern, die mich ermutigt haben, mein Vorhaben umzusetzen, und meiner Frau, die das nervige Geklappere auf der Tastatur meines Laptops fast täglich ertragen musste.

Zu guter Letzt danke ich Ihnen, liebe Leserinnen und Leser, und hoffe, dass ich Ihnen mit meiner Geschichte ein klein wenig Freude bereiten konnte.